大中原文化读本

美食中原：一碗烩面的情意

《大中原文化读本》丛书编委会 编

文心出版社
·郑州·

图书在版编目（CIP）数据

美食中原：一碗烩面的情意 /《大中原文化读本》丛书编委会编. —郑州：文心出版社，2018.3（2019.1重印）

（大中原文化读本）

ISBN 978-7-5510-1263-8

Ⅰ.①美… Ⅱ.①大… Ⅲ.①散文集-中国-当代 Ⅳ.①I267

中国版本图书馆CIP数据核字（2016）第091240号

选题策划：齐占辉
责任编辑：齐占辉
责任校对：王 莹
装帧设计：青禾设计 李莱昂
出 版 社：文心出版社
（郑州市经五路66号）
发行单位：全国新华书店
承印单位：北京博海升彩色印刷有限公司
开 本：710×1000 1/16
字 数：300千字
印 张：12
版 次：2018年3月第1版
印 次：2019年1月第2次印刷
书 号：ISBN 978-7-5510-1263-8
定 价：42.00元

王剑冰，河南省作家协会副主席，河南省文艺评论家协会副主席，河南省散文学会会长，中外散文诗协会副主席，曾任《散文选刊》副主编、主编。

透射历史辉煌　展现中原文明

河南人爱说“中”，为什么？有人说，“中”就是因为中国姓“中”，中国的中就在中原，中原在中国之中，中原在黄河之中，中原人干事儿没有说不中的。有地方说“对”，有地方说“是”，有地方说“行”，有地方说“要得”，都没有“中”听着来劲儿、瓷实、肯定。“中”是民族味儿，“中”是中原风。

中原无论是过去还是现在在中国都是常住人口最多的地方，说明什么？说明中原是最宜居之地，人们喜欢往这里集中。得中原者得天下，中原一占住其他事情就好办了。你没见一条大河流经九省区，波澜曲折，唯到中原变得漫漶壮阔，山峡中憋屈的风，一遇广阔就尽情尽性。中原给了一切生物以一切的可能。没有哪一个地方被那么多的游子称为“老家”，出了中原你随便问，总能遇到河南人。中原人爱唱戏，声腔沉郁豪放、婉转悠扬，能拉魂曳魄、惊天泣神。中原人待客都喜用大杯大碗，从来按头等大事对待。中原人爱吃面，能吃出七十二花样，耍出十八般武艺。中原人有愚公般的实在，也有老子样的智慧。在中原，你随便走一地，都会同历史、文化、文明相通连。无数人物、无数遗迹、无数传说使得中原自显博大，沉厚深浑。

我所居住的地方，不远有座版筑土城，上面长满荒草和野木，冬天的时候铺满皑皑白雪，从高处看像一条银色长龙，逶迤折向很远。春天又开满了野花，说不清的芬芳随处荡漾。这就是郑州的商代都城遗址。渐渐地，我越来越知晓郑州的一些细节的东西。在城墙的一个角落，有标志是“李诚故里”，李诚是谁？一查资料方知此人了得。我还寻找过李商隐在郑州古城墙附近的居所，以及他常登临并赋诗的夕阳楼。那首诗后来被刻石而名扬天下：“花明柳暗绕天愁，上尽重城更上楼。欲问孤鸿向何处，不知身世自悠悠。”我站在一片古城废墟上，面对西下的落日一阵感慨。我去找寻过陈胜故里，年代久远，只有一点可以追寻的痕迹，那是在阳城也就是现在的告成的老墙围子里。我当时一阵惊喜，那个辍耕之垄上怅叹久矣、怀有鸿鹄之志搅乱历史风云的猛士，竟然是郑州登封人。还有黄帝、子产、列子、韩非、杜甫、郑虔、白居易、申不害、郑国、高拱、许衡、李商隐……也都是郑州人。这是一个怎样的队列啊，这些风云人物，竟都在一个地方聚齐了，他们之中有中国历史上最伟大的政治家、军事家和文学家，由他们串起来的故事，可以说就是半部中国史。

我出郑州，刚过了圃田的高架桥，就看到一个“列子故里”的牌子，牌子虽然不起眼儿，但让我猛一激灵。列子何等人物？那个讲说了《愚公移山》《杞人忧天》《郑人买履》等故事的“寓言大王”原来就在这里！而他的主要创作来源，大都是取自中原的生活与传说。我经过光山，才知道司马光是在光山出生，司马光的“光”就是取自“光山”。我一直没有到过获嘉，到那里才知道有个同盟台，武王伐纣时曾在那里会盟然后展开的牧野大战。去偃师，本来是去看二里头遗址的，在一个学校的角落发现一堆土，荒草蓬茸，颓然不堪，里面掩埋的竟然是吕不韦。

因为地处中国之中，中国八大文明古都，中原就占了四个。《诗经》三百篇，一半以上内容都与中原有关。中原地下文物堪称第一。这么说吧，你到中原游走，无论顺哪个方向都不会让你失望。咱们就从郑州往东西两线说说，往东，中间经过官渡，那是历史上有名的官渡大战的地方，然后是中牟，中国的美男子潘安的老家，再说开封话就多了，再往东有朱仙镇，有老子故里，有花木兰故里，有芒砀山（汉高祖刘邦斩蛇起义的地方）。再有商丘，里面的历史也能让你流连忘返。那么拐回头再往西去，又会有邙山历代陵园，其中就有宋陵，有杜甫故里、二里头文化遗址，洛阳更不用说，洛阳往西到三门峡，还有老子走过的函谷关。这只是差不多顺两条直线说一说，如果论片说就更多，还有南面北面呢，可以说哪条线都串联着无数辉煌的珠玉。

到底中原有多少好？我这里不细说了，那么看看这八卷书吧，看完再告诉我你的感觉，你一定说我没有妄言。我感觉，文心社出这套书是大手笔，数百位热心文友参与撰稿写作，以随性、自由的笔法，以极具个人成长印记的独特感受，来写中原传统文化，构成宏大的一套可供参考、学习、欣赏的“大中原文化读本”。这套书按照编者的说法，是把被史学专家、文化学者把玩的中原文化，以文艺范儿的通俗化理念，搞出来美食、民俗、戏曲、寻根、问宗、故都、古镇、非遗八个分册，每个分册选取中原文化的一个独具特色的亮点，是想展现中原生活风俗，体现中原人文精神，传承华夏文明，突出正义与精神，追求向上向善的力量。这就有意思了，也算是文心出版社精心打造的文化盛宴。

中原正在发生着变化，而且是很大的变化，这或许同你的印象或概念不大一样了，这些不一样，在这些书中也有反映，总之这些文字会给你带来回味和惊喜。这也是在多个方面给你引出了一个参观线路，就像一个增乐趣、长知识的导游图，在导游图上你可以随意找出想看到的那些细部特征。实可为旅途伴侣，枕边挚爱。这样，中原人会对家乡有更多的了解、自豪和自信，外地人也会对中原有更多的感慨。如此，当是我们为之满足的，快乐的。

王剑冰于郑州形散庐

邀您共赴
这场中原文化的饕餮盛宴

无论是为新书推广，还是为最确切地表达我们内心最真实的激动，我们都为这套“大中原文化读本”书系想象了很多的广告语。无奈，我们这些河南人都太过于朴实，也不好意思说些太过花哨与夺人眼球实际上却早已失去了事情原本面庞的“豪华”字眼儿。最终，我们只是就这样掩去自己太过激动的内心，带着满怀的诚挚与真情，道一声：四百多名河南老乡，邀您共赴一场关于中原地区传统文化的饕餮盛宴，您约不约？

写这篇编委序时，恰是2016年的立夏。此刻，“大中原文化读本”全套8本书的内容已全部定稿，责任编辑也为它们申请了书号，它们正大光明的、合法的“身份证”也即日将由国家新闻出版总署发放到位，我们的内心又该如何不激动呢？回想一下这套书的成书历程，我们又该如何不感慨良多呢？从2014年年底，到2016年的立夏日，这个中的曲折、努力、激动、欢喜、欣慰……又怎能一个“好事多磨”解释得了呢？

从一开始，“大中原文化读本”的策划方向，即是为河南省、中原地区优秀传统文化立传立言，发动所有能够以文字代言、表达真实内心的河南老乡，无论是作家还是文友，无论是“术业有专攻”的专家、学者，还是名不见经传的普通乡民，用文字来一场关于中原传统文化的“集体回忆”。让为生活计而远离中原故土家园的河南老乡们，有这样的一套书以解乡愁；让对河南人有误解的外乡人，通过这样的一套书来深刻认识中原地区优秀、灿烂的文明，以及河南人至情至善的人格内核。

因着这样的大志向，2015年年初，征稿伊始，“大中原文化读本”便引起了河南文化界的极大关注。有知名作家把自己正在整理、打算出版的整部书稿都直接发给我们，让我们随便选用，从始至终连稿费多少都未曾问过。有普通文友也是热情高涨，大笑地说着“作为一个土生土长的河南人，中原文化的盛事又怎么能少了我呢”，继而一篇接一篇地把稿子投给我们。征稿六个月，我们共收到来稿七千多篇，至于其中有多少河南老乡甚至省外作家、文友参与了进来，我们无法做出精准的统计。虽然，因为图书版面有限，编委会最终从这海量的来稿里优中选优，敲定了八本书的全部内容，最终仅选用了四百多篇，但是，我们依然可以任性地说：这套书至少是河南老乡共同创作的，我们实现了“河南老乡集体回忆”的初衷。

截稿之后的2015年下半年，我们开始既紧张又欢欣的选稿阶段。之所以紧张，是因为投了稿子的作者们急切地想要知道自己的作品是否被录用而每每催问；是因为关注“大中原文化读本”的老乡们一直在催问什么时候见书；是因为我们自己怕漏过每一篇佳作，怕一丝一毫的不负责任就无法做到把中原文化的最美面貌呈现出来，毕竟，正像翘首以盼的读者所说的那样：“这套书势必会成为河南文化的一张名片，甚至是脸面。”我们又怎敢掉以轻心？

之所以欢欣，是因为我们这些人虽然冠以“文化人”的名号，到底是不敢妄言什么都懂什么都明了的，而恰恰是在边读边选稿件的过程中，对中原文化知识进行了恶补。能学习到新的文化知识，让人如何不欢欣？另外，还是因为在选稿读文时，我们往往会发出“当年我也经历过”的感叹，那似曾相识，那有着共同的中原文化背景的乡愁情结，在文字间得到了共鸣，获得了纾解。能亲切到彼此像共同成长、一起生活的伙伴一般，让人如何不欢欣？

《美食中原》，我们流着口水，回忆着母亲做的咸菜疙瘩和蒸卤面的香甜在看；《民俗中原》，我们回忆着很多习俗尚且还在时日子艰难却家庭温馨、乡邻和睦的童年往事在看；《戏曲中原》，我们伸长了耳朵，听着马金凤威武的“辕门外，三声炮”，听着唐喜成嘹亮的“风萧萧马声嘶鸣”，听着任宏恩让人忍俊不禁的“月光下，我把她仔细相看”，于乡情乡音乡戏的沉醉中在看；《故都中原》，我们忍着被文字撩拨得几乎要夺门而出，来一场说走就走的故都之旅的冲动在看；《寻根中原》，我们带着对自己的祖上的追根问底，带着对老宅旧屋的浓得化不开的乡愁在看；《问宗中原》，我们沐浴着深山佛寺的清净之味、函谷关道家的自由之风在看；《古镇中原》，我们是看几篇文章就被文字吸引了，带着非要去那些散布在中原地区的文化名镇、传统村落里走走看看的回归感在看；《非遗中原》，我们带着对很多先辈留给我们的民间文化精粹许多几乎今已不见了踪影的遗憾，以及部分得到了重视、发掘且被继续传承的欣慰在看……

而当你来赴这场关于中原文化的饕餮盛宴，把这“八大件”的套餐拿在手中的时候，你又会如何看呢？

辛苦不再赘言。感谢所有曾给予“大中原文化读本”以来稿支持与帮助的人们。感谢上苍，让我们有这样一个共同赴“宴”的机会，约不约？等你，不见不散。

《大中原文化读本》丛书编委会

目　录

美食中原：
一碗烩面的情意

面条情缘

中州汤韵

馍饼糕点

家常菜馆

风味小吃

1
/
30

中原大地是小麦主要生产区，在此基础上也形成了中原人以面食为主的饮食习惯，各种各样的面条带着不同的口味反映着中原人的智慧与深情。最难忘，母亲擀的那碗捞面条；最难忘，饿极的时候喝下的那碗芝麻叶浆面条；最难忘，那一大碗如中原男人一般厚道的烩面……

说说俺沈丘的羊肉烩面

李新春 | 文

走在河南的大街小巷，数不清的羊肉烩面馆飘荡着诱人的香味。当街之上，大师傅面对着一口热气腾腾的大锅，双手熟练地将一块面坯慢慢拉长，然后像杂技里的抖空竹那样甩几下、抖几下，将面带撕开扔入有着调料的沸腾的羊肉浓汤大锅内。终于，一份用白瓷蓝花的大碗盛着的、香气扑鼻的羊肉烩面被端放到你的面前：牛奶般乳白的汤汁、嫩嫩的羊肉、脆脆的海带条、摇曳的黄花菜、青青的香菜、卧着的鹌鹑蛋，真是色香味俱全啊！桌上另外放着醋、油泼辣椒面、大蒜，你可以根据自己的口味酌量放入碗中，汤白味鲜，面滑筋韧，吃得你大汗淋漓、畅快非常！

1988年我辍学后，父亲托了在我们河南沈丘县城很有名气的厨师我的四叔，让我到县城沙河南批发街尽头的酱菜厂对面的一家清真羊肉烩面馆做服务员。老板是回族人，高高的个子，很善良和蔼，也极有学问。老板的父亲是个像说书人一样的老汉，经常在我面前讲古，老爱说《隋唐演义》里的单雄信被俘时不屈的样子。烩面师傅是和我同村的我没出五服的族哥，还有老板的外甥，收账的是老板娘。

大热的夏天，老板的外甥在隔着窗户的操作间的案板上揉面，把很大的面团用力摔得嘭嘭啪啪响，顾客看得目瞪口呆。

店里每晚忙到12点才关门，我们再去附近的沙河里洗澡。太辛苦了，我只做了两个月就不做了。

食客来临，往往是先点几个凉菜、热菜，要了啤酒，吃喝得差不多了，最后才让下烩面。

羊肉烩面做法很讲究：汤，浓酽醇厚；面，鲜香有韧劲；羊肉，

【作者简介】

李新春，河南沈丘人。河南省作协会员，文化传媒人。香港当代文学研究会常务理事，洲际文化艺术学会理事。出版有诗集《青鸟》、散文集《醉春风》、小小说合集《月亮出来亮汪汪》等。

鲜嫩酥烂。做羊肉烩面有“三要素”：面、料、汤。和面的时候要放一些盐，揉成团后醒二十来分钟，然后再揉十来分钟，醒二十来分钟，反复几次，再用刷子刷上芝麻香油慢慢喂养着，抻出的面条才更有韧劲。“唱戏的腔，烩面的汤”，羊肉烩面的汤料很丰富，包括羊肉、粉丝、木耳、黄花菜、豆腐皮丝、海带丝、鹌鹑蛋等。最关键的是熬汤，选用上好的羊肉同羊骨架加上各种香料文火慢慢熬制，熬至汤白肉烂。我当年做服务员的那家烩面馆生意很好，那个乡下卖羊肉的人每天晚上都会骑着自行车，后座上驮着一个大柳条筐，里面全是新鲜的羊肉，取下后放入一个大塑料盆里用水泡着，第二天用。“槐店的山羊，固始的鸡”，槐店镇是我们沈丘县政府所在地，我们县的山羊多得很。小时候我放羊都放到了小学五年级呢。可以说，我们河南不缺的就是羊肉。

烩面碗里放入姜块、海带、醋、油泼辣椒面、蒜等，还有解除羊肉膻气的作用，大热天吃得汗流浃背，大冬天吃得浑身热气腾腾，与麻辣火锅有一拼。

烩面最大的特点是碗大量足，汤醇厚可口，面外滑内韧，咀嚼有张力，真可谓“汤鲜、味美、面筋道”。

纵观中国的面食，各具特色：甘肃兰州的牛肉拉面细长柔韧，牛肉吝啬得像方便面调料包里的牛肉粒那么少，却讲究面汤清亮。有的兰州拉面馆写的还有羊肉烩面，你可要当心大师傅骗你呢，他只是将面拉宽些而已，哪里是烩面呢。山西刀削面很耐嚼，筋道十足，削面师傅将一大面团托在左手上，右手拿一小铁片，唰唰唰，一片片的面片像小鱼儿一般游入锅中，更绝的有的高手将面团顶在头上削面而不伤毫发。广西的云吞叉烧面也像拉面那么细，只不过是放了一大块油炸的薄薄的瘦肉片，再放点青菜、油炸花生米。甘肃兰州的臊子面我也品尝过，也是像拉面那么细，上面放的是切碎的白萝卜丁、葱丝。我是受了著名作家陈忠实的长篇小说《白鹿原》的影响与诱惑，才去品尝的，因为小说里老是写到吃泼了辣椒油的红汪汪的臊子面。

我不喜欢吃南方的大米饭，我最爱吃的还是我们河南的羊肉烩面，大碗、大方、大气，一如我们中原人的醇厚爽快纯朴大方。不到长城非好汉，来到河南不吃烩面真遗憾！若是你到河南来，请一定尝尝美味的羊肉烩面！

烩面之厚道，一如厚道男人

段海峰｜文

说美食，界定有争议。南美亚马孙河流域有一种虫子，面目狰狞，浑身黏液，外人视为恶物，当地人却奉为美食。再如幼鼠，多数人对其心存敌意，但广东沿海一带却有人嗜好“三吱溜”，即把浑身通红无毛的幼鼠用筷子夹起，幼鼠吱吱乱叫，是谓“一吱溜”；再把幼鼠放入盛有由葱、姜、蒜、醋、糖、油等配制的调料的盅内一涮，幼鼠再叫，谓之“二吱溜”；最后食客将幼鼠送入口中一咬，幼鼠狂叫，这就是闻名于南方食客中的“三吱溜”！相信这样的场面，在多数人看来不止是恶心，更是恐怖！但对于喜好此菜的人来讲，却是美味。因而这美食之意，也就因人而异，因地而异。家母在世时，曾对我说过这样的俗语：饿时糠也甜，饱时肉也黏。

现在我写自己眼中，更多是口中的美食，也就只以自己的口味为标准，读者如果有不以为然者，则应理解为我个人的偏好吧。

比如这回要写的烩面，在大众眼里，可能算不上美食，起码上不得档次，但是这种面食，在中原流行之盛、范围之广、食者之众，恐怕是难以用具体数字衡量的。有一年，我去外地数十日，各地美食食不甘味，心里想念的，就是这大路货——烩面。还是在返程的飞机上，我就大声向周围同事招呼：下飞机，我请烩面！保证管饱！一时应者甚众，场面甚是热烈。用区区八元钱一碗的烩面打发胃口，似乎与坐飞机的身份不大相称，但人的胃口，有时是顾不得身份的。已经在美国洛杉矶定居的黄女士回到郑州，对我说：我有一颗中国心，更有一个中国胃！大凡宴请海归人士，一般不必用山珍海味，用最中国、最传统的食谱，大多都能让这些思乡之人心满意足。

【作者简介】
段海峰，河南开封人。中国作协会员。历任河南省新华二厂会计，《时代青年》编辑部主任等职。著有诗集《潇洒的青春》《罗曼地带》，随笔集《有话要说》《品茶斋随笔》；主编《当代名家感悟人生》丛书等。

在郑州，烩面的典型吃法，是配一小碟糖蒜、一小碟辣椒，佐以精美小菜一素一荤。待烩面端上来，热腾腾一大碗冒着热气，碗大如盆，常有外地女士惊呼：怎么用盆吃饭？太大了！但是奇怪，多数男女，总是能把这一大“盆”烩面扫光，会吃的还要喝汤。烩面讲究的是碗要大，汤要厚，辣椒要旺，碗上漂着一层油汪汪的辣椒油，有雅兴的人还会再加一点香醋。挑一根宽如裤带的面条，入口细嚼，香郁筋道，口感颇佳，再吸一口热汤，咦，此时顿有汗津在背、物我两忘之意，痛快！我常喻烩面如男人，厚道，才能靠得住。女人找丈夫，都认为厚道的男人靠得住，烩面就如厚道的中原男人。我认识一位李姓的女士，单身一人，得知我用烩面比喻厚道男人，立即给我下派任务，要为她介绍一位如烩面一样厚道的男士。任务不轻，担子很重。自此，若有厚道单身男士看了此文，希望前来打个招呼吧。

话题扯远了。郑州的烩面馆也许有几百家吧，生意好的，都是名气大的，每及午前11时左右，即有食客前往，至午时烩面馆已经爆满。有家生意相当不错的烩面馆，抻面的小师傅，帅而且干净，当众抻起面来，上下翻飞，似演出，似杂技，食客中不时有人大声叫好，引来众人鼓掌响应。此时店里已没有空座位，有人就端了碗站着吃，当然多是男士，女士们还是要等，直等到有座位了，再坐下慢慢品嚼，细嚼慢咽，方有回味，她们是悟出了吃东西的真谛。

烩面的做法，应该是很简单，自己在家也完全可以一试身手，但是为什么自己下厨，做出来的味道差别那么大呢？我的心得，一是面坯要筋道，一是汤要厚。商店有简包装的烩面坯出售，但是这种面坯，不要马上下锅，而是拆包后，再抹一层油，醒一会儿。煮烩面的肉汤，要用骨头汤为宜，骨头越大越好，炖的时间越长越好。炖数小时

的骨头汤，其汤将纯白如奶，其味醇如醍醐。大街上的小烩面馆会有偷工减料之处，在汤里加上奶粉，看似也白，但吃饭是味道当家，入口，立辨厚薄。

面坯和骨头汤都备齐了，这是主角，不过配角也不可小觑，一个人唱不了大戏，接着要准备木耳、黄花菜、芫荽、粉条、海带、炸过的豆腐丝，这些配角，会将这碗烩面衬得完美无瑕，更重要的是营养跟上了。烩面再好，无非是面，淀粉居多，而这些配角，正好弥补这个缺憾。想想正职一定要配副职，局长之下，总有数名副局长；主任以下，佐以副主任若干名。道理一样。

我是一介草民，所以对这种平民食品有着深深的感情，不仅仅喜食，而且喜做。后来干脆仗自己粗通文墨，把烩面一节写进长篇小说《美眉香》中，让书中的女主角大嚼烩面，这是甚嚣尘上了！结果此书出版以后，主要故事被人淡忘，但吃烩面一节因为写得精彩，受到不少读者喜爱，更有好事之人，将这一节在网上传播，令我在自鸣得意之时，又有哭笑不得之感。

扶沟烩面，酱就一点点

成 城 | 文

有外省的朋友来，问我河南有什么美食时，我总有些无言以对。到底，我远够不上吃货级别，在吃食方面，更是果腹即可，竟从无刻意记过那菜食之名。心底明知开封鼓楼小吃街，满大街的都是所谓河南美食，无奈名字没一个记得。烩面、胡辣汤，倒能脱口而出，却自觉如果只带朋友食了这些，显得不够庄重，体现不了河南中原大地的热情与美意来。

况自身虽河南人、北方系，到底不大喜吃面食。无论蒜面条、汤面条，还是蝌蚪面、糊涂面，皆不喜。每每同乡齐聚，餐毕上主食，皆是面，我都是坐在一旁看着他们呼呼噜噜吞面吞得无比香甜酣畅的看客。

原本，还是喜食烩面的，也皆是因了这烩面带着些少年时期的青葱记忆的缘故。只是，自从少年事已过，远离那青涩成长的故土，漂泊在外这些年，无论吃起哪时哪地的烩面，都再也吃不出那喷香扑鼻、酣畅淋漓的感觉来，倒每每觉得味同嚼蜡，如此反复几次，竟对烩面也提不起什么兴致来。

郑州的烩面，出名的有许多家。最开始，多是五块钱一碗。面宽且厚，甚至还带着挥之不去的碱味儿。一筷子抄底儿翻个底掉儿，下面那一坨纠缠在一起的粉条、豆腐皮丝、海带丝，拥挤上来，生生占了大半碗的光景，倒显得那粉白的烩面条子，竟成了点缀一般。汤多是极清淡的，葱花与香菜倒漂了满碗，显出难得的诱人食欲的有机色泽来。偶尔，也会在某家知名烩面馆里吃到放了精致鹌鹑蛋的，连汤都浓白，食之有种淡淡的中药味儿出来——竟像是有了特色一般，便扬言自称是“滋补烩面”了。

【作者简介】

成城，河南扶沟人。中学教师。

细想之下，烩面烩面，终究主角还应是面。面不爽口，莫说放了鹌鹑蛋，即便放了恐龙蛋，也不过如此；难道滋补烩面，只是让人喝汤大补而已？

五块钱一碗的时候，那盛面的碗倒是极大，透着河南人的实诚。莫说是我这样挑剔尖酸的食客，即便在我最不挑食的当初，那一大碗，我也多是吃不完的。

只是，渐渐不再吃郑州街头的这些烩面了。后来，听说它一路涨了价，盛面的碗却是精致了许多，想必盛的面自然也是“精致”“小巧”了许多吧。莫说亲口去尝了，即便是想象一下，都觉得不过瘾，没有丝毫河南人的豪气与实诚，倒更像是南方人精致的青花瓷、细白茶碗一般，品品即可，倒不必讲究个饱的。

匆匆之间，已是许多年没再吃过烩面。

前些日子的一个周末，闲散地在街上走，小街，两旁皆是小食店。偶一瞥间，陡然看到那门前灯箱上有着“扶沟烩面”四个碧绿的字。

老家的，烩面。这字眼儿，一下子就牵动了我的回忆，扯住了我的脚步，身不由己地折进去，招呼一声，老板，来碗烩面！之后，又觉不放心，更是重重地加了句：扶沟烩面！

店面不大。三张小桌，顶多能同时坐上七八个人。老板娘让趴在旁边一张餐桌上写作业的女儿先自己写，然后就洗了手、系了围裙，钻进了后厨。那写作业的小丫头大抵是常见陌生食客的缘故，倒也不见生分，见自己老娘进了后厨，竟放下手头的铅笔，手伸衣袋里，抓出一小掌心的葵花子来，伸到我面前，“叔叔，你吃不吃？”我心底竟一下子无比温柔起来，像看到了老家谁家的小丫头……

在这样的小面馆里吃烩面，绝不会有像吃烩面名店时的那种等吃流水席一般的感觉，无须先付钱，然后收银员给你一红一白的两张写着“烩面一碗”的票，再然后等店伙计过来收走其中的一张……然后等到碗茶尽了、瓜子嗑得嘴巴都涩了，甚至连小啤酒也已喝了个瓶见底儿，依然需要你伸长了脖子张望，好不容易逮到一个从像菜市场一般的熙攘人群里穿梭而来的店伙计，在鼎沸的人声里不顾形象地大声质问：我们的面怎么还不上？

在这样的小店里，也是需要等

的。但店里暂时就你一人。坐在那里，隔着门帘，你无法窥见后厨，但你知道，那里面或一人或两人的忙碌，皆是为了你一个人。你翘首以盼着，就像儿时你疯玩得累了饿了，然后一身灰尘地回到家，向母亲喊一声，妈，我饿了。然后就坐在那里，看母亲在厨屋里忙活，翘首以盼着。

其实，也只有五六分钟的工夫，面便被端了上来。记忆里，有些粗糙的大碗；记忆里，扑鼻而来的浓香；记忆里，那浅浅的汤、突兀而起的面，不窄不宽恰到好处、不厚不薄刚刚好；记忆里，鲜嫩的羊肉，外加招展在最上面的墨绿墨绿的后秋时节的香菜……都在。只是，那是什么？酱？对，芝麻酱！在香菜的枝叶旁，像线条流畅的写意书法，缭绕在突兀成山的“山顶”。

是的，记忆里，唯独走失了它，那一点点的酱！

这么多年，不曾忘了少年时兄弟三个逃了课翻遍了每一个人的口袋凑足了钱，到学校门口的那条小街上的唯一一家烩面馆里打牙祭时的欢喜模样；不曾忘了正当大快朵颐时，突然恰逢有同村的人从店前走过，巧巧地一眼便看到了你，回去告诉你的父亲——你那不争气的儿子，不好好学习，不懂得勤俭节约，竟然学有钱人家的孩子下馆子，然后在周末回家的时候，被父亲胖揍了一顿时的狼狈模样……却只是忘了，那些年吃的扶沟烩面里，是有芝麻酱的。

离开扶沟，吃过的所有地方的烩面，都没有它。没有这点酱，沉沉的、诱人的一抹香。

原来，记忆里的美好味道，不仅仅是岁月阅历的味道，还有那一抹你或许忽略掉了的香。

他年，我与你如若还有一场那么不经意的重逢，只愿不要忘记，那家常的酱就一点点，以及那记忆深处的一抹欢喜的香。

在方城烩面前 我更没有吃相

赵长春｜文

站有站相，坐有坐相，吃有吃相。小时候，父母经常这样说我们兄弟。现在不说了，我们兄弟也都成了父亲。

站相、坐相不说，于我而言，还是没有吃相。当然，在一些场合，我知道座次的尊卑和酒水的深浅。我说的是另外一些场合。

比如，出外开会，我不喜欢围桌而坐的大餐。我总是偷跑出去，一个人，沿着这个城市的小街僻巷踅摸小吃。越深远越简陋的小巷子，我越往里钻。好了，一处小街角，一张小桌子，一口锅灶，两个人，最好是夫妻，招呼着一家小店。木纹的桌椅，些许油腻，大蒜、辣椒、醋，随意地摆放着。我也随意地吃喝，挽袖子，伸脖子，咂巴嘴。一碗地方的口味，或汤或面或饭，实在，不贵。更主要的是，与店家随便闲聊一会儿，然后一抹嘴，再转一家。

还有，来往的火车上，也爱一个人。五六个鸡爪子，半袋子花生米，一本书，铅笔，几页纸。反正谁也不认得我，位置可以的话，趺坐，看窗外，看人，看书，喝酒一小口，划拉几行字。好几次，甚至和人换了座位，硬卧，跑到硬座，就想在一个陌生的环境里，傻想，傻坐，啃着鸡爪子，俗不可耐。

再者，回到老家，吃父母给做的饭。柴灶。锅台。烟囱。苞谷芯烧火。手擀面。葱花爆炒。细碎的芫荽末。金黄的小磨香油。绿菠菜带着红红的菜根儿。大碗，粗瓷蓝花边的那种。“呼噜”一口，实在过瘾。就圪蹴在灶屋里，靠着棉柴堆，“咔嚓”一口大葱，吃得满头汗水。父亲会嗔怪一句：“有椅子不坐，没个样子……”母亲会接着说：“怕啥？自家屋子里。锅里多着呢，再盛一碗……”

【作者简介】

赵长春，曾用名“春子”，河南南阳人。游学过新疆。有小说、散文、诗歌、评论等作品散见于各地报刊。多篇作品收入过年度最佳小小说集、散文集，获过一些奖。出版有小说集《我的袁店河》、散文集《我的望窗季节》、诗集《闪烁的群星》等。现供职于河南某高校。

我饿过。从童年、少年到出外求学，知道那滋味儿不好受。我把每一顿饭都当成一种享受。无论凉拌白菜心还是红烧肘子，无论红薯面馍蘸蒜汁儿，还是海参熬小米粥，我都认真地享用，汤汤水水都要吃尽。所以我喜欢下厨，讲究颜色点缀、荤素组合、形器搭配，切炒炸烧中，有创新有创意有创造，比刷洗碗筷有更强的成就感。当然，这是在自己家中。所以当一切上桌的时候，我就不自觉表现出了不雅的吃相：喝汤有声，吃面带响，放筷出音，怎样舒服怎样坐，然后抚着肚腹，回味无穷……

故乡有一种面，烩面，名气很大，现在不少地方打出牌子“方城烩面”，很能说明这一点。好面靠汤。方城烩面就是面和羊肉汤，加时令青菜，如菠菜、香菜、蒜苗等，没有其他杂项，但好吃得很！每次回去，下车总要先来一碗。分大碗、小碗，碗一样，分量有所区别而已。我们进店时，11点多一点，但已经需要排号。先报饭，大小碗、多少，给你个号，你就等吧。好饭晚吃，吃家都不着急，坐等着。我去窗口看，十几个碗排着，大锅，大勺，大师傅抡着胳膊扯面，熟稔得如同艺术表演，热气腾腾中，一碗碗面盛出，分量就在师傅心中，大碗、小碗，都很到位。撒香菜，滴香油，吆喝一声：“八号四碗，两大两小！”

我就赶紧回到自己的桌前。我要的是大碗，腹圆，口阔，肚深，碗口大，不恰当的比方，整张脸扣上去盖不满，要是端起碗喝汤，就没有脸了——一大碗清清爽爽的烩面啊，满满当当！

端坐，执筷，闻香，喝汤，还是当年的老味道呀！我给同行的外地朋友说，先尝原味儿，原汁原味儿，吃面，喝汤，品浇头的肉疙瘩。吃三分之一后，出汗了，再放醋，放羊油炸的辣椒。辣椒捣碎，炒至香辣，滚烫的羊油浇上去，更香更辣！来一筷头，搅进烩面碗里，你再吃一口喝一口，又是好味道！

就这样吃着，想起了读高中的夜晚，馋涎欲滴了，几个同学跑出去，到老电影院附近的那一家，每人要上一两至多二两，就是想吃那个味儿，硬是把人家一碗油炸辣椒干掉。老板理解：“学生娃嘛，好吃，没钱儿。”想着这些，眼睛有些湿润，好在饭馆里热气腾腾，我也是一身、满脸的汗。放下筷子，问询他人，人家的目光有些讶异：“你吃饭看着吓人……风卷残云！狼吞虎咽！饕餮出海！”——看来，我的吃相又不雅了，吓着了人！

不过，这也是一种投入的享受啊！每一天都不会再来，每顿饭都只有一次。所以，好好珍惜，也是日子的静好和美好。带着这种感激和感恩的心情去吃好喝好，日日都是好天。

如此痛快淋漓，不要吃相也罢！

故乡的饸饹面

孙　兴｜文

那天，夕阳西下，晚风轻拂，我盘桓在异乡一条小吃街的夜市上。临街搭建的帐篷下，灯火通明，炊烟袅袅。葱油饼、水煎包、炒凉粉、炸枣糕的叫卖声不绝于耳。但唯有那声“好吃不贵的饸饹面咯——”紧紧吸引了我的目光。

“先生，要不要来碗尝尝？”老板肩搭汗巾，热情招呼。我半推半就在饸饹摊儿前坐下。

时光似乎顷刻间倒流了四十余年……

记得春天那场风，真大。从二月二刮到四月初八，官道两沿儿的麦苗被吹得露出了白根儿，不久便慢慢地枯死了。立秋那场雨，真猛。连绵一月余，平地能行船。乡邻们把门板摘下来，漂着去剪水中的高粱穗。腊月那场雪，真凶。一夜没膝深，白皑皑一望无垠，一冬未开化。雪地上印满了村民们逃荒的脚印。

正月十六刚过，三驴从公社开会回来，说是当上了农业技术员，要搞火炕红薯育苗，落实“红薯很好吃，我很爱吃”的最高指示。从此，一个“大种红薯，多种红薯，备战备荒为人民”的运动，在我的家乡轰轰烈烈展开了。

按照公社发的图纸，技术员悉心指导，经过无数个日夜鏖战，育苗火炕终于挖成了，深埋地下的煤炉点燃了，火炕上星罗棋布的烟囱都冒出了白烟儿。接着，人们将精选的不大不小、无斑无痕、豁亮新鲜的红薯块，一块紧挨一块密密实实地码在温床里，而后撒上薄薄一层掺着农家肥的黄土，再洒上水，最后盖上白色透明塑料布。

一个星期后，红薯苗果然在塑料布下绿蓬蓬地长出来了。

【作者简介】

孙兴，自号“晨露斋主”，曾用笔名“黄痴人”“白汀”等，河南封丘人。河南省作协会员，中国散文学会会员，河南戏曲学会会员。出版有散文集《蓦然回首》《文化感悟》、长篇小说《天光云影》、杂记《陈桥兵变史话》等。

刚过农历三月三，故乡原野的庄稼地、围堰、河堤、房前、屋后都见缝插针地栽上了红薯，故乡成了红薯的天下。

转眼红薯到了中耕除草时节，蹲在红薯田间翻秧的社员，都有意无意地扯掉一些红薯蔓。扛回家，叶子捋下来，掺面蒸熟人吃，红薯梗碎碎切了喂猪。

霜降一到，红薯叶立马变黑变焦，红薯秧下的地面皲裂隆起，红薯该出了。北庙的小学放了假。社员白天给队里挖薯窖，晚上打灯在自家院里挖薯窖。夜深人静，老村地下到处都是“嗵嗵嗵”的钝响，像《地道战》里的高家庄。当然，薯窖塌方压死压伤人的事也时有发生。

那时，在黑灯瞎火的田野，也是人声鼎沸，家家户户男女老幼都在披星戴月切薯片。人们将新切的白花花湿漉漉滑溜溜的薯片，一沓沓一片片摊开在铲平的沙地上，等待明天的太阳。不过月黑风高，忙里偷闲，饮食男女，窃玉偷香，也时有耳闻。

薯片干透后，放入石臼捣碎，再上磨磨成红薯面。红薯面细如香灰，磨屋里的粉尘如烟如雾。姑娘媳妇们磨一回红薯面，要吐上三天灰痰。

每到中午，总能看见赤裸的孩童们，肩扛奇形怪状马凳，在街巷里匆匆奔走，酷似走街串巷的磨剪客。其实扛的那是饸饹架：四条腿长凳，凳面正中凿一蒜臼样大圆洞，洞壁浑圆光滑，洞底裹上铁皮，铁皮上钻无数细孔。一根结实木杠，固定条凳一端，杠腰安装圆木活塞，插入圆洞严丝合缝，上下自如。

饸饹架刚刚收拾停当，薯面饽饽就下锅了，大嫂们一边揩着揉红的泪眼，一边端着热气腾腾乌黑晶亮的饽饽，从炊烟蒸腾的厨房里冲出来。

“咯吱——扑哧——哧——”“咯吱——扑哧——哧——”饸饹床在男子汉屁股下极不情愿地工作，那呻吟很不中听，让人浮想联翩。接着，一缕缕锈铁丝般的饸饹面缓缓坠下，或平躺锅盖上，或飘落水盆中。乡亲们形象地管这种薯面饸饹叫“钢丝面”。

“钢丝面好吃是好吃，就是吃了烧心吐酸水。要是有点肉浇头，吃了就不烧心了。”黑根叔嘴里嚼着“黑钢丝”，一边替胃发愁，一边向往腥荤。

三驴立马揶揄道：“哼！知足吧你。想想那头朝下的美国佬儿，连不撒盐的赤肚钢丝面也吃不上，你就不想肉浇头啦！”

…………

“咋样先生，味道还可以吧？”老板过来收拾碗筷。

“还好、还好！就是油水太大，有点儿腻。”我一手捂着嘴角边剔牙，边拖泥带水地说。

饸 饹 面

郭良正 | 文

市电视台一行几人来到石湾村张大妈家。带队的李导对张大妈说："听说您老人家做饸饹面很有一手，方圆左近特别有名，我们这次来是想采访您一下，准备做个专题片。"

张大妈张开掉了牙的嘴乐了起来："咦，我还想着有啥要紧事儿哩，这要说饸饹面呀，也没啥金贵的，就是家常饭嘛。"

"不，大妈，您不知道，这里面可是大有文化呀。"我插嘴说。

"没，没文化，就是用荞麦面、红薯面，还有其他粗粮面做的，这里面真的没文化，除了水和面，就啥也没有了，咋会有文化呢，这我知道。"张大妈一席话说得我们哈哈大笑起来。

李导引导着说："大妈呀，您别着急，您看着没有文化的东西呀，并不一定没有文化，能把面和水做成饸饹面，这就是文化，这叫作饮食文化，您老就是这种文化的实践者和传承人呀。"

"那你说我也有文化了？"张大妈脸红了起来，"都说读书人有文化，俺这乡下老婆子咋也成了文化人呢，我就不明白了。"

"这样吧，张大妈，您先说您是从什么时候开始学做饸饹面的。"李导说着给摄像打了个"开始"的手势。

"唉，小孩儿没娘，说来话长呀。我是属猴的，民国三十六年我3岁……"张大妈从历史深处挖掘了起来。

"这饸饹是用这做的——"张大妈说着站起身走进厨房，搬出来个长条板凳一样的东西说，"这是饸饹床，先和好面，把这个床架到锅台上，把水烧开，就这着，就这着……"张大妈一边说一边比画着："就是这样做成的。"

【作者简介】

郭良正，笔名"东壁逸人"，河南泌阳人。经济师职称，先后在多家企业从事财务、管理等工作。中国化工作协会员，鲁迅文学院学员。发表作品数百篇，出版有小说集《中山街往事》和长篇小说《山雨欲来风满楼》等。

我们都全神贯注地看张大妈演示，待演示完毕，我问："张大妈，您都六七十岁的人了，现在还做得动吗？"

"咦，做得动，我的身子骨结实着哩。"

一听她这话，我和李导相视而笑，意思是有戏，这次没有白来。

为给张大妈有充分的思想准备，我说明了这次活动的意义，并要求中午给我们做一顿饸饹面吃，全程拍摄她老人家做面，经编辑后在市电视台播放，效果好的话，再推荐到省台，甚至央视都有可能。

经过两三个小时的交流，张大妈也不拘束了，放得开了。她说："孩子们呀，就是不拍电视，这长天老日头的到俺家来，我也得给你们做顿饸饹面吃呀。"这朴实的话语打动了我们在座每个人的心。

在家人的帮助下，张大妈又重操旧业，认真细致地做了一遍重复了几十年的家常饭——饸饹面。

收镜后，张大妈突然走到李导跟前说："孩子，你还没有问我叫啥呢。"

李导一愣，还没有迷瞪过来劲儿，张大妈接着说："我叫张菊妮呀。那电视上不是成天说谁谁去开会啦，谁谁去哪儿呀，谁谁去干啥啦，我上电视也不能没有姓名呀。"

"哦，对，大妈说的有道理，一定要让您人和名一起上电视。"李导认真地说，并在笔记本上一笔一画地写下了张大妈的名字。

我们吃完张菊妮大妈做的饸饹面，临上路时，我掏出500元钱塞到张大妈手里说："大妈，让您受劳累了，这200块钱是中午的饭钱，300块钱是您的劳务费。"

张大妈一惊，手哆嗦了起来，推让着我，说啥也不要，我说啥也不能不给，几经推让张大妈算是接住了，但没往兜里装，始终握在手里，向远去的我们挥动着那只拿钱的手，变成一个黑点时，似乎还在那里晃动着。

此时，我鼻子一酸，两行热泪顺面而下，想起了我在乡下的妈曾经多次送我离家的场面。

粉浆面条

胡 泊 | 文

粉浆面条不但注重面条本身是否筋道绵柔，还注重浇头和配菜，而汤汁更是……太特别了。

父母对孩子的心情总是充满了矛盾，想孩子们有出息，最好能成为人中龙凤，又想他们能安稳平凡地过完这一生。实在是，世事多艰，怎么活都是一把双刃剑。如同对家乡食物的那种独到又有“私心”的情感：这么美味且特别，为什么没有名声在外？可转念一想，人人都有机会吃它，那种“独有”回忆的荣耀感也势必会削减吧。

家乡的妈妈们大多会做粉浆面条，那是一代又一代的传承。把绿豆或者豌豆泡好磨成浆，反复过滤，直到浆水里没有豆渣。接着放一到两天，等浆水发酵变酸，粉浆面条的精髓——浆水就做好了。酸浆在锅里煮至白沫泛起，滴入少量香油，用勺子轻轻打浆，浆水会又香又滑。要下的面条以前都是手擀面，看着奶奶或者妈妈用擀面杖把面饼卷起再在案板上捶打，让面饼变薄，那“嚓嚓嚓——嘭！”的有节奏的擀面声预示着一餐饭的开始。等擀成了厚薄适度的一张圆圆的面饼，再用擀面杖轻巧地挑起、折叠起来，以方便用刀切成同等粗细的面条。后来没有那个时间和精力擀面条了，也不用省那个钱了，就去面条店里买，买来的面条就是我们说的湿面条，超市里的那种挂面是不能用的。机器能很好地控制面条的软硬度，但是据说嘴刁的人能轻易地吃出来手擀面和机制面的差别。

配菜没有别的选择，一定是芝麻叶，这是任何蔬菜都替代不了的，所以不嫌麻烦的人也会给粉浆面条一个更详细的称呼“芝麻叶粉浆面条”。外地人一定会觉得神奇，芝麻叶就是芝麻的叶子吗？这也能吃？

【作者简介】

胡泊，河南西平人。新闻学学士，比较文学硕士，江苏文艺出版社编辑，中国国际标准舞总会教师。书评人，舞评人。另生产虚构类作品。审美者，旁观者，尊崇所有能够表达自我的形式。身在他乡，常思故土。

芝麻叶要用作食材，制作过程和茶叶有类似之处：把新鲜的芝麻叶“杀青”煮至变色，然后挤出水分，再晾晒至完全脱水，做成干菜，储存起来。等到要吃的时候再提前泡发泡软，挤出水分，待把泡好的芝麻叶挤成了一个菜团，再把它们撕开，等待入锅。粉浆面条的浆水、面条和芝麻叶之间的呼应简直太奇妙了，难以想象第一个这么吃的人是在怎样的契机下发明了这道面食。有着沙沙口感的满溢着豆香的略带酸味的浆水，配着柔韧而绵软的面条，配着散发出淡淡清香的柔嫩的芝麻叶，确有天作之合之感。

北方面条不是不注重浇头，只是那浇头无论在量上还是在对味道的影响力上，通常都只作锦上添花之用，有它更赞，没它也能过。粉浆面条的浇头一般是腌好的黄豆掺芹菜丁，为粉浆面条更添清香，视觉上也多了一点清新之色。

这当然还没完，一碗粉浆面条出锅之前，会淋上一勺小磨香油，以中和浆水的味道。等浇头也在粉浆面条上堆出一个小小的尖了，口味重的人还会再浇上一点辣椒油，这是一碗粉浆面条的极致了。

记忆中每一次吃粉浆面条都是在中午，做好了一大锅，左邻右舍的叔叔阿姨都会被叫来吃。大家就围站在院子里，一人捧着一碗，用筷子往嘴里扒拉，连吃带喝，连面带汤还有菜，带着浓浓的酸香味进了嘴里，吃上两三碗也不会伤了胃口。本来还以为自己记忆出错了，后来看医学杂志，发现面条本就最适合中午吃，因为它含有丰富的碳水化合物，能提供足够的能量并刺激人的思维，而且在煮的过程中会吸收大量的水，因此能产生较强的饱腹感，所以中午吃面条是不错的选择。果然，生活的智慧就在生活之中。

时尚圈的朋友说，每一个品牌都有它自己的特色，有自成一体、非常排外的特色，所以不懂得搭配的人就买同一个品牌的衣服和包包就是了——一定不冲突。家乡的食物也是一样，浆水和手擀面是我们的特色，芝麻叶更是“橘生淮南”，其他地方的断没有这么可口。再加上腌黄豆，它们这么般配，就像本该如此。一次去一家高档饭店，端出来的地方特色“芝麻叶粉浆面条”，上面居然撒了一撮香菜！简直让人想捶桌。

还是在秋风乍起时回家乡，在大街上寻一处老奶奶的摊子，坐下来，“来一碗粉浆面条”，等的时候发现，她长得和我奶奶有几分像。

最爱洛阳浆面条

艾　英｜文

面条虽说是一种大众食品，但是花样繁多。你可能经常吃鸡蛋面、炸酱面、排骨面、海鲜面，或也品尝过上海的阳春面、山西的刀削面、陕西的臊子面、兰州的牛肉拉面、成都的担担面、江浙一带的烂糊面，甚至韩国的冷面。但是说起浆面条，你可能就不太熟悉了，浆面条是我们洛阳的特产。

洛阳大大小小的浆房不计其数，它们都以做粉面和卖浆汁为生。老字号的有老城的王氏浆房，据说已祖传三代；吕氏街34号的孙氏老浆房，也是几代相传，他们各有各的绝活儿。

浆汁是做浆面条的主料，是将用水泡过的绿豆粉碎后，加入小浆（俗称“引浆”）经发酵而成。过去三五分钱，现在也不过两三角钱就可买一大锅。用发酵的酸浆水下面条，里面再放些青豆（洛阳人叫“大绿豆”）、芹菜等，就是浆面条了。浆面条放到嘴里，首先的感觉是酸，但不是醋的酸味，而是一种淡淡的、绵绵的酸味。就像喝茶一样，花茶泡出来的茶水色泽金黄，味道浓郁芳香；绿茶泡出来的茶水色泽淡绿，味道清香，余味悠长，远比花茶耐品。醋的酸好比花茶，浆面条的酸好比绿茶，我总有这种感觉。浆面条属发酵食品，像酸奶一样有营养，还容易被消化吸收。豆面共煮，营养丰富、搭配合理。里面的芹菜丁或其他蔬菜，含多种维生素。所以在洛阳，无论是星级宾馆还是街头小吃摊儿，都有浆面条卖。不管是城市还是农村，家家都吃浆面条。老百姓吃浆面条多为填饱肚子，也有只为改善一下生活。酒足饭饱的人吃是为了消遣，也便于消化过多的油腻。浆面条有刮肠油的功能，有助于减肥，深受小姐和太太们的青睐。浆面条在洛阳真是城乡都爱、贫富皆

【作者简介】

艾英，原名李爱英。洛阳作家。生前供职于中国空空导弹研究院，担任《航空兵器》杂志主编。出版有畅销饮食文化散文集《大嘴吃八方》。

宜的大众情人。因我是外地人，不大会做浆面条，在洛阳土生土长的刘嫂就隔三岔五送一大盆浆面条来。有时刘嫂给的浆面条多得吃不完，我把剩浆面条热热，想的是打扫剩饭。没想到一尝，味道比新鲜的还得劲儿。

待我给刘嫂说了这事，她大笑说："我们乡下有句老话叫'浆面条热三遍，给肉都不换'，你有体会了吧？"我想可能是浆面条再热时，由于浆水已把面条和作料完全浸透，再也分不清哪是面香哪是豆香的缘故吧。所以到洛阳，给你端上剩浆面条时，是给你一个品尝洛阳美食的机会，你可千万不要错怪人家哟。刘嫂的浆面条，首先是浆地道，她总是到正宗的浆房去买。她说那里的浆水味正、汁稠、便宜。我曾看过刘嫂做浆面条。她先在铁锅里倒入豆油加热，之后放花椒、葱、姜，炸出香味后把它们捞出。然后，把买回的浆和事先泡好的青豆、花生仁同煮，一边不停地搅拌，一边把熬好的花椒油滴入，直到油水交融，浆水里的沫子完全消失为止，这时就可以下面条了。刘嫂说这道工序很关键。如果不用油把沫子打下去，浆就变成汤是汤、水是水，洛阳话就是成了"粉浆"，就做不成浆面条了。待面条煮熟后放入盐、腌好的芹菜丁和小磨香油，再放些炸好的辣椒油。在将出锅之时，刘嫂还用油炸些蒜蓉，趁热泼进锅里，随着刺刺啦啦一阵响，满屋生香，一锅酸溜溜、香喷喷、辣乎乎的浆面条就做成了。趁热吃上几碗或热几遍再吃，真是让人神清气爽，胃里舒服极了。以后我试着做了几次，还过得去。

说起浆面条的来历，有人说，当年刘秀被王莽追杀，几天没吃饭，见一浆房就进去想找点吃的。可房里只有几把干面条，缸里还有绿豆磨的浆水，可能是打算做粉面的，因时间久已放酸了。他也顾不了许多，就舀了几瓢酸浆，把面条、菜叶、杂豆统统下到锅里，架柴烧熟，狼吞虎咽而尽。刘秀当皇帝后还想着当年的浆面条，御宴中也就有了浆面条，流传至今。洛阳水席与洛阳牡丹、洛阳龙门齐名，被称为洛阳的"三绝"，在它的食谱中也有浆面条这道面食。不过刘嫂告诉我，浆面条实际上是穷人的饭食。逢年过节要改善一下生活，办红白喜事要待客。饥荒年间，农村没什么可吃的，就到浆房要点浆来下面条，里面放些杂豆，出锅时再采几根野菜，揪几把红薯叶或树叶放进锅里，就做成一锅可拿得出手的浆面条了。每逢假期或逢年过节，刘嫂仍给我送浆面条来。她的浆面条是我心中永远的美味佳肴。

捞面条

胡 泊 | 文

通常是夏天的中午，暑热难耐，没什么胃口可是又不能不吃，上午劳作了半天，下午还要接着干呢。男孩子们跑到池塘边，一个个扑扑通通下水，管不住，算了，天也是太热，会浮水（方言，“游泳”意）也是一项特长嘛。蝉鸣阵阵，耄耋老人在大树下摇扇子。中午吃什么？幸好有不知道从什么时候传下来的家家户户都会做的捞面条。食谱太单一吗？可是它极爽口，又能果腹，且主食、菜、调料都齐全又丝毫不油腻。

捞面条对面的要求可是很高的，因为它要先被开水煮，再被冷水涮。如果面条柔韧性不够，等冰火两重天过完，早就黏糊糊的了。

别看灶火（方言，“厨房”之意）设备简陋，红案白案还是分得很清楚的。白案板因为用得多，在灶火里的地位高。它体积大，通常直接架在地上，专门配了四条腿撑着，小桌子一般。妈妈们手腕的力道早就练出来了，站在案板前，弯腰弓腿，为着将更大的力量压在面团上，一米长的大擀面杖将揉好的光滑细腻的面团擀成了面饼，再卷在擀面杖上反复揉、擀，待到厚薄终于令人满意了，将它整齐地折上几折，用刀轻快地切成宽窄相同的一条条，再一抖，面条就好了。入锅煮，快熟之时放一把玉米菜（即苋菜），待全熟后，捞出来立刻放进打好的凉水里，白的面条上面漂着绿的玉米菜，看颜色就清爽。

用作臊子的菜，无论是长豆角炒肉，还是西红柿炒鸡蛋，都要切得小一些，炒熟之后汤汁淋漓，食材裹在汤汁里，这样才能“浇”在面条上，汁水渗进面条里，食材盖在面条上，看着就有食欲。吃的时候菜和面一起入口，比起现在来路不明的“盖浇面”不知道好吃多少。

【作者简介】

胡泊，河南西平人。新闻学学士，比较文学硕士，江苏文艺出版社编辑，中国国际标准舞总会教师。书评人，舞评人。另生产虚构类作品。审美者，旁观者，尊崇所有能够表达自我的形式。身在他乡，常思故土。

孩子们也没闲着。捞面条可不好伺候，两样配料必须备着，一样蒜汁儿，一样芝麻盐。小孩子蹲在地上抱着蒜臼，一手捂着蒜臼口防止大蒜飞出来，一手捣蒜，直至把大蒜捣成蒜末儿，倒出来，按比例加盐、淋小磨香油，调匀就成了。这点事儿谁家的小孩都会干，又好玩，技术含量也不高，而且一边捣蒜一边闻着香味，就知道饭马上就好。这捣蒜简直是小孩子吃捞面条的一道仪式，捣着蒜就能增加食欲！

芝麻盐又叫“麻擀盐”，里面有一个“擀”字，是因为这道料的做法，是将芝麻小火焙熟，用小擀面杖细细擀碎成了芝麻碎，再兑入精盐，拌均匀了，准备下饭！也有人家不用芝麻盐，用芝麻酱，那个做法更为复杂，武汉热干面、陕西凉皮里都会用芝麻酱作配料。那是巧手主妇的手艺了。

有些妈妈嫌天太热，心疼家里的大人孩子，还会去院子里掐几片荆芥叶子择好洗净，找一个空碗放着。荆芥有独到的馨香味儿，又能促进汗腺分泌，有解热作用，适合夏天吃。盛好一碗面条，喜欢荆芥的夹几片在碗里，搅拌一番再浇臊子、浇蒜汁儿、撒芝麻盐，为捞面条增添几分滋味。

捞面条又叫“蒜面条”，可见蒜汁儿的重要性，据说有人吃捞面条，只要加了玉米菜的面条，再浇上兑好的蒜汁儿，撒点儿芝麻盐，就能呼噜呼噜三大碗。

大人高声喊着最小的孩子回家吃饭，孩子终于回来了，却领着另一个孩子，说那个孩子家人不让浮水，怕回去挨揍。身上已经干了怎么能看出来？用手指甲划皮肤，有印就是刚从水里出来。另一个孩子怯生生地低着头，咋办？让进屋里吃嘛。来的就是客，自己没有也不能让别人没得吃。

吃好了捞面条，再喝上一碗面汤，原汤化原食，这个夏天的中午，也就不那么难过了。洗锅洗碗，侍弄一下院子，左摸一把右摸一把，手到之处，乱的都像被施了魔法一样回归原位，重新被摆放整齐了，一边和孩子聊几句，不时斗斗嘴，然后便回屋去睡午觉了。耄耋老人觉少，搬着小板凳，溜达到池塘边的大树下坐着，一边乘凉，一边说着闲话，那谁家的孙子年头都娶了媳妇啦！还记得他爹小时候，在那条河里摸鱼，一猛子扎下去能半天不出来……

洛宁扯面

了未了 | 文

【作者简介】

了未了，本名赵作辉，河南汝阳人。中学教师。1995年毕业于洛阳市第三师范学校。2006年考入河南大学文学院学习中国现当代文学，2009年获文学硕士。

扯面大概不是洛宁的本地特产，本人孤陋寡闻，不知扯面的出处，总怀疑它应该是兰州拉面的变种。

就像人走到哪儿都要服从哪儿的水土，江南的橘子到了淮北，不得不变成个枳，入乡随俗嘛，委屈也没用。扯面也一样，离开了兰州老家，因地制宜，虽然眉眼有些相像，但兄弟姐妹到底还是一人一个样儿。正牌的兰州扯面没有机会吃过，第一次吃扯面在洛宁，一吃，对扯面的印象就像进了模子，定了型了，再吃，总觉得少了点什么，不地道，和记忆中的有点对不上号。十几年了，记忆中的也渐渐有点模糊，回忆回忆，越发觉得香，有味道。

那时十五六岁，在洛宁县城上洛阳市第三中等师范学校。顿顿都要吃饭，吃饭得花钱，日日花顿顿花，虽然像香炷一样细细的，但是不断线，再加上兄妹三个同时上学，这细线就拧成了绳，滴水也连成了线，它不停地流、流，流的都是父母的血汗。当时父亲是民办教师，课没少上，钱不多，每月一百挂零。那么点钱让我们抽丝一样不停地消耗，月月都紧得可怜。父亲不抽烟，不喝酒，不吃肉，不穿新衣服，很瘦，可很有精神。那时候农村娃能上个中专一类，就算跳龙门了，谁家出一个中专生都乐得合不拢嘴，我们家，三个。父亲很高兴，开源节流，开个小卖铺，为了进货便宜个一角半分，骑自行车到七八十里外去进货。有一次，自行车被扣下了，要入户口，一下子又花了十几元，父亲回家很生气，把牌子扔进抽屉，匆匆下了货，就坐在板凳上歇息。往常，他总是要再干点活儿的。

因此，在学校，我花钱也要按分计算，一个馒头两角钱，就等于花了家里的四盒火柴；一碗素面八角，就等于拿走了父亲进的两袋酱油。我能将就就将就着，省一点是一点。不过肚子有时像被什么剐着一样，不太好受。每天都要算算回家的日子。一学期下来，面黄肌瘦，五个月花了家里三百来块，还包括十几元路费，冬天二十多元买了一件薄毛衣。过年了，我狠狠吃了一些东西。父母很不满意，要求我，该花的钱就花，他们没跟我说书面语，但大概意思是让我分清俭朴和吝啬的差别。一开学，他们让我拿了大概五百元，我像个富翁，又对家恋恋不舍地到洛宁了。

也就是这一学期，我的嘴才会发馋了。月儿四十实在顶不住别的同学在寝室里说扯面，我也去吃了一碗。一般我要强调“素的”，可以省两角钱。洛宁的扯面用的是真正的牛肉汤，虽说是素的，肉味一样足。有时也要肉的，比方同学们结伙，虽然各打发各的，也有点不好意思。

洛宁的扯面师傅都虎背熊腰，个头大，力气足。半盆子面他们抓起来，放在案板上一搓，小树桩那么粗，他们关公耍大刀似的，勇猛地操练起来，抡两下，抖一抖，然后拧一拧，两头对齐，左手一松，面像一条驯服的大蟒蛇，扭着身子，全身颤抖，有时还探探头，往上使劲勾勾，最后，还是无力地垂下。

做好了这一步，师傅会问：“几碗？”然后把“大蟒蛇”拧成几截，“啪啪啪”甩在案板上，一堆一堆，老老实实、整整齐齐摆在那里。抓起一堆，搓，搓好了绕，好像抽线似的，缠得十个手指都满满的，把面“啪啪啪”在案板上摔，声音清脆、响亮，放鞭炮一样，气氛非常活跃，面绷得紧紧的，橡皮筋似的弹跳不止，渐渐就细了。

洛宁的扯面汤味足，漂着肥肥的牛油，放着辣椒，一锅红通通的，下好了面，扯面师傅一般都要问问：“要辣椒不要？”要了，师傅很慷慨，下勺子顺着汤面溜过去，香喷喷的辣椒油倒进碗里，立刻淹没了面。别吓着，看起来辣椒多，实际上香后面才轮到辣，而辣后面又若隐若现透着点甜，各种味道相互抵消，又相互支撑，使那辣有味，但是一点也不尖，倒显得醇厚肥美、回味无穷。第一次吃有点怕，第二次吃时就狠狠地答：“多来点儿！”

有时要吃点带肉的。洛宁扯面的肉更具特色。其他地方的都要切成片，一筷子就挑个精光，一碗面就像失去了灵魂。而洛宁扯面则把肉切成小丁儿，散布一碗，几乎每口都会不自觉地滑到嘴里一点，口味得到了平衡，肉、面、汤融为一体，浑然天成，肉味发挥到了极致，肉味诱着人喝汤，汤味因为肉而更加鲜活、生动，它们结合在一起，跳动着，往嘴里跑。这时候，吃饭，真成了享受。和平时学校里泛青的馒头、清汤寡水的面条形成了鲜明的对照。

可是，这样好吃的扯面终归不是我能常吃的。偶尔吃一回，都要像大开杀戒一样下个决心，每一口，都要让它充分达到果腹的目的、尝鲜的目的，最后，还是发现又花了可怜的父母的一块多钱。几乎每次吃过之后，我都要经历一番痛苦的忏悔，好像夺走了父母的东西，有时实在忍不住，要安慰着自己去吃：反正都要吃饭，只不过比学校贵了三角钱。

现在，一切都好了，我们兄妹三人都参加了工作，都成家立业了，父母也不再需要那样顽强了。可我还是时常想起那时的一切，包括洛宁扯面。那是一段单纯的岁月，一段痛苦而充满希望的岁月，一段苦中作乐的岁月。正是那样的日子，使我们一家永远互相理解，使我彻底理解了味觉及生活中美好的点点滴滴。

念不尽的热闹，吃不够的喜面

张君燕 | 文

在乡下，除了过年、娶媳妇，最热闹的估计就要数生孩子、送喜面了。

小时候，我最喜欢听到的消息就是，“谁谁家生孩子了”。这不仅意味着不久后又会多一个胖娃娃让我们逗乐着玩，更让我欣喜不已的，就是终于可以吃到美味的喜面了！

白色细长的面条上浇着花花绿绿的肉卤子，真是诱人。这肉卤子和平时家里吃的很不一样，里面不仅有大块大块的瘦肉，还有豆角、平菇等时令蔬菜，更有用热水泡开的海带和金针菇。最让我垂涎欲滴的是用五花肉裹了面粉炸制的肉丸子，咬一口细细咀嚼，顿觉筋道无比、满齿生香。

在那个物资相对匮乏的年代，这么一碗丰富有料的喜面，在我们眼里的诱惑力不用想就知道有多大。

那个时候，哪家生了孩子，全村人都会沉浸在添丁进口的喜悦中。孩子生下后的第三天，街坊邻居们都会自发地去“看孩”。当然，“看孩”不能空着手去——要么带上一包红糖，要么是鸡蛋、挂面之类，或者干脆封个几块钱的红包。其实，主人家也根本不会在乎你拿了什么，乡里乡亲的就是图个乐和，目的就是分享喜悦、表达祝福。

这一天，当了奶奶的女主人会乐得抿不住嘴，风风火火地在家里家外张罗着，招呼众人帮忙做喜面，上百碗的喜面呢，那可是一个不小的工程呢。支锅台的、生火的、择菜洗菜的、换面条的……大家早就分工明确、有条不紊地忙了起来。我们这些小孩子也会赶来凑热闹，在人群中跑来跑去，一会儿抓一把择好的青菜，一会儿又偷一个肉丸子塞到嘴

【作者简介】

张君燕，河南博爱人。文章散见于《意林》《读者》《演讲与口才》《辽宁青年》等全国各大报刊，多篇文章被《特别关注》《青年文摘》等文摘杂志转载。

里。于是，便间隔地有骂孩子的声音传来，不过这骂自然没有动真格儿，喜庆的日子，谁会跟一个孩子生气呢——那骂声里分明还带着笑呢。

喜面做好后，年轻的小伙子们便上场了，他们负责端着方盘一户户地送喜面。一个方盘里放四碗面，大概有十来斤，一趟趟地送下来，两条胳膊就会累得不听使唤。不过累归累，却没有一个叫苦的——早晚有一天也会轮到自己当爹呢，心里装着这样一份憧憬，那干劲儿可是一个比一个足得很。更让他们拥有满满成就感的，就是我们这些可爱的孩子，每到一户，都有孩子在门口翘首以盼着。远远地看到端着方盘的叔叔来了，孩子们便飞快地扭身回家，扯着妈妈的衣角出来，眼睛直勾勾地看着妈妈笑盈盈地接过喜面，一碗碗倒进自家的碗里，让自家馋得口水直流的孩子去尝个够。也许是带了喜庆的味道，那喜面吃起来真的很香，细细品味，还有一股柴火燃烧时散发出的植物的淡淡清香呢。

做喜面的事情忙完了，女主人刚刚坐下喘口气，几只手掌冷不丁儿地就伸了上来，用满手的锅底灰将女主人的脸涂了个面目全非，一边是奋力挣扎，一边是抓着不放，笑骂声中流淌出浓浓的喜庆气氛。听奶奶说，旧时医学不发达，新生儿死亡率高，据说家主脸上抹了锅底灰，变得面目狰狞，则可以吓跑鬼怪，保护到孩子。当然，后来人们沿袭这个旧俗，更多的就是图个欢快、热闹了。

自从离家上学，一晃有几十年没有在老家待过了。上次回老家，恰逢村东头的小胖喜添贵子，我不由得咂摸着嘴，欣喜地说："好久没吃过喜面了，这次可要好好吃一大碗了。"母亲忍不住大笑道："现在哪儿还有喜面呀，都是上饭店去吃酒席，又方便又省事儿。如今啊，早就不是以前那个年代了。"我好一阵落寞。是呀，现在确实不是以前那个年代了。看着焕然一新的村庄和街道以及越来越生疏的乡亲，如今，已然长大的我却突然很怀念很想念幼时的那一大瓷碗的喜面。我知道，纵使现在仍有喜面，也不一定是记忆中的那个味道了。

母亲的手擀面

石广田｜文

在母亲患病之前的好长一段时间里，我已经不愿意再吃她做的手擀面了，并不是说我不再喜欢，而是怕年迈的母亲劳累。只是偶尔，母亲还是坚持为我们做手擀面，在她患病之后，我就再也没有吃过她做的手擀面了。

母亲做的手擀面如果按形状分的话，主要有三种：长条形的、三角形的和菱形的。长条形的面条很常见，现在大街小巷卖的都是，主要用来做一般的汤面或者捞面。三角形的相对就少见了，专门用来做酸汤面，我们叫它“酸汤面叶”。那种菱形的面，我想很多人都没有见过：母亲把擀好的面片均匀地切成像大米粒大小的菱形小面片，用来做甜面汤。这种甜面汤也有一个专门的名字：甜豆奇（音）。别看只有三种形状，在母亲的手里，手擀面却是充满着变化的，或甜或咸或酸，把我们一天天养大成人。

夏天的时候，母亲主要做捞面条或者甜豆奇；冬天的时候，母亲主要做汤面条或者酸汤面叶；春秋两季变化就多了。捞面条和汤面条的变化主要在卤汤，或是鸡蛋西红柿，或是西红柿加茄丁，或是加肉的“炸酱”，或是各种炝锅面。甜面汤就简单得多，直接下锅煮熟就行了。不管哪一种手擀面，母亲做得都恰到好处：该薄的薄，该厚的厚，都体现在一个“筋道”上。

母亲之所以按照季节不停变换手擀面的风格，还潜藏着一个“养生”的秘密。比如甜豆奇，母亲一般都安排到夏日的晚上，在酷热的白天过后，坐下来品尝母亲提前做好的凉凉的甜面汤，降温的效果比吃冰棍儿来得都快。母亲常说，甜豆奇可以败火。还有酸汤面叶，母亲一般

【作者简介】

石广田，笔名“黄池春田”，河南封丘人。现供职于封丘县委组织部，新乡市作协会员。

都安排在冬天寒冷的中午，每次放学回家，喝上一碗酸汤面叶，一股暖流就会立马传遍全身，寒意全无了。如果遇到感冒，母亲还会做一种只加大蒜、醋汁的热捞面，吃过后就会满头大汗，蒙上被子睡上一觉，感冒就会很快痊愈。

在这些美味手擀面的背后，其实隐藏着母亲的辛苦和心灵手巧。做手擀面特别需要技巧，一是和面的技巧，另一个是擀面的技巧，还有切面的技巧。将面和到软硬适中，擀得薄厚均匀，还要能切出宽窄一致的面条，不是一朝一夕就能做得到的。对母亲切面的技术，我现在还记忆犹新：菜刀在她手中伴随着“当当”声起起落落，而她根本就不需要看一眼，均匀的面条一口气就切好了。我们兄妹好几个，到了正长身体的时候，食量那是大得惊人。特别是夏天，每次做完面条，母亲都是一身透湿，腰酸背痛。但是，母亲一直为她的手擀面技术自豪着：在她那个时代的农村，如果哪个主妇做不出可口的饭菜，一定会让别人笑话的。

现在，很多人都不会做手擀面了。手擀面已经成为一种专业技术，催生出了很多的“金字招牌”饭店。即使再会做饭做菜的行家里手，如果没有进行过专门的训练，对于手擀面一般也不敢轻易尝试，按照他们业内人士的话说：“擀不好面，会坏了饭店的声誉，还是买面条保险！”所以，你不要对那些手擀面的“金字招牌”抱有太大的信心：那么多人急着去吃面，他们是不可能做得出来的。

写到这里，我突然间又想吃母亲的手擀面了。因为如果母亲还能再做手擀面的话，那她一定又是健健康康的她。母亲这一辈子没有闲下来过，只要她还有力气，就会为我做手擀面。

母亲的蒸面

朱广玉｜文

我的母亲算不上是聪惠、手巧的女人。更多的时候，她更倾向于花一些笨气力，或是以她固执的倔强与要强的心，凡事都力争早早地奔到别人的前头去。如此，你总能看到她匆匆忙忙、风风火火、勤劳忙碌的身影，但看细节处，便免不掉的萝卜快了不洗泥，免不掉的毛毛糙糙，不精细，耐不住细品。这样的性情体现在做饭上，更是显而易见。母亲这样的脾气，在做饭上是很难做到精细的，说得夸张一些，在她的感觉中，这饭只要烧熟了，便是做好了，可以吃的了。

比如，蒸馒头。我从小到大，最羡慕的就是别人家的母亲，羡慕别人家的母亲蒸出的馒头总是那么白、那么暄。同样的小麦面，而我的母亲蒸出的馒头却总是像惊堂木一样，硬且暗黄，外加酸气扑鼻的酵子味儿。因为这样的“手艺”，每年腊月二十八，蒸过年馒头这样的大时节，从发面开始直到盘面、揉馍剂儿，都是我的父亲亲自动手。母亲只需烧火，还时常被父亲吆喝着“火太大了”或“火太小了”。

比如，做咸菜。在我们豫东乡下，几乎家家户户的女人都会在青黄不接的时节来临之前，做一些咸菜。比如腌萝卜，比如腌豆角，比如腊肉，比如或甜或辣的酱豆……这些，没有一样是母亲会做的。如果真的要吃，大多数时候，我们是直接去外婆家取。外婆是个手巧得很的老太太。我真感叹，为什么我的母亲没有遗传到她自己母亲的巧手呢？外婆也感叹，唉，你娘不像我，更像你外公，脾气倔，死脑筋，这样的人往往就手笨；而且啊，也怪我，你娘小的时候，我也没怎么教她这些手艺，整天只让她帮忙带她的弟弟妹妹们，像个小保姆似的。

其实，就算外婆没有告诉我这些，就算我的母亲没有其他孩子的母

【作者简介】

朱广玉，河南兰考人。毕业于四川大学经济学院，拥有中国现代史专业研究生和经济学博士学位。现为省级经济发展委员会研究员。

亲那样手巧得能做出五花八门的美食，我依旧深爱着她。因为我知道，生活不是仅仅靠美食就能支撑起来的。除了美食，母亲的勤劳、善良，甚至她争强好胜不轻易服输不轻言放弃的“固执”，都深深地影响着我，值得我用一辈子去学习去体会。

尽管我的母亲在饭食上真的算不上手巧，但她做的蒸面条却一直让我念念不忘，似乎怎么吃也吃不够。

蒸面，也有人称其为“卤面”。我怀疑豫南地区所说的“焖面”也是同一物种，最起码是变异。

做蒸面时用的面条，一定要用刚刚擀制出来的新鲜面条，而且面要稍硬，不能用挂面，或是像做粉浆面条时所用的那种水分大的面条。我的母亲擀面条的功夫，还是十分了得的。每每看她在案板前虎虎生风地操作着那根大擀面杖以及那块面，我都对母亲充满了敬仰。

做蒸面时如果有肉更好。肉一定要用肥瘦相间的五花肉，否则油水太少，面条容易结块。在我童年的时节，是极难有口福吃上肉的。大多数时候，我们做蒸面时用的菜都是长豆角、黄豆芽、绿豆芽之类的蔬菜。

材料备齐，接下来就要开始制作了。先是蒸面。在蒸锅里添上一些水，架上箅子，铺上特意打湿了的布，生火把水烧开。然后把擀好的稍显硬硬的、细细的面条铺到布上，要放得松一些，否则，蒸出的面会黏结成太多的面疙瘩。在这一关，我的母亲往往就把握不住添水多少、隔布多湿、面条厚薄，所以，蒸出的面往往都不是松散的，而是“锈”成了无数个面疙瘩。

面铺好，盖锅盖，再生火蒸上半个小时。于此同时，就可以用炒锅炒菜了。比平时吃的菜要偏咸一些。菜炒熟之后，待用。

面蒸熟后，把炒好的菜倒在蒸好的面上，拿筷子翻动、搅拌，使得面中有菜、菜中有面。拌均匀之后，再盖上锅盖，小火蒸上几分钟，大功告成。

从小到大，我都不是很喜欢吃面条。母亲做的捞面，不是汤汁儿没有一点咸味，就是面条软软乎乎的没有一点筋道的口感。母亲做的浆面条，那可真是糨糊一般，我大多数时候只把碗里的芝麻叶挑着吃了再难吃下面去。而且，无论是捞面条，还是浆面条，都是让人吃下去之后饱得快饿得更快的东西。与其相比，只有蒸面才是最实惠的，没有太多的汤汤水水，面才是最主要的。或许，这也是我最中意母亲做的蒸面的原因之一吧。在那个物资不太丰富、零食不多，而我们这些孩子又是“半大小子，吃死老子”正长身体的时节，蒸面无疑是我们的最爱。

只是很可惜，母亲并不是经常做蒸面的。她给出的理由是，太费菜了。而且，很奇怪，无论是我还是姐姐和弟弟，我们吃蒸面的时候，都是只挑面条，最后剩下半碗清一色全都是菜。不爱吃蔬菜，几乎是所有孩子共同的毛病吧。而我这个毛病更厉害一些，直到今天，我吃蒸面的时候，不管是什么难得的好菜，我都视而不见一般，只吃蒸面的面，而不吃“蒸”出的菜。这点很不好，小朋友们，千万不要学我哦。

如今，母亲已经将近七十，因为大半生都风风火火地闲不住，身体倒还硬朗。偶尔还是会应我的要求做蒸面。会放很多的肉，还加了很多的油，只怕不好吃。是的，大半生过去了，我的母亲依旧在做饭这方面没有太大的进步与悟性，但这并不影响我对她的爱。因为我清楚地知道，无论是精致无比的美食，还是粗茶淡饭，我们的母亲亲手做的每一份饭菜，都代表着她同样深厚真挚的对儿女的爱。

如果说面条充分表达着中原人的憨厚朴实，那么中原大地无处不在的汤则更精确地表达着中原人的热情似火。无论是豫东的逍遥镇，还是豫南的北舞渡，都盛产着味道醇正的胡辣汤；无论是洛阳老街的不翻汤，还是开封古城里的羊双肠，都像那千百年的历史一般值得每个人无穷回味。

绝美胡辣汤，远近美名扬

李景超 | 文

如果你来到中原地区，更确切地说，来到河南漯河舞阳，千万别忘了一享难得的口福，那就是舞阳北舞渡的胡辣汤。若你真能喝到，并且喝到真正地道的，你就会知道什么才是唇齿留香、回味无穷！你喝着就感觉精神为之一振，疲乏也随之消除，一生难以相忘。

说起风味独特的北舞渡胡辣汤，那真是名不虚传，可谓人间最美味的小吃之一，吃过一次就让你终生难以忘怀，就像你朝思暮想的情人。它与舞阳的豆腐脑儿、回锅肉并称“舞阳饮食三宝”。

北舞渡胡辣汤是中原老字号，起源于清道光五年（公元1825年），当时山西省、陕西省的商贾在此兴建了一座远近闻名的山陕会馆。会馆落成后，商贾大宴宾客，此间太原府的一名大厨做了一道深受名流士绅称赞的汤，这道汤就是胡辣汤。经过一百多年的发展，现在北舞渡的胡辣汤又分为闪家、丁家、吕家和宛家四个专业大户，其中又以北舞渡“隆源斋”闪记胡辣汤最为有名。他们门店外扩，生意红火，在胡辣汤市场中独树一帜。

北舞渡胡辣汤是由回民发扬光大的。据老人讲，传统的胡辣汤是由大铜锅盛装的，嵌在一辆红色推车上，下面用炭火煨着。卖汤人素衣白帽，手持一把大木勺，在汤锅里搅三搅，“啪”，一碗热气腾腾的胡辣汤便盛好，递到喝汤人手中。技艺高超的卖汤人是不会在碗边留下汤汁的。那盛法就像动听的音乐、美妙的舞姿，娴熟流畅，多个环节一气呵成，令人叹为观止。如今，在全国许多地方都开设有北舞渡胡辣汤店或摊儿，已成为当地人们早餐的不二之选。

北舞渡的炖肉胡辣汤肉烂汤鲜，香辣绵口，回味无穷，是由三十

【作者简介】

李景超，笔名“紫木槿”，河南舞阳人。中国散文诗作协会员，中国乡土作协理事，河南省作协会员，漯河市作协副秘书长。著有诗集《贾湖骨笛》《月光曲》，主要作品有《奋进者之歌》等。

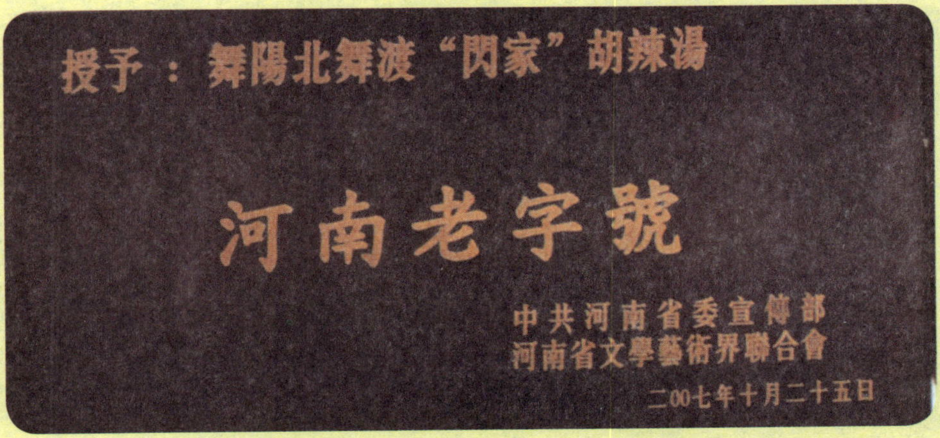

多种中草药加上炖肉、胡椒、辣椒、花椒、八角等熬制而成的。从汤色上看，北舞渡的胡辣汤凝重典雅，诱人食欲；从味道上讲，由于用了较多的胡椒，麻辣味十足。胡辣汤另有一个雅致的名字叫“八珍汤”，这说明胡辣汤“内容”很多。最常见的有面筋、海带丝、粉丝、千张丝、花生米、香菜、姜末、榨菜、胡椒粉等。根据时令和地域的不同，还会有牛（羊）肉、黄豆、木耳、黄花菜、菠菜、萝卜条、葱花等。做法很烦琐，先用淡盐水和面，揉成面团，然后不断加水“洗”出面筋。水烧开后下面筋，面筋熟后将洗面筋的水，也就是稀淀粉糊倒入锅内，小火烧至汤汁黏稠，再放入其他配料，旺火烧沸。胡辣汤盛到碗里后，加榨菜，淋香油、香醋等，喝起来柔软温润、清香满口。辣是它的主要特征，但那种辣并不像吃重庆火锅那样辣得让你跳脚，而是辣在嘴里，美在心中。酸就在其次了，喝这种汤一般都要加点醋，辣中透酸，酸中有辣，再加上各种原料的综合反应，香、滑、绵、润，于吞咽之余又有东西可嚼，身心都得到十分满足。胡辣汤还有另外的一种吃法，把半碗胡辣汤和半碗豆腐脑儿掺在一起，叫作“两掺儿”。卖胡辣汤的常捎带卖豆腐脑儿。拿小勺稍微搅和一下，豆腐脑儿的细腻、清淡、微苦涩与胡辣汤的黏稠、酸辣、鲜香交替刺激，更增滋味。特别是在冬日的清晨，一碗“两掺儿”下肚，额头上会渗出细细的汗来，身子发暖，胃口大开。

胡辣汤是中原地区小吃系列中的一绝。虽然它源于清代，大兴于民国初年，但之后却花样翻新不断。至今若行走在中原地区的大街小巷，随处都能见到它的身影。它价格低廉，适合大众。吃过的人往往不想再吃其他。两元一碗，好吃不贵，吃了还想吃，有的人干脆一次吃三碗，还有的人带一小桶回家，让全家人吃。

无论春夏秋冬，中原城镇的大街小巷，胡辣汤摊点总是星罗棋布。清晨，当各大饭店、宾馆、酒店还是大门紧闭时，胡辣汤的香味便已四散飘开，刺激着人们的食欲。无论是临街大棚，还是闹市门面，都会涌动着许多食客，生意火爆，好不热闹。正宗的、有名气的胡辣汤摊点前，总是挤满了人，往往出现一碗难求的局面。难怪有流传的说法：如果能吃上“包子、油馍、胡辣汤”，那真是一种能持久回味的惬意！

北舞渡胡辣汤是地地道道的绝美胡辣汤，一碗难求，喝在口里，美在心头，一朝拥有，一世怀念，一生难忘！

胡 辣 汤

巴 陵 | 文

到郑州出差，常有朋友向我推荐早晨吃胡辣汤；也有人开玩笑，河南最有名的是胡辣汤，你应该去尝尝。我虽久居南方，却喜欢到全国各地去尝美食、品味地方风味，也就没有推托，在郑州的那段日子里，扎扎实实地吃了几次风味各异的胡辣汤。

胡辣汤又名“糊辣汤”，是北方早餐中常见的汤类食物，以河南、陕西的胡辣汤最为著名。常出现在街边摊点和小吃店，味道微辣，营养丰富，适合与其他早点搭配。

河南人做胡辣汤，将红薯粉条和切碎的猪肥膘放在铁锅里炖，加花生、芋头、山药、金针菇、木耳、干姜、面筋泡等配料，炖至八成熟勾精粉搅拌，兑花椒、胡椒、茴香、精盐、酱油等调料，加少许白糖即成，色香味俱佳。陕西人做胡辣汤，原料有些相似，却在食材上有所不同，把白菜、土豆、胡萝卜作为必要食材，用牛肉丸代替羊肉丁，吃前还要浇香油、加油泼辣子，拌陀陀馍一起吃。

我常吃到的胡辣汤是肉丁胡辣汤，用熟羊肉、鲜羊肉汤、面粉、粉皮、海带、油炸豆腐、菠菜、胡椒粉、五香粉、鲜姜、盐、香醋、芝麻油等为原料，分原料加工、洗面筋、制汤三道工序。原料加工是将熟羊肉切成丁或片，粉皮泡软切丝，海带发胀洗净切丝煮去黏液，油炸豆腐切丝，菠菜洗净切段，鲜姜切成米粒状。洗面筋是将面粉放入盆内用清水调成软面团，把面团揉上劲兑水轻揉，面水呈稠糊状换清水再洗，反复几次将面团粉汁洗净，将面筋取出。制汤用清水加鲜羊肉汤和粉皮丝、海带丝、油炸豆腐丝、盐，用大火烧沸，添凉水呈微沸状，将面芡搅成稀糊状勾入锅内，稀稠搅拌均匀，放五香粉、胡椒粉，再搅匀，撒

【作者简介】

巴陵，本名方八另，湖南人。现居长沙，从事图书编辑和策划。湖南省作协会员，职业书评人，旅游、美食专栏作家。出版有饮食随笔集《尝遍大中国》《食全酒美》《一箪食，一瓢饮，四方味好》《妈妈的味道》《遍地炊烟》等，旅游散文集《纸上闲游》等，读书随笔集《书勤嫁翼》等。

菠菜，汤烧开后即成。

胡辣汤是糊状小吃，听河南的朋友讲，吃胡辣汤有些讲究，有“一闻二看三吃四品”等诀窍。“一闻”是端起胡辣汤先闻有没有浓烈的牛肉汤香味；“二看”是观察碗里的蔬菜和肉丸比例搭配是否合适，汤的稀稠是否适中，辣子油是否调得红艳艳的；“三吃”是尝莲花白是否煮得不软不硬，大小适中，土豆是否煮绵软，肉丸有没有弹性，馅肉香味足不足，辣子油和香油搭配比例是否适中，有没有撒生蒜苗；“四品”是吃完后嘴里的余香和花椒的麻味能否保持十分钟以上。如果经得住这四项“验收”，才算是碗好胡辣汤，才是河南人舌尖上的“最口味”。

胡椒原产于印度，属藤本植物，攀生在树木或桩架上，又名“古月”“黑川”“白川”。后传播到波斯、阿拉伯及非洲、东南亚一带，在唐代才传入中国。北宋《太平惠民和剂局方》等医药著作认为，食物里加入辛温香燥药物有益于行气，辛辣食物才得以流行。宋代具有醒酒消食功效的酸辣汤粥，即是胡辣汤的雏形。明朝嘉靖年间，严嵩从高僧手里讨得一剂调味药献给皇帝，烧汤饮

之，美味无穷，龙颜大悦，命名为“御汤”。明亡，御厨赵纪携带此药逃至河南逍遥地界，将药方传至民间，当地人因此汤香辣酸味俱全，遂名“胡辣汤”。清代郑州城里卖胡辣汤的摊点很多，民间不敢说“胡”字，见汤呈糊状，把“胡辣汤”改成“糊辣汤”，并一直沿用至今。现在，人们习惯把“糊辣汤”称作“胡辣汤”，美其名曰“宫廷御锦汤”。随着现代饮食文化的迅速发展，胡辣汤流传到了临近的省市。陕西西安有胡辣汤，分两种：一种是河南人在西安做的河南胡辣汤，即肉丁胡辣汤；一种是西安本地回民做的肉丸胡辣汤。在安徽中北部的合肥、淮南、阜阳一带，也有皖北辣糊汤，影响较大。

听朋友说，河南胡辣汤分支较多，形成各个地方的派系和自己的味道特色。有名的河南胡辣汤有逍遥镇胡辣汤、北舞渡胡辣汤、南阳胡辣汤、襄城胡辣汤、开封胡辣汤、许昌胡辣汤、汝州胡辣汤、潢川胡辣汤、鲁山胡辣汤、冷饭店胡辣汤、周口金记胡辣汤、淮阳朱麻子炖肉胡辣汤等十几种，各种胡辣汤都有自己的独特味道，吸引着众多食客。

我曾在朋友的带领下，在河南境内走过一圈，品尝了一些胡辣汤，味觉明显有几种。北舞渡胡辣汤是炖肉胡辣汤，肉烂汤鲜，香辣绵口，回味无穷。南阳胡辣汤吸取各地胡辣汤之长，结合南阳人口味，形成南阳当地特色。襄城胡辣汤风味独特，呈酱红色，味麻微辣，香韵悠长。开封胡辣汤味道浓重，肉末少许，有花生、软面筋、海带佐味。许昌胡辣汤肉烂汤鲜，香辣绵口，鲜香回味。汝州胡辣汤有荤素两种，素胡辣汤用柔韧顺滑的粉条做汤，体现汝州人的美食理念。潢川胡辣汤加黄花菜，香辣可口，回味无穷，欲罢不能。鲁山胡辣汤加粉皮，口感极爽，弹劲甚强，嚼劲精妙。冷饭店胡辣汤以药食同源为理，精雕细琢，自然鲜味和原味、后味、回味相结合。周口金记胡辣汤呈琥珀色，肉烂面筋，酸辣爽口，香味四溢，有活血祛寒、醒目提神之效。淮阳朱麻子炖肉胡辣汤稀稠均匀，咸甜适中，肉烂如泥，酸辣可口。

品味完河南的胡辣汤，我不得不感慨，一碗胡辣汤，可以做得这么精细入微，形成各种口味和味道，真不愧中原大地。

故乡的胡辣汤

郭二华 | 文

自从辍学后，我就踏上了外出打工的旅程，成了漂泊异乡的游子。

第一次外出打工，我去了新疆的奎屯市。在我所工作的城市，仿佛除了天山、戈壁滩，值得记忆的事物并不多。如今已是时隔多年，对于在奎屯市的日子，我常常想起的是那里卖烧饼、胡辣汤的小餐馆。

记得那是一个休息日，我和老乡一起逛街，来到了一个菜市场。在那里，我们意外地发现了“逍遥镇胡辣汤”的招牌，就像哥伦布梦幻般地发现了新大陆一样，既惊奇又欣喜。“逍遥镇”，多么熟悉的地名啊！“胡辣汤”，多么熟悉的汤名啊！这么熟悉的地名和汤名能够出现在这么遥远的地方，又是多么令人欣喜若狂啊！

当我从老板娘手中接过盛满胡辣汤的汤碗时，忽然就忆起一些往事。儿时的我有一次生了病，爷爷带我去镇上看病。医生让我挂吊针，我当时生的什么病，忘了，但在病床上吃的那餐饭——油条、胡辣汤，还有零食，我至今记得。那些吃食都是病中的我才能享受得到的，就连爷爷也舍不得吃。小时候家里很穷，吃腻了酱豆咸菜，我就趁父母不在家时，未经父母的允许拿了抽屉里稀疏的零钱，去镇上喝了胡辣汤，当时就觉得那胡辣汤是天底下最美最美的饭。事后被父亲发现了，我就挨了打。父亲边打边心疼地说：“儿啊！你要钱，爹给你。可是你不能学着去偷啊。”

此后的一段时间，我常光顾这家小餐馆，久了，便和老板熟稔起来了。那老板竟与我是同县的老乡，他在老家做生意赔了钱，才无奈地出外谋生的。在远离故乡的地方见到故乡人，一张口便是扑面而来的乡音，让人感到异常亲切。我询问他的生意、生活状况，他说，在这

【作者简介】

郭二华，河南西华人。早年辍学，好文学，常出没于“榕树下”“盛大文学”等文学网站。

逍遥镇胡辣汤简介

胡辣汤的由来：传说大明朝嘉靖年间，皇上忙于修道，欲图长生不老，内阁大学士严嵩阁老为取悦皇上，便派人四处搜寻秘方，不意间在一个世外道士的手中求得一方，据道士讲，此方可以延年益寿，严嵩遂献此方，御膳房照此方熬制成汤，嘉靖皇帝服用后，口爽气顺，精神焕发，甚觉此汤精妙，于是龙颜大悦，遂赐名“御汤”，又因在此汤中，御膳房特意加入了人参等名贵补品，又名“金汤”，真可谓“宫廷玉液汤”，那时只有皇族才有的口服!至明末，清兵入关，御厨赵杞携带此秘方逃至中原名镇逍遥镇，不忍此汤失传，遂传于当地居民，自此之后当地人代代相传，视如瑰宝，又经多方演变改良，成为了当地老百姓餐桌上的珍品，因此汤香辣开胃，后慢慢被当地老百姓称为“胡辣汤”。斗转星移，岁月流逝，该汤越传越远，因盛于逍遥，故称为“逍遥胡辣汤”。该汤以小麦淀粉、熟牛肉或羊肉为主，佐以砂仁、花椒、胡椒、桂皮、白芷、山奈、甘草、木香、豆蔻、草果、良姜、大茴、小茴、丁香、等近三十余种纯天然植物香料，根据不同的配比综合熬制而成，加入新时代创造出来的味精，适量的香油、陈醋、不仅香辣扑鼻，美味可口，而且具有健胃开脾、化痰止咳、祛风驱寒、活血壮骨、滋阴补阳、清热解毒、提神醒目、调和中气等神奇功效。

里虽然在经济上能得到一些满足，却无时无刻不在饱尝着思乡之苦。他常想念故乡，想念故乡的美、故乡的好、故乡的人、故乡的事……

“故乡”，这个我上小学一年级就认识了的词语，在当时对我来说最多就只是个符号而已。直到经历了长久的背井离乡、颠沛流离之后，我才真正读懂了它真正的深刻内涵：原来故乡可以使人在最不经意的刹那，泪眼婆娑。

后来，我离开奎屯去了深圳。有一次我在和同事聊天的时候，谈到了全国各地的特色小吃：北京有烤鸭，天津有狗不理包子，陕西有羊肉汤泡馍……我说我们河南有羊肉烩面，还有胡辣汤。胡辣汤！他们像听到了天方夜谭一样，不相信河南有胡辣汤，更不相信胡辣汤是中国知名小吃。为了证明胡辣汤不仅全国知名而且畅销全国，也为了我自己能够喝到久违了的胡辣汤，我试图在我所工作的地方找到胡辣汤。遗憾的是，我几乎寻遍了深圳市松岗镇的大街小巷，也没能找到胡辣汤。看来，没有像在新疆时那样幸运，我没能在不经意间就与胡辣汤邂逅。

在月如玉盘的夜晚，我仰望着北斗星，就想到了胡辣汤，更加确切地说是想到了盛产胡辣汤的故乡。不知此时，在夜空的那端，父母是否也正如我这般仰望星辰，思念着儿子。

再后来，我又去了温州。一次，也在温州务工的姨妈回老家探亲归来时带回一箱西华县逍遥镇生产的胡辣汤料。我百思不得其解，在我最想见到胡辣汤而又从未向任何人透露过这种想法的时候，为什么姨妈偏偏捎来了胡辣汤料，而不是别的什么东西？于是，我也学着烧胡辣汤了。当我捧起那满满一碗胡辣汤的时候，我明白姨妈到底在想些什么了！那汤可是故乡的汤啊！

汤很浓，我喝得很慢。儿时的我偷父亲的钱喝胡辣汤，喝的是味道，胡辣汤的味道。长大后远离了故乡的我再喝胡辣汤，品的是味道，故乡的味道。

“记忆中原，老家河南。”每次看到中央电视台播放的这段广告，身在异乡的我都忍不住热泪盈眶。长久地远离故乡所产生的思念致使我的泪腺变得脆弱。每每在电视里、报纸上看到“河南”这两个字，我都会心生一股莫名的激动与惆怅。一个偶然的机会，我在报纸上看到了以故乡的胡辣汤为题材的电影《胡辣汤》在人民大会堂首映的新闻。而胡辣汤的发源地，河南省西华县就是我的故乡。当我看到这则新闻时，内心的激动与兴奋之情简直无法言说。我为故乡骄傲，为胡辣汤自豪。

因了胡辣汤而更加思念故乡，因了思念故乡而更加眷恋胡辣汤的味道，因了思念故乡而更加珍惜能在故乡停留的每分每秒。

我曾对故乡的朋友说过，如果有一天我们的故乡也能像广州、深圳、上海、温州那样富裕，我们就不用再外出打工了，那该多好啊！朋友无奈地说，可不知要等多久了。眼下，像我们这样既没有学历又没有技术的人，除了外出打工，又能怎样?

又能怎样！个中的无奈，谁能解得开？而我在心里默默告诉自己，会有那么一天的，我们的故乡会富裕起来的。到那时，我再也不用因在外地喝不到胡辣汤而发愁了。到那时，如果我愿意，天天都可以去故乡的小镇上喝胡辣汤，因为我就在我的故乡。

胡辣汤中寻乡味

李兆庆｜文

在河南大街小巷遍地开花的胡辣汤，峰回路转，梦里寻他千百度，蓦然回首，它也不在灯火阑珊处。不知是北京没有，抑或有但我没有足够的耐心碰到过。在北京漂泊的几年中，胡辣汤一直牵扯着我想品尝的欲望，这种纯朴的情愫由来已久。

早餐喝胡辣汤的习惯要追溯到在台前度过的高中时代，当时住校，手头握着自己可以支配的为数不多的生活费。早餐可以在学校里喝玉米糊涂就馒头，吃腻味了后，也可以选择在校门外的小吃店里喝胡辣汤吃油条，调节一下口味。在那里，胡辣汤、油条是最普通不过的经典早餐，胡辣汤也不是什么贵族美食，一碗一块五毛钱，两块钱的千层饼或者是水煎包，如果再奢侈一点来一碟小菜、一个咸鸭蛋，那实在是美极了。

卖胡辣汤的小美女手法娴熟地操起笨拙古朴的大木勺子在锅中搅动几下后，迅速地提起木勺子，一瞬间的工夫一碗热气腾腾的胡辣汤就摆放在你的面前。汤未入口，那种胡辣汤特有的香辣味儿早已在你的鼻翼间徘徊，轻轻地刺激着你的每一个味蕾，口水不自觉就淌了出来，在你口中来回地打转。迫不及待地先尝上一口，浓浓的羊肉丁的香味、熬制过程中产生的酱香味、微微的胡椒辣香，再加上各种大料的香味混合在一起，真是“国宴”胡辣汤啊！

胡辣汤店在学校门口两侧，或许是味道醇美、经济实惠的缘故吧，每天来这里喝胡辣汤的（以学生居多）几乎人满为患。还好，每次去只要耐着性子等上一会儿，总能找到座位。依稀记得，胡辣汤很稠，用勺子捞一下再舀起来，汤水就黏黏糊糊地连成一线。不要说品尝，就是看

【作者简介】

李兆庆，笔名“剑锋”，河南台前人。作家，出版人。有《鸟儿飞过的村庄》《路遥传》等集子面世。现为北京某文化传媒有限公司法人。

上一眼，也会口舌生津，馋涎欲滴。里面的内容是面筋、海带丝、花生仁、豆腐丝、玉米糊糊、淀粉等。每个桌子上摆着一瓶醋和一瓶胡椒粉，食客可根据个人的喜好自己动手添加调味，那种感觉幸福得有点像过年。品尝着麻辣的汤汁、喷香的羊肉、筋道的面筋、焦黄的水煎包，吃得满头大汗、浑身舒畅。等一碗胡辣汤进了肚子，你的胃是暖暖的，全身上下每一个毛孔都舒张开来，汗流浃背、全身通透。一碗胡辣汤，带给你的就是一整天的神清气爽。

胡辣汤是“河南十大名小吃”中的一绝。顾名思义，胡辣汤就是放入胡椒和辣椒，又用骨头汤作底料的又香又辣的汤。胡辣汤具体是怎样做成的呢？是用多种名贵药材，加上各种营养元素精制而成的。先将红薯粉条和切碎的肥肉放入铁锅里炖，同时加入花生仁、芋头、山药、金针菇、木耳、干姜、面筋泡等作料。待八成熟后勾入适量精粉，注意搅拌。然后兑入配好的调料及花椒、胡椒、茴香、精盐和酱油，加食糖少许，一锅色香味俱佳的胡辣汤就做成了。它不但是一道传统的美味佳肴，而且具有抗感冒、美容、健脾、开胃等良好保健功效。

一般是大早上，河南各地市的街头巷尾便摆满了很多卖胡辣汤的摊子。油饼、包子、油条，加酸辣胡辣汤就是一道美味丰盛的早餐。实际上，现在的胡辣汤一般都扯着周口西华县逍遥镇的大旗，说起来里面蕴含着历史渊源。据传，逍遥镇胡辣汤始创于明朝中叶，由名贵中药和主料熬制而成，一度被封为宫廷饮品。明朝嘉靖年间，朝中大臣为讨皇帝欢心，从一道士处得到一服助寿延年的调味药献上，奏以烧汤饮之。皇帝品尝后龙颜大悦，遂视作“御汤”。明朝末年，流落在外的御厨赵杞途径逍遥，看到东门紧邻沙河，舟楫驰骋，西门近依颍河，形势天成，两河逶迤东流，镇中寨堡坚固，乃地灵水秀之地，决计隐居于此。于是，皇宫秘方便在此地生根、发芽，并流传开来。百姓们以此秘方所熬制的粥汤酸辣扑鼻、醇香四溢，称其为“胡辣汤”。斗转星移，岁月流逝，该汤越传越远，因盛于逍遥，故称为“逍遥胡辣汤”。

胡辣汤大兴于清末民初，之后花样不断翻新。至今你若行走在河南各地市的大街小巷中，随处都能嗅到它辣中带麻、独树一帜的味道。小小一碗胡辣汤，缘何会历久不衰呢？因为它有大众化的品位和低廉的价格，因为它不仅色鲜味美还有防病健体的医药价值，因为它四季皆宜……因此，日后你若能到河南各地一游的话，可千万别错过喝碗此汤的良机，品味一碗伴随河南人成长的风味胡辣汤，品味那浓浓的河南乡情。

去年5月份，我去郑州办事，小住了几日，吃早餐时，被同学领着去了位于紫荆山附近、顺河路上的那家胡辣汤店。店里装修考究，比较干净卫生，所经营的汤品出众，配料很足，因而人气很旺，生意极好。当时，胡辣汤已卖到六元一碗，油饼四元一张，水煎包是一元四个，酸奶三元一瓶。

长大以后，为了理想而努力。在胡辣汤的温暖里逐渐长大的年轻一辈考上大学，远离了家乡，也远离了饱含着浓郁乡情的胡辣汤。在京和几个要好的同学聚会时，在桌面上谈得最多的就是伴随我们成长的胡辣汤。每逢节假日回家，从台前下了火车，就直奔县城十字街的早餐店，买碗胡辣汤，再要几个肉饼，喝得痛快淋漓，那麻中带辣的味道醇正地道，纵然走遍偌大的北京城也是千金难求的。

长年累月漂泊在外，确实有很多无奈，有时想喝碗胡辣汤，却苦于京城和河南相隔千山万水。自己也试着做了几次，不是缺这作料就是少那配料的，更重要的是，里面分明少了一种河南式的温暖，最正宗的依然是儿时记忆中的那一种。

绿叶对根的情意，行者对故土的惦念。逐鹿中原，麻辣岁月，小小的胡辣汤碗里浓缩的不仅是河南乡情，还分明连着甜美的乡音、母亲的疼爱。

牛肉杂肝汤

胡跃东丨文

对于一个钟情美食的人来说，寻找洛阳的汤，即是在寻找的过程中滋润喉腔，即是在寻找的过程中满足感官和内心情感的需要，即是在发现美和品味美。

汤的历史悠久。据记载，在古希腊奥林匹克运动会上，每个参赛者都带着一头山羊或小牛到宙斯神庙中去。先将其放在宙斯祭坛上祭告一番，然后按照传统的仪式宰杀掉，并放在一口大锅中煮。煮熟的肉与非参赛者一起分而食之，汤却留下来给运动员喝，以增其体力。这一说法让我在寻找汤的过程中倍增信心，也有了喝汤的依据。

我听说过另一种说法，谓之历史上的洛阳、长安，云集许多胡人商客，远道而来的他们，将路上带的干粮烧饼用“汤”泡着吃，汤也就逐渐成了一道独具特色的美味。

二十多年来，我喝过洛阳太多种汤，从东南到西北，从大街到小巷，从城市到村镇，从厅堂楼阁到简陋小舍；牛肉汤、羊肉汤、驴肉汤、豆腐汤、胡辣汤、丸子汤、牛肉杂肝汤、羊肉杂肝汤、不翻汤……一长串的名儿说不完道不尽洛阳的汤。待滋味在舌尖上历经多年的品鉴、停留、回味、沉积过后，我唯独爱喝一碗热气腾腾的牛肉杂肝汤，那真是人生的一大美事，是情愿连神仙都不做的选择。那个味道哟，略微臭臭的，似乎还香香的、咸咸的、辣辣的、鲜鲜的。在洛阳，很多人天天记挂着这汤呢。

我发现这个牛肉杂肝汤却是“得来全不费功夫”，从朋友约请去品尝，到不可抑制地爱上，那种情感的杂陈一言难尽。好几年后，我终于忍不住，揣了本子和笔去请求老板娘“摆龙门阵”，也就是这个机缘让

【作者简介】

胡跃东，河南洛阳人。河南省作协会员。作品收录于《洛阳散文年选（2013卷）》《河洛散文百家》《洛风——河洛散文选》《苍生录》等文集，出版有散文集《一个人的痕迹》。

我觉得洛阳南关的牛肉杂肝汤，完全可以注册“原产地保护食品专利”加以保护，否则如同我们老祖宗先前留下的许多宝贝被后人破坏一样，太可惜了。

究其历史，杂肝汤在清代时洛阳就已有，迄今上百年历史了。一种说法是杂肝汤早年都是出力人吃的，因为不讲究吃好肉，只注重碗里的杂碎量大。古时，盛汤用一个铜制的大马勺在放肉的大盆里取杂肝，一碗汤半碗都是杂碎，故名“稠杂肝”。另一说法是，老洛阳人都爱喝一口南关的牛肉汤，那汤是宰杀了整头牛用骨头和牛肉熬制的。不知何时何人把剩下的“牛下水”一锅熬煮了，就诞生了牛肉杂肝汤。而且，其显著的特点，汤闻起来是臭的，也叫“臭杂肝”，连“汤”字都省略了。

杨灿军家开的老字号“原南关牛肉杂肝汤”，匾额黑底金字，在我这个老喝家儿眼里，这在洛阳可称得上是味道独一份儿。杨灿军的母亲吴雪花今年五十多岁，原先是老城南大街朝阳饭店的工人，1987年朝阳饭店倒闭了，一家人面临没饭吃的尴尬境地。吴雪花带着家人先后卖过豆浆、稀饭、油条、包子、馄饨及酱肉，后来她找出了最后一次从朝阳饭店离开时，经理给她的牛肉杂肝汤的配方，从1990年开始，开起了臭杂肝汤店。在九都路上，这个店几度搬迁，而我一直追寻着，不离不弃，这种爱汤的劲头儿可堪一跷大拇指了。

杨灿军是吴雪花的二儿子，主要负责熬汤。杨灿军的一天是从凌晨一点多开始的。熬汤是项辛苦的差事儿，要将百十斤重的“牛下水”中的心啊、肝啊、肺啊、大小肠啊等等，放到大锅里用开水焯一遍，这道程序做好了，汤的纯净就有了保证。然后，把焯过的“牛下水”放到高一米多、直径七八十公分的熬汤大锅中，大火煮，小火熬。三个多小时后，把熬汤大锅中的油撇起舀到铁桶中，这种油叫作“撇汤油”，是调制杂肝汤的必要原料之一。

调制杂肝汤的铁锅连着熬汤的大锅，打开熬汤锅下面的一根铁管的闸门，滚烫的清汤就流到了大铁锅中。调制杂肝汤时，把“撇汤油”、牛油、辣椒油舀到汤锅中化开，再放入用大料、盐、味精混合而成的调料，一锅臭杂肝汤就调制成功了。锅台边，小老板杨灿军的二姐和媳妇，在热气腾腾的大锅旁各站一边，水泥台案上搁置着两大盆葱花，还有两大盆心、肝、肺、大小肠等杂肝底肉，以及两大盆辣椒和一摞摞“放心碗”。两个人接票、舀汤，手脚麻利。如果在冬天，多半在舀汤时，还要用热汤焯一遍碗中的杂肝底肉，舀汤、倒汤，再舀汤、递汤，一环扣一环，一个是顺手，一个是左撇子，看她二人舀汤，仿佛一场“舀汤秀”。

一年四季除了春节歇业三五天，每天凌晨，杨灿军的家人和雇请的杂工就开始忙碌了。老板吴雪花在前台卖票，一碗臭杂肝汤卖两块五，还有三块、五块的，老喝家儿一般还要买五毛钱的豆腐丝或是热水中煮熟的老豆腐。即便同样是喝臭杂肝汤，选择也各不相同，有人喝“洛八办”附近的杂肝汤，有

人喝老城区原老区委旁边的杂肝汤，还有人喝老集的杂肝汤，但是还数“原南关牛肉杂肝汤”生意最火爆——每天从早上六点多一直营业到下午一点多，一天卖一千多碗，店里卖的配汤、吃的小油旋饼常常供应不上。食客开着小车或者坐公交车，骑电动车、自行车从四面八方赶来，妇孺老少一应齐全。双休日更热闹，队排得长长的，整个店坐满百十个人，场面蔚为壮观！

有些人喜欢寻找洛阳的老房子，独我时不时喜欢去探访“原南关牛肉杂肝汤”，常常是喝完了汤还流连不去。我看着小老板打开冰柜，把熬熟了的肚啊、肠啊等物件摊开在桌子上，用刀切去不规整的边角，清理出一大盆一大盆的杂肉，再端到机器边，一块一块塞进机器里。于是飞快滚落下来的，就是薄厚均匀的料底肉了，其用量非常之巨，如同油炸辣椒，三天炸一次共四麻包辣椒。且看那位人高马大的仁兄，怪热的天气，喝一瓶白酒只喝半个多小时，酒瓶底儿就朝天了；我看他把辣椒猛劲儿往汤中放，加了一次熟豆腐，又加了一次豆腐丝，还连续添了三次汤，才算汤足饭饱。我食量有限，否则也是大快朵颐的主儿，毕竟，这汤喝着爽、实惠，味道也太独特了呀。

我发现洛阳的臭杂肝汤邪怪得很，只在老城开，如果在别的城区开了一准儿生意冷清。我先后去过洛阳所辖九县多趟，也没有见杂肝汤店的踪影。小老板杨灿军说，常喝杂肝汤养人，而且杂肝汤能解酒。杂肝汤轻轻淡淡的臭味很是让人感到神秘，其实并不是由牛的五脏六腑经过发酵而来的。究竟是什么原因导致汤中有点臭臭的味道？原来在于熬汤的时候，“牛下水”自然产生的“脏气”，跟臭豆腐的制作完全不同，这就是秘密所在了。

杨灿军家在南关的臭杂肝汤是洛阳名小吃，曾经有外地游客来洛旅游时拿着杂志找上门来品尝。原来有位老喝家儿写了篇介绍洛阳牛肉杂肝汤的文章，发表在全国发行的美食杂志上。我对此颇感不屑，写杂肝汤我是倾注了感情色彩的，就像我的文字一样，每个字都浸润了我的血、我的汗抑或我的泪，怎一个“情”字了得？

信不信由你，赶明儿个你也去杨家来一碗臭杂肝汤品咂品咂！

滚　蛋　汤

贾国勇｜文

在老家豫东地区，无论婚宴丧席，最后一道菜必然是滚蛋汤。这汤的做法很特殊，先是将完整的鸡蛋拿在手中不停地摇晃滚动，待鸡蛋内蛋清和蛋黄搅和在一起后，再在鸡蛋的尖端开一个豌豆大小的口，朝滚水的锅中“甩”出蛋里的内容来。这样做出来的鸡蛋汤蛋片大而且极薄，捞出来放在灯下看时薄如蝉翼，晶莹剔透。

为什么要叫“滚蛋汤”呢？一则该汤是在鸡蛋滚动后做出来的；二则是宴席的最后一道菜，宾客们吃饱喝足，每个人再喝上一碗鸡蛋汤，而后，抹一下嘴，走人。所以，家乡人都戏谑地称其为“滚蛋汤”！

在我们家乡，一个人让另一个人滚蛋，大概和外交辞令中的“驱逐出境”差不多。比如，某一个人对另一个人有意见，而对方仍喋喋不休地纠缠时，被纠缠者大都会气愤地喊一声“滚蛋”；还有，你到工厂打工时，老板对你不耐烦了，也是要让你滚蛋的；这滚蛋汤用到婚宴丧席的席面上时，其奇妙处就显现出来，避免了许多难堪和尴尬。

老家的婚宴丧席大多是流水席，流水一样不停端上来的菜肴，流水一样不停变换的宾客，从上午9点开始，你吃罢了我登场，简单地把桌子抹一下，铺上一层塑料薄膜，再换上一轮新菜肴；宾客呢，上来就吃，酒足饭饱了，冲着主人家抱一下拳，道一声谢，脚步蹒跚地离去。主人呢，却要千般歉意万般感谢，一味地怕宾客们吃不饱，更感谢宾客们能赏脸前来，让主人家挣足了脸面。

恰恰有那不知趣儿的，喝上二两酒立即昏了头，坐在席面上滔滔不绝说个不停，前三皇后五帝、美国人要打叙利亚、索马里海盗太猖獗，

【作者简介】

贾国勇，河南淮阳人。中国作协会员，中国散文学会会员。著有长篇小说《测出的不仅是心跳》《致命谈判》《命案现场》《神探》《市长命案》《市长夫人》等多部，以及散文集《立地成佛》《心止即岸》等。创作、投拍了《命案现场》《完美指控》《郑板桥》等多部电视剧。

等等等等，说个不停，就像是在联合国做报告，兴致勃勃。左边席面上的人起身走了，他转向右边说个不停；右边席面上的人也走了，他就站在凳子上发表演说，就好像那美国的总统竞选，趁着这难得的机会要表现一番。事实上，一个醉醺醺的人能说出什么道理来？大家看他，如赏猴子杂耍一样，醉的人出的是风头，看的人看的却是开心快乐。

前面的宾客不起身离席，后面的宾客就没法坐进去，主人尽管着急却又不能撕开脸面去驱赶，整个席面就乱了套。这时候，鸡蛋汤的妙用就显现出来，端菜盘的就会端上满满的一盆鸡蛋汤放在席面上，大喊一声："滚蛋汤来了！"众人会意，忙接口喊道："你小子别闹了，喝了滚蛋汤快滚蛋吧！"

虽说是最后一道菜，滚蛋汤的做法、配料、味道却不敢马虎，是非常有讲究的。鸡蛋的处理方法前面已经讲过了，单就作料、配菜二项，不一一道来，想一股脑儿说出来是说不清的。一般人家的滚蛋汤内除了有陆桂、茴香、花椒、凉姜等作料外，还要有海带丝、香菜根、菠菜叶等。海带丝在做法上刀功是有讲究的，要选用深海水中生长、带边无黄斑的海带，先上笼蒸熟了，再切成半毫米粗细的海带丝，拌上香菜、菠菜，在锅中熬汤，勾以粉芡，然后才能向锅内"甩"鸡蛋。比较富庶的人家要把海带丝、香菜、菠菜等用搅拌机搅成碎末儿，这样，味道更浓更鲜，汤中还要加入银鱼、鱿鱼须、海参片，喝时再略微洒上些陈醋、麻油，味道更美。

在滚蛋汤之前，席面上的菜也是有讲究的，即常言说的"七碟子八碗巧十三，中间来个猛一蹿"。这其中，"七碟子"指的是凉菜，一般的都是粉丝、白藕、粉皮、牛肉、杂碎等；"八碗"指的是笼菜，什么白羊肉、蒸米粉、块鸡、块鱼等内容不一；至于"巧十三"指的是煎、炸、烹、炒的内容，像市面上流行的孜然羊肉、鱼香肉丝、清炖鱿鱼等都属此类；"猛一蹿"就非常形象了，指的就是鱼。在老家，大家都会说"无鱼不成席"，无论是什么样的场合、什么样的宴席都是要上一条鱼的，这条鱼色泽金黄，味道鲜美，用一只长条的盘子装了，还没有端上来，就能闻到扑鼻的香味，极能唤起人的食欲。这些菜都上完了，就该上前面所说的滚蛋汤了。小孩子嘴没遮拦，抄勺在手大喊："滚蛋汤来了！"迫不及待的样子很让人喜爱。到这个时候，大人们纷纷退席，主家极力挽留，一个劲儿地说"酒不好，菜不饱，请老少爷们儿多担待"的话，一种亲如一家的乡情油然而生。

滚蛋汤确实是不可少的。家乡人爱面子，撵客的话轻易说不出口。滚蛋汤就成了一种示意的工具，到了这个时候，大伙儿都会知趣儿地离席，免得尴尬。因为，天下毕竟没有不散的筵席，不欢而散，何如心照不宣地告退？

这是中国饮食文化中的经典部分，不仅饱含了口腹之欲的内容，也包罗了万般人情世故。

打甜汤

芭蕉雨声｜文

甜汤不甜，本味。中原人把麦面做的汤叫“甜汤”。早晚图省事儿，不想熬粥了，打甜汤喝，配馒头、小菜，烧饼夹鸡蛋，或动手摊几个葱花油饼，随便搭配点啥，都是一顿朴素而熨帖的家常饭。

甜汤做法简单，但要成功做好也不是说句话的事。儿时的我很少能把甜汤当早晚饭来吃，小米粥和玉米糊倒是碗里的常物，这跟麦子产量低有关。人生病了才能吃到一碗白面做的汤，放葱花、盐，是咸的，咸疙瘩汤的诱惑让我暗自渴望伤风咳嗽。进城后发现城里人把不放盐的面疙瘩汤叫“甜汤”，不放糖也叫“甜汤”。我听着可洋气，再回家不愿改口，也说“甜汤”。母亲听明了后说，不就是一碗好面浆嘛。

甜汤做好了是琼浆玉液，做不好就是面浆一锅，十足的面糊糊。过年贴年画不买糨糊，自己打浆，把和好的稀面糊倒进滚水里，搅拌均匀，煮熟。糊窗纸，糊窗花，糊春联，黏牢结实，似祖辈过不完的烟火日子。女人若把甜汤也做成这样，就不算一个巧媳妇。我婚后第一次独立做甜汤，除了比糨糊稍稀一点，状态不差啥。住简陋的集体宿舍，老人不在身边，没人笑话也没人指点，就那么凑合着，夫君不说不好吃，我打甜汤的技术就一直不长进，直到母亲把她做咸疙瘩汤的方法教给我。

把面粉调成稠面汁，使劲儿朝一个方向搅，直搅到手腕发酸，搅上劲，添清水泡上。水烧开了，把浸泡妥当的面汁挑成细条状，一缕一缕往锅里扒拉。母亲一离开锅台我就泄气，太费力，吃个甜汤搁不住使恁大劲儿，依然软绵绵一锅稀面糊。

搅甜汤的“搅”不够准确，实为“打”。“今晚熬小米还是打甜

【作者简介】

芭蕉雨声，本名郭艳先，河南辉县人。现居小城新乡。2006年发表处女作。有散文、随笔百余万字，其中二十余万字散见于国内大小纸质媒体。始终相信，一根荆条会说话，一朵小花会微笑；还相信，写作是心魂的表达，是感情的自然流露。任何物事的叙述，都对应一个最好的句子。

汤？”是厨妇问家人的话。打甜汤跟炒鸡蛋一样，因工序简单而不入烹饪技法，但好甜汤的确是“打”出来的，好比打铁，给够力方成器，不像宝玉那公子哥儿，被他爹打几棍子就蔫儿了。面汁似陀螺，越打越精神，待其精神攒足十分，用凉水叮，这一叮是回性，回性后的面汁不再死缠在筷头上，软滑无骨中深藏韧劲，捶打后的疼痛反思促其新生和成长。它不再是单纯的面粉，若此时挑出来用水反复揉搓，会洗出一点面筋，面筋是植物精华的凝结，是蛋白质。说到精髓华质，想起一句笑话。黄河滩的乡人擅拿刚进门的新媳妇逗趣儿，嘴厉害的街坊嫂子会在人多的饭场上旁敲侧击打听新娘子洞房花烛夜的感受，问：“甜汤好喝吧？一夜喝了几回啊？”实心眼儿的新媳妇会被嫂子一本正经的架势给唬得转不过弯儿，待从众人的坏笑里意会过来，便红了脸扭身跑开。好的譬喻扎根儿民间，半透明的甜汤给心思单纯的他们以最原始的想象。

做甜汤不必把面筋洗出来，筷子挑散直接下锅煮，我家小侄女说是面鱼儿，她爱吃她妈做的面鱼儿汤。上次她过敏住院我送甜汤给她吃，她妈说我做得不够正宗。路途远，汤在饭盒里热气焐着，透明也变得不透明，鱼儿也化成糨糊了。这是我对自己无能的软软一辩。

若不是对鸡蛋过敏，一般人家都会在甜汤里打鸡蛋，鸡蛋打散随汤一滚，再难看的甜汤也变靓了，万缕金丝织白玉，简素平和，却分明是体验丰富后的疏朗有致。尝尝，淡甜微腥，玉米缨或初生小玉米的自然气息，无意中冲淡或丰满了原有的麦香味。

回味羊双肠

【作者简介】

崔运民，笔名“流水驿人”，河南新蔡人。当过知青、农民、铁路工人、铁路局干部。现为河南省华夏文化艺术院副院长。中国铁路作协会员，河南省作协会员。《文学月刊》签约作家。

崔运民 | 文

我原在开封工作，如今已离开古城开封四十多年了，对开封的记忆淡忘不少，唯独对开封名吃羊双肠记忆犹新。每当去开封出差办事儿，或者在郑州大街上见到开封羊双肠汤馆，都想进去来一碗解解嘴馋。

四十多年前，我刚从武汉铁路运输学校毕业，被分配到开封火车站工作。一个单身汉，吃铁路大食堂。时间一长就对食堂的黄面糊糊、黄面馍吃烦了，就想到大街上吃小吃。开封车站广场西边有一条小胡同，有卖油条、胡辣汤的，有卖稀饭、小笼包子的。虽然也有人吃饭，但大都生意平平。在街头有一家“开封羊双肠”店，吃饭的客人却是特别多，这不由得引起我的好奇心。走进店内才知道，这是一家羊肉汤馆，名为羊肉汤馆，却只卖羊的大肠和小肠，夹杂着羊心、羊肝、羊杂碎，俗称“羊双肠”。

羊双肠卫生吗？好吃吗？我疑惑地问同来一起喝汤的同事李师傅。李师傅说，小伙子，看来你是第一次喝汤吧，请放心，不脏。好吃不好吃，吃了就知道了嘛！我与李师傅各交一块钱买了两碗羊双肠。

老板是个六十多岁的老汉，脸膛黑黑的，戴一顶白帽子，胸前挂一长白围裙，显得干净卫生。他给我俩每人抓上一把羊双肠放在笊篱里，先在汤锅内烫一烫才倒进两个大海碗里，又放上一点辣椒油、葱花、味精等调味品，舀上满满一勺子汤倒进碗里，又给我们每人拿了一块锅盔。我与李师傅坐在桌子边，把锅盔掰成手指肚儿那么大丢进碗内，搅动搅动就吃了起来。真是不吃不知道，一吃吓一跳。等把那羊双肠、锅盔放进嘴里时，一股浓厚的香味立时在口中挥洒，咽到肚内还感觉有一种香味向上涌起呢。那种香味，是我这个农村娃久未遇到过的，是

一种从未吃过难以言喻的香味，说比过年时吃的红烧肉还香一点都不为过。那种在口中久久回荡的香味，至今仍然让我觉得回味无穷……

第一次吃羊双肠，只知道香味扑面而来，三下五除二就倒进肚子里了，却没有看仔细碗中之物是个什么样子。半个月后再次光顾这家小店，少了狼吞虎咽的莽撞，才得以看清碗内的羊双肠是什么样子。原来，就是把羊的大肠、小肠洗干净，与羊骨头架子放在一起煮成的羊杂汤啊！白中透着青，青中含着白，闻起来，香中还带着一种膻味。那汤是乳白色的，浓浓的像奶茶一样，自是十分诱人。那时工资低，每月只能去打两三次牙祭，后来工资高一些，每周去喝一次。早晨一碗羊双肠下肚，浑身冒着热气，一天都不会感到疲劳。那种香、那种美、那种享受、那种高蛋白，诱惑着许多人到“开封羊双肠”汤馆喝汤。

四十多年过去了，每次到开封出差办事儿，我都禁不住到处找羊双肠，只有喝一碗羊双肠才觉得没有白来开封。在郑州居住时，每每走在大街上，有意无意两眼总是踅摸有没有“开封羊双肠”汤馆。一天，友人告知郑州的顺城街开有一家羊肉汤馆，不妨到那里看一看。隔天，我便骑了自行车找了好几条街，终于找到了那家羊肉汤馆。一看卖的是羊头肉、羊肝、羊肺，也有羊双肠。交了十元钱要了一碗羊双肠，坐在那里细细品味，却怎么也喝不出四十多年前“开封羊双肠”的香味来。

回来家中，我与妻说到顺城街吃羊双肠的事，告诉她没有喝出“开封羊双肠”的味道。妻子笑笑说：“你呀，久居芝兰之室，不闻其香；久居鲍鱼之肆，不闻其臭嘛！”

哈哈，我想一想妻子的话，很有道理嘛。现在为啥吃啥啥都不香了呢？或许是现在的羊饲料里掺杂添加剂，使羊肉没了羊肉味；或许是人们的生活好了，大鱼大肉吃得太多，自然吃啥啥不香啊！

寻味不翻汤

范利娟 | 文

二十多年前，我在父亲的土杂店里帮忙。一次他进回来了一种类似平底锅的货品，直径约二十公分，表面有粗糙的沙子。我好奇地问其用途，父亲说："这是烙不翻用的呀。""不翻"是洛阳土语，意即不翻饼，不翻汤应当是因饼而名。从父亲那里，我第一次知道了老洛阳的风味小吃不翻汤，后来也曾多次听别人说过，只是无缘亲尝。

说也奇怪，这么多年了，尽管每次听说，我都要在心里不无遗憾地嘀咕一声"我还没喝过不翻汤呢"，却从没有刻意去寻找过它。也许潜意识里，我在期待着和它的一场不期而遇吧。不翻汤最早是小贩挑着担子在街头叫卖的，想象着某个寒风萧萧的黄昏，于行人稀少的街巷邂逅了心仪已久的不翻汤。那口感绵软的绿豆面薄饼，那酸辣爽口的肉汤，会温暖了整个身心。还有昏黄的灯光、满脸忠厚的小贩、汤碗上蒸腾的热气，共同氤氲出的那幅颇具民俗风味的画卷，想想都让人心醉。只是不翻汤不像牛肉汤、羊肉汤、豆腐汤之类在洛阳的大街小巷遍地开花，听说它只存在于老城区，然而我曾多次去过老城，偶遇不翻汤却始终没能成为现实。

有首歌唱道"从来都不曾想起，永远也不会忘记"，当有人又一次提起不翻汤时，我深藏心底多年的品尝不翻汤的愿望忽然就变得无比迫切起来。既然邂逅不了，那就专程去寻找吧，也不顾天色已晚，在网上查了资料，于冬日的傍晚直奔老城而去。

有人说，旧时洛阳的小吃，"三张一李"很是有名。"三张一李"即吉市胡同张世家的小锅不翻汤、马蹄街张长水家的馄饨、旧府洞张新有家的臭杂肝汤、城隍庙门李金库家的豆腐汤。我们在传说中的吉市胡

【作者简介】

范利娟，河南洛阳人。洛阳市作协会员。作品散见于《中国矿业报》《扬子晚报》《甘肃日报》《新闻晚报》《郑州日报》《洛阳日报》《洛阳晚报》《小小说月刊》等报刊。

同转了两圈儿，却遍寻不着张家的小锅不翻汤。据说民主街与中州路交叉口也有一家做得很是地道，还是传统的地摊儿，因天晚路远被我们放弃。于是从“真不同”门口越中州路，左拐再向北，去居业园寻找刘家不翻汤。

街两旁的灯光已经亮起，路上行人脚步匆匆。瞪大了眼朝路两边店铺的招牌一一看去，还好，没让我找多久，路北，刘家不翻汤的招牌就亲切地映入了我的眼帘。

店堂装修简单，也有点陈旧，不算太大，摆有五六张桌子。步入店门，右侧墙壁上就有刘家不翻汤的简介。它已经有一百二十多年的历史，据说关于不翻饼还有一则传说。康熙独自暗访民情，途径栾川县大洪沟，饥饿难当，见一老太太正在烙饼，便上前讨要。老太太说：“饼还未翻，不熟少候。”康熙饥不择食，口中说道：“不翻不翻，救命要紧。”抓起便狼吞虎咽，感觉很是好吃，便赐字“大救驾”，落款“玄烨”。这就是不翻饼得名的缘由。但我觉得这个传说杜撰的成分居多，倒是不翻饼得名于孟津小浪底的渔民更真实可信些。小浪底大坝没修建前有个八里胡同，是黄河中游最狭窄的一段，风大浪急，渔民常在此处翻船落水。为了图个吉利，渔民们上船时带的干粮就是这种名为“不翻”的不翻即熟的薄饼。其实不说“翻”“沉”等字，甚至吃鱼时不给鱼翻身的风俗，在其他地方的渔民中也是普遍存在的。

等我琢磨过不翻的来历之后，服务员终于吆喝着让去端汤了。碗不精致，是粗瓷，有着下里巴人般的朴实。端在手里，韭菜的香气和胡椒的辛辣扑鼻而来。坐在座位上，用筷子迫不及待向碗里一挑，想了若干年的不翻就和我面对面了。金黄色的鸡蛋做成的薄饼，入口绵、软、醇香，味道很好，只是饼太小，似乎还没完全品咂出味儿来就全下了肚。汤里除了绿油油的韭菜，还有粉条、木耳、海带、虾皮、榨菜、鸡血等。汤由骨头熬成，油而不腻，含一口在嘴里，酸酸的，辣辣的，让人胃口大开。这一碗汤喝下去，头上冒汗，全身暖洋洋的，可以说得上是痛快淋漓。

不翻汤虽好，对习惯于大鱼大肉的男士来说味却有点寡淡，若作为主食量也稍嫌不足。这家汤馆卖的有羊肉卷饼。但我以为不翻汤的绝配应数肉夹馍，馍里还得夹猪头肉。一边是猪头肉的油腻耐嚼，一边是不翻汤的酸辣爽口，男士们当可心满意足地大快朵颐了。女士们呢，通常饭量都小，店家卖的有一块钱四张的饼馍，泡在汤里，软软的，也不失筋道，闲闲地吃喝着，那美味，确乎是寒冷冬日里不可多得的享受了。

羊肉汤中看人生

孔维娜 | 文

每到周末，我和老公都会和骑友们相约，去野外放飞心情，既欣赏不同时节的风景，又品尝当地的特色小吃。那天早上，我们骑车到了平陆县城，大街上人来车往，各色小贩操着晋南话吆喝着他们的买卖。虽然平陆和三门峡仅一河之隔，方言上却有明显的差异，有时候根本听不懂他们在吆喝什么，只有根据他们面前的商品才能弄明白。

街上早餐的味道勾起了我的食欲，而老公却建议喝羊肉汤，我有点不大情愿，因为每次出来都是喝羊肉汤。但老公一再给我讲喝羊肉汤的好处，并说各地羊肉汤的配料和做法不同，我只好勉强同意了。于是，我们来到一家不起眼儿的羊肉汤馆。

此店门面不大，门前有两棵法国梧桐，粗壮的树干和茂密的枝叶几乎遮住了门头。我们把车停在门口，卸下装备，信步走进店内，老板一边笑容可掬地迎了上来，一边招呼店小二给我们盛汤。不一会儿，一碗撒满葱花和香菜的羊肉汤便端到我老公面前。一看和其他地方的羊肉汤并没有什么差别，我就不打算喝汤了。老公说："你也来一碗吧。"我没有回答，而是被店员送来的两根麻花给吸引住了。我问老公："你买麻花干啥？"他说："往汤里泡啊！"我有些疑惑，站在一旁的老板解释说，他们这里喝汤，通常用麻花或手工馍搭配。手工馍配汤我倒是见过了，但麻花怎么能配汤呢？一见我产生兴趣，老公不失时机地给我要了一碗汤和两根麻花。

从外观上看，这羊肉汤和其他地方无异，汤的浓白还不及虢国羊肉汤，上面被翠绿的葱花、香菜覆盖后还泛着青绿色，但只尝了一口我就改变看法了。汤的肉香和着葱花、香菜的清香沁人心脾，淡淡的咸味

【作者简介】

孔维娜，河南三门峡人。教师。

触及我的味蕾，让人顿觉回味无穷。我用筷子捞起羊肉片放入嘴里一嚼，淡淡的，嫩嫩的，甚至有点脆，口感确实有点不同哦。

记得有一次我们一行六人骑车到灵宝，几个小时奔波下来又累又饿，因此亟需补充能量。我们打听到灵宝有一家小有名气的羊肉汤馆，想喝正宗的灵宝羊肉汤。进了店内，才发现里面很小，只有几张小方桌。由于天太冷，老板把摆放在外面的桌子又搬进了屋内，更加显得拥挤不堪。汤上来后，看着奶白的汤、翠绿的葱花和香菜，显得那么和谐而又美妙。

在冬天，喝上一碗上好的羊肉汤，是多么幸福的事情啊！我和骑友们拥有过这种幸福，一种简单而又快乐的幸福，毫不掺杂世间的功名利禄。羊肉汤泡着馍吃，是很令人愉快的。说是馍，其实是饼，两面焦黄，咬一口，掉一地渣，外焦里嫩且充满着麦香味儿，让人不得不赞叹做饼人的高超技艺。把饼撕成块儿，大小皆宜，面的味道、肉的香味加上香菜的清香混合在一起，这是一种用语言难以表达的美妙感觉。

灵宝羊肉汤和平陆的不同，汤里加有红薯粉条，细细的，透明而爽滑。而平陆这家羊肉汤除了肉、葱、香菜外，没有其他配料了，看上去简单而又不实，但我还是特别期待麻花和羊肉汤混合的味儿。麻花并不焦酥，用手捏捏是绵软的，在汤里不能泡得时间过长，否则口感会差一些。吃的时候，只需把撕下的麻花在汤里打个滚儿，这样可保持麻花的硬度，吃起来有嚼劲，还可吃出麻花自身的香味。当舌尖和浸过汤的麻花接触时，加上浓浓的羊油辣椒的味道，这种无与伦比的香味，便令人食欲大增了。

不管是平陆清淡的羊肉汤还是灵宝浓白的羊肉汤，只是不同地域的饮食习惯和配料不同而已，但无论是哪种汤，都达到了食材与配料之间的和谐。

《礼记·中庸》中说："中也者，天下之大本也；和也者，天下之达道也。致中和，天地位焉，万物育焉。""中和"之美是中国传统文化最高的审美境界，就像我面前的汤，五味调和，咸淡相宜，中和以极致。其实做人亦如熬汤，都需要包容和调和，需要根据自身的条件经过长期的反复磨炼，经过艰难困苦人生的诸番"煎熬"，从中不断发现自己的不足，在学习中加入所缺的食材，并重新调制。只有这样，我们才会拥有自己日臻完美的人生之汤，成就人生的大美好。

相同的汤，不相同的味道，只因为揉进了不同地域的人的智慧和生活经验，更融入了制汤者对人生的顿悟。

豆腐菜

陈传龙｜文

到郏县，吃的第一顿饭是豆腐菜。

和儿子去拜谒三苏坟，在薛店下了车。薛店是个集镇，比较大的集镇，离三苏坟有一二十里，我们决定吃过饭再去。

远远地看见一家小吃店，离饭店不远处立一块招牌，一人高，半米宽，上写“豆腐菜”，我不免好奇了。家乡有种植物叫“豆腐菜”，又叫“木耳菜”，长藤，如丝瓜藤，顺势而爬，遇墙爬墙，遇树爬树，遇竹竿爬竹竿，无可依附则顺地蔓延。少有人种植，多系野生，生命力极强。豆腐菜是藤蔓上的叶子，近似圆形，有尖角，深绿碧翠，形状优美，外观漂亮。豆腐菜适合素炒，也可下面条，肥厚爽滑，味道鲜美。

可眼前的这个集镇真怪，豆腐菜怎么能写到招牌上呢？就像卖白菜的，招牌上写白菜；卖黄瓜的，招牌上写黄瓜，不是很滑稽吗？

我弄不清楚这家是饭店，还是蔬菜店。正犹豫，儿子说，爸，看他们吃得多香。门口有几个人低头吃饭。我径直走过去，偷偷瞟一眼食客碗里，有豆腐条，近一拃长，筷子粗细，这不是豆腐汤吗？我想，也许当地人把豆腐汤叫作“豆腐菜”吧。

豆腐汤我不陌生，家乡有这种食物，以豆腐为主，辅以白菜炖成，有的还添加粉条，味道不错。豆腐汤多在冬天的晚饭食用，暖和，郏县人早晨就喝豆腐汤，实在奇特。入乡随俗，大家都吃豆腐汤，我们也吃一碗吧。

我和儿子朝灶台走过去。掌勺的是个小伙子，干净利索，动作麻利。我问他：“豆腐汤好吃吗？”小伙子朝我笑笑说：“不是豆腐汤，是豆腐菜。”至此，我明白了，招牌上的豆腐菜不是蔬菜，是用豆腐

【作者简介】

陈传龙，河南驻马店人。写散文，《山妞》获第二届全国吴伯萧散文奖；写小说，中篇《裸女》获第三届“长江杯”网络小说冠军。九年耕耘、十易其稿的长篇小说《中原匪事》由作家出版社出版，其影视改编权被北京一文化公司购买。研究地方文化，写系列历史文化散文，多家报刊予以转载。

烩成的汤，但不叫“豆腐汤”，就叫“豆腐菜”。我又问：“豆腐菜好吃吗？”小伙子转身忙活去了，没抬头：“你尝尝就知道了。”我说：“来一碗吧。”我有个想法，先要一碗尝尝，好吃了再要，不好吃就去其他小吃店。小伙子见我们两个人，反问道：“要一碗还是要两碗，赶快拿主意，准备关门。”我刚刚下车时看了表，才10点，“这么早就关门？”小伙子不热不冷地撂出一句话：“卖完了。”我说：“来两碗吧。”

小伙子抓一把豆腐丝，放在锅里。豆腐丝两面金黄，中间瓷白，颜色好看。锅里是沸腾的水，放一绺粉条，再点上绿菜叶，在开水里浸片刻，捞出来，放进碗里。从另一个锅里舀出一勺汤，牛骨头汤，浓浓的，白白的，浇在上面。淋辣椒油，撒葱花，顿时，碗里的颜色鲜艳了，红的、绿的、青的、黄的、白的，搭配匀称，好看。

端到餐桌上，我吃一口豆腐丝，又喝一口汤，香而不辣，鲜而不腻，有豆腐的绵软，又有肉的余韵，碗里却没有一丝肉。这感觉太美妙了！我便狼吞虎咽地吃起来，吃豆腐，吃粉条，吃青菜，汤也喝光了。抬头再看，碗比头大，我平时不吃早餐，就是吃也极少，今天吃了这么多，没想到。

这时才发现，旁边一位师傅在切豆腐。

一块豆腐几斤重，方方正正，一刀切下去，切下一片，一韭菜叶厚，再一刀切下去，又是一片，又是一韭菜叶厚，一片片叠压在一起，一层摞一层，整整齐齐，排列均匀，没有一片破碎，足见师傅的刀功了得。一大块豆腐切完了，师傅用刀面把豆腐片托起来，放到地上的大塑料盆里。塑料盆里堆满了切好的豆腐片，少说也有上百斤，桌面上还有一百多斤未切的豆腐。

我问师傅：“这么多豆腐，多长时间能卖完？”师傅说：“一天。”我惊异了，二百多斤豆腐能装多少碗？每碗里还要加青菜，加粉条，加高汤，算下来能盛一千碗以上呢！要知道，这里是集镇，不是县城，人员流量有限。由此可见，这座集镇如何繁华，这家小店如何兴盛。

师傅和我说着话，还不耽误切豆腐。他说，豆腐切好后，要过油锅炸，炸这么多豆腐差不多要四个小时。炸完以后，再把豆腐片切成豆腐丝，又需要几个小时。从现在开始，干到天黑，才能准备好明天的原料，下午还要熬高汤，也是费工费时的活儿，直到明天凌晨才能熬好。

我惊得目瞪口呆，想不到一碗豆腐菜需要花费这么多功夫，也弄明白了，为什么叫“豆腐菜”，而不叫“豆腐汤”。我问：“什么时候开始有豆腐菜的？”师傅说：“豆腐菜有一千多年历史了，是郏县特有的小吃。”我沉默了，怪不得豆腐菜这么好吃呢，准备的时间很长，下功夫很大，做出来当然好吃。

很多事情都是这样：比如，台上一分钟，台下十年功；比如，海明威论述写作的“冰山理论”；再比如，大树的根扎得深，生命力更强大……

儿子没吃尽兴，走到火炉边对小伙子说：“再来一碗。”小伙子说：“卖完了！”

虢国有碗羊肉汤

剑舞闻章 | 文

雨后的安阳大街上空气格外清新，吸一口醉人心肺。微微的春风吹过脸面，带来一片清爽，心情顿时惬意起来。信步之时，路边一座古色古香的建筑引起我格外的好奇。寻着那颜色和香韵拔脚过去，但见那高高悬挂的深灰色匾额上一行古朴、苍劲的大字——“虢国羊肉汤馆”。匾额左首是一只变形的羊头标志，既像一对羊角，又像是一只凌空欲飞的苍鹰。匾额下方排开五间门脸，深灰色的古朴与橘黄色的现代交相辉映。门前台阶上一辆古代马车，静静地停在那里，浓缩着历史的沧桑和厚重。一组高高挑起的大红灯笼又为这座建筑平添了几分热烈和红火。

进得厅堂，迎面是吧台，依然红灯高挂，红红火火，只是在那仿古式的青砖台上多了一台现代化的计算机收银设备，昭示着这家餐馆是开在21世纪。温柔秀美的服务员面含微笑迎来送往着一位位客人。大厅内整齐地排列着十几张中式餐桌，依旧是一片金黄，干净整洁，许是星期天的缘故，食客并不多，七八位悠闲地分散在几个餐桌前，分享着那一份份诱人的馨香。

如此雅致的环境，把肚内馋虫隐隐勾引上来。及至坐定，服务员递上一本精制的食谱，此时忽然觉得胃口大开，心想这虢国羊肉汤还从未领教过，不如趁此品尝一番。于是随手点了羊肉和素饼，在悠然的心境中悄声等候。

五六分钟之后，服务员端上一个托盘，略呈长方形，是那种用传统的大漆油漆过的。盘中两只圆形的镶着蓝花的平底瓷碟，一只放了一个大碗，盛着那首次谋面的虢国羊肉汤；一只放了两个素饼，闪烁着金黄色的光泽。两个白色的瓷杯，一只放了辣椒，红红的；一只放了精

【作者简介】

剑舞闻章，本名梁剑章，河北人。河北省作协会员。

盐，白白的；红白相映，组成一对精美的配料。一双定制的筷子，一方印有餐馆商标的纸巾，组成一幅精美绝伦的画面。

将虢国羊肉汤摆在面前，满满的一大碗，汤浓浓的，呈乳白色，像加了牛奶一般，几根香菜在汤中浮动，青青的；伴随着微微的热气上升，一股乳香扑鼻而来。用筷子搅动，除了羊肉外，还有羊骨、羊血、黑木耳、黄花菜、粉条、海带等，放上点精盐，加上一些辣椒，汤中立时红火起来。用汤匙浅浅地盛上一点，送入口中品咂，汤味异常鲜香而醇厚。羊肉却没有膻味，薄薄的、软而鲜嫩，各种配料精致合理，咸淡适中，堪称汤中之上品。

夹起一只素饼观察，圆圆的，有茶杯口大小，两公分左右的厚度，焦黄焦黄。送到嘴角，热乎乎，还微微有些烫嘴，显然是刚刚出炉。轻轻地咬上一小口，一股香溢入口中。我点的是素饼，据说还有肉饼，仅以素饼而论，这种脆香就足以让我馋涎欲滴了。用心观察，认真品尝，悠闲放松，一会儿工夫，一大碗羊肉汤和两个素饼全被我卷入腹中。拍拍肚皮，似乎觉得意犹未尽；掐指算算，这已是平日里早餐二倍的量了。这又是一顿惬意的早餐，一顿惬意的小吃。

一杯清茶上来，不愿离去。遂与大堂经理闲聊，方知“虢国羊肉汤馆”乃是一家连锁企业。它的创始人王硕是一位精明睿智的餐饮名厨。他认真研究了各地风行的羊肉汤特点，以灵宝羊肉汤为基础，进行全新改造，形成了今天的虢国羊肉汤。2001年，王硕从灵宝走出，在郑州创建了虢国餐饮服务有限公司，打出了“虢国羊肉汤馆”的著名品牌，安阳的这家只是其中一家，而在郑州的农业路、东风路、经一路等区域，则到处活跃着虢国羊肉汤的秀美身影。

从历史上看，“虢国”二字有两个出处。一是国名，在今天的河南省三门峡市，

历史上曾建有虢国。那是在西周时期，是当时的一个小国，后来被晋所灭，据说今天的郭姓是虢国人的后裔。2004年郭姓族人还在三门峡市举办了世界郭氏宗亲恳亲大会。如今的三门峡市，还专门建有虢国博物馆，供人们追思这段历史。二是人名，取自唐玄宗年代号称艳压杨贵妃的姐妹虢国夫人，貌美色绝，被唐玄宗奉为上宾。有一幅《虢国夫人游春图》，是盛唐著名画家张萱所作，刻画了这个女人“态浓意远淑且真，肌理细腻骨肉匀”的华贵风姿，成为“绣罗衣裳照暮春”的传世名作。虢国羊肉汤馆的命名，我看主要是从地名而来，因为掌门人王硕是从三门峡走出，用“虢国”既为了体现家乡的特点，也是对家乡名吃的一大贡献。不过我倒以为，把“虢国夫人”带进来也没什么不好，精美的虢国羊肉汤不是也像华美的虢国夫人一样浑身散发着精致绝伦的美吗?

羊肉据说性味甘、温，入脾、胃、肾经，其特点是胆固醇含量低、脂肪少，有补虚劳、益气血、开胃健脾、滋补肌肤等功效，对预防心脏血管疾病有很好的作用。《本草纲目》曾将羊肉与人参相提并论，民间也有羊肉乃“小人参”之说。由此可见，羊肉的作用之大之广。虢国羊肉汤不仅以羊肉为主料，同时所搭配的木耳、海带、粉丝等辅料更使这道小吃具有了综合的功效。食之疗之补之，何乐而不为?

我想，有时间一定到郑州尝尝虢国羊肉汤，再有时间一定到三门峡市，品一品虢国的虢国羊肉汤，再有时间呢，就是想一想那绝美的虢国夫人了……

嵩州汤韵

海上钓鳌客｜文

我是一个喜欢流浪的人，流浪着，流浪着，有时就忘了自己来自何方，要去向何处，甚至也常常会忘了自己叫什么，有什么东西。然后再随着一个地域的民风来重新确立或是说寻找属于自己性格的那一部分。旅行分为两种，一种是空间上的游荡，而另一种，则是时间上的行走，恰好，文化之寻找，则两者兼备。

一个地域的文化，往往不在于外在的表现形式，而是一种几乎要深入到细胞、血液，甚至是神经中的内蕴。它们往往代表着一个地域数百甚至上千年来最纯正的人文形态和自然风格，千年的文化沉淀与民间风俗充分融合，然后带着一股特有的红尘气息和人世烟火，在九州之内昂然独立，流通打转。

嵩州的冬季，细雪夹着晚落的枯叶，纷纷扬扬地随西风飘飞，到处都是白茫茫的孤寂一片，干涩、燥冷的空气随着被时光逐去的西风，开始布满每一处嵩州地界。

在暮霭夹着荧荧红光的傍晚，我走进了一家羊汤馆。这是一家不算豪奢甚至有些破旧的馆子，馆上面的字迹已经渐渐变色，门两旁贴着一副松松的卷起角的对联，道是：“天下奇鲜一锅收，过了此家无他处。”

推开木制边框已经有些变色了的玻璃门，宽敞的屋子里热气腾腾，一个巨大的锅台特设在小屋正中冒着团团白汽，浓烈的肉香中混合着一股淡淡的羊油的膻味，一个个海碗上下摞成几个三角形，足有六七十厘米高。

老板是一个瘦削却依旧硬朗的老人，身着一件白色厨师服，因为多

【作者简介】

海上钓鳌客，本名董旭洋，河南洛阳人。洛阳市作协会员，曾获得多项征文赛事奖项，发表诗歌、散文多篇。

年与羊汤打交道的缘故，厨师服上沾了斑斑油渍。他手里拿着一把大钝刀，用厚实的刀脊，正在一下一下地砸着面前的羊椎骨，等到骨髓半露的时候，他就用两只手托住羊椎骨，放进已经滚烫、沸腾的汤水，之后，他又拿起一旁的汤勺，将羊椎骨压入汤底。

他盯着锅中的汤与羊肉，目光纯净得好似朝圣者的心灵，时而低下头沉思，时而又嘴角一扬，抬起头来，眉眼带笑，望着馆内的众人。

馆中二三十个座位满是人，有不少更是提着汤罐小锅匆匆进出，一个个满面红润，脸颊上冒了一层油油的汗渍，有的将领口解开裸着脖颈，两只手捧着碗，猛往嘴里灌。

吃完的，则张开嘴，舌头放在牙齿上轻磨，或者用牙签一下一下地将牙齿中的肉渣剔出，一脸的幸福和满足。

几个小孩子，偎在母亲的怀里，将头伸进碗里，大口大口地吞咽着碗中的汤汁，本就红润的唇色，布上了点点油渍。更有三四个鬓角已经花白的老人坐在一起，桌面上放着几两白干、几盘小菜，一边笑，一边喝，不时地拍对方的肩膀和胸膛，似是在喝汤又似是在寻找几十年间逝去的时光。

蓦然间，我发现来这儿喝汤的人往往是一家子或者朋友两三人，很少有独自一个人来的，他们与其说是在喝汤，倒不如说是在享受，享受一种特殊的温情与韵味。

“要啥？”

“一碗羊汤。”

“好嘞，一碗汤！自己料理还是我来？”老人高兴地吆喝了一声，似是在提醒自己要注意一些什么东西，而后他极为麻利地从案板上抓起一大块肉，又从挂着的工具中解下一把拱形的特制弯刀，将刀尖扎在案板上，手臂连续抖动，立时切下了一片片薄如宣纸、肥瘦相交的肉片。老板似乎看出我是一个外行人，笑了笑：“你别看这肉闻着膻，可我这儿的羊都是好羊，喝的是甘泉水，吃的是中草药，这样的羊才能长得膘肥体壮、瘦肉红实、肥肉雪白；吃起来，质醇微膻，鲜香细腻。这在外面可是吃不到的，连电视台的大记者，都来采访过好几次呢。”

老人一谈到羊肉，就收不了嘴，不过紧接着他脸色又黯然道：“现在外面做羊汤的那些小伙子啊，都不懂得什么叫羊，什么叫汤了……”他张开嘴，想要说些什么，然而终究是没有说出口，喟然一叹，从旁边的箩筐中抓起了一把碧绿的葱花撒进碗底，自嘲地一笑，“什么汤，什么羊，我一个老头子又懂什么，汤就是汤，羊就是羊，但……”他嘀咕了一下：“有时候啊，汤又不是汤，羊又不是羊。”说罢，他又摇了摇头，似乎在为自己的话感到好笑，用力地在大锅中撇了一下白沫子，舀出一大碗乳白的汤汁。

锅中的汤汁冒着滚滚热气，当中浮着羊骨、羊杂，更似乎漂着一些白果、良姜、枸杞等中草药，于是我开始仔细盘算着这一锅汤的成本。

老人麻利地用叉子捞出几块羊杂，沥干后，切成丝，撒在葱花上面，汤汁倾进碗底，向外溅出几点乳白。

我端出他放在窗口上的汤，乳白的汤汁上漂着碧绿的葱花，红色的小块辣椒掩在碧绿的葱花中，看上去煞是喜人。因为刚刚被淋上麻油的缘故，汤中还漂着一些红黄色的油团，微微地冒着油花。

老人又拿出一块烙得焦黄的长条形锅贴馍，笑着递到我的手里。我将馍撕下一半，揉成螺旋状撒入汤中，然后用筷子用力搅拌起来，色白如雪的螺旋状馍片因为吸收了汤汁的缘故，开始慢慢地舒展，馍片四周缭绕着红黄色的油团，看上去圆润油滑，又带着一种水的润意。

我猛地灌进一口汤，先是一股高温带来的麻痛，刺激得舌尖直打转，而后便是一股充满了口腔的浓香，这种浓香钻进齿间的缝隙，使人忍不住全身向上一提，精神一振，周身都暖洋洋的了。或许是因了刚才的所见，一口汤咽下去，我的口腔中顿时出现了一种酸甜苦辣咸相互交织和渗透的感觉。

羊肉肉质松软，被煮得几乎黏烂，用筷子一捣，肉片上便出现了裂纹，肉一入口，那种属于羊肉特有的纤维感越嚼越香。

“再来几两白干？冬天里烈酒配香羊，这是绝美啊！”老板半是询问，半是推荐。我摇了摇头，我并非滴酒不沾，但我害怕，害怕那些现代机械酿出的东西，会破坏了这种传统手工的滋味与美感。

坐在我旁边的是一家四口，孩子很可爱，总是想往嘴里扒拉湿润的馍片，但有时候刺溜一吸，弄得汤汁翻滚，溅得满脸都是，而母亲则会很温柔地拿起一张纸巾，替他擦掉脸上的汤汁。

我开始思考，抑或是开始疑惑，我们在吃，是的，从古至今，一直在吃，可这个吃难道仅仅只是为了维持生命所需吗？

我们常常在被人欺负了的时候说“吃亏了”，挨了巴掌时说“吃耳光”，有非分之想时就说“癞蛤蟆想吃天鹅肉”。其他民族相见都要说“早安”“晚安”，可我们却说“吃了没有”。人们在吃的到底是些什么东西呢？也许自己都不知道。

我们也许在进行一种超越，吃饭的“吃”字早已超过了“吃”字本身，而进化到了一种享受人生、感悟哲理的认知阶段。

洛阳的汤

艾 英 | 文

谁都知道“洛阳牡丹甲天下”，而洛阳的汤就不一定人人都清楚了。其实洛阳的汤和开封的包子、郑州的烩面齐名，是河南的三大名吃。我在洛阳工作了二十几年，对洛阳的汤最熟悉。

洛阳汤的种类很多，有牛肉汤、羊肉汤、牛杂汤、羊杂汤、豆腐汤、丸子汤、不翻汤等二三十种。

洛阳人很能喝汤。有人粗略估算了一下，洛阳人一天大概能喝掉一个游泳池的汤。洛阳人对常喝汤的人在称呼上也很独特，不是像旅游的叫“驴友”，集邮的叫“邮友”，把常喝汤的叫“汤友”，而是叫“老喝家儿”。

洛阳人爱喝汤。听说哪儿有好汤，或拖家带口，或约上亲朋好友，或开车，或打的，或坐长途汽车，或骑自行车，立马前往。原陵（也称“刘秀坟”）所在地铁谢离洛阳四十多公里，那里的几家羊肉汤馆都说自己是正宗的铁谢羊肉汤馆。可能深受皇陵荫护的缘故，不管哪家汤馆的生意都十分火爆，每天从洛阳专门去喝汤的人也总是络绎不绝。

洛阳有近千家各类汤馆。据说马杰山、高老四他们的牛肉汤馆有一百多年的历史，还有高记牛杂汤、李记丸子汤、张记全驴汤、任记豆腐汤也都是老字号汤馆。另外还有一些都号称是正宗的张、王、李、赵、马、高、任家的各类汤馆就更不计其数了。是否正宗，一般人喝不出多大差别；但让老喝家儿只喝一口，一句“地道”或“不地道”，这个汤馆正宗与否立见分晓。

洛阳人喝汤不喜欢在屋里，总喜欢到街面上去喝，所以汤馆的桌椅板凳都放到店铺外面。然而，还是有人喜欢蹲着喝，他们把盛满汤的粗

【作者简介】

艾英，原名李爱英。洛阳作家。生前供职于中国空空导弹研究院，担任《航空兵器》杂志主编。出版有畅销饮食文化散文集《大嘴吃八方》。

瓷大碗往地下一放，两个烧饼掰八瓣往汤里一丢，大口吃饼，呼噜呼噜喝汤。按洛阳的规矩，添肉加钱，添汤随便。一些老喝家儿喝得顺口了，一时兴起，有时要添三四次汤呢。他们还动辄就提起当年在旧王府门外喝汤的情景。见到他们摇晃着脑袋、眯着眼、抿着嘴的神情，我们都仿佛看见了当年旧王府门外，在车水马龙的街上，一家家各类汤馆一字排开，汤锅里汤肥肉香，不管是王孙贵族还是车夫苦力，一个个喝得如醉如痴，不知所以。

洛阳的汤大致分荤、素两种，也有荤素搭配的。

牛羊肉汤、牛羊杂汤都是荤汤。就拿最常见的牛肉汤来说吧，它是把牛骨和牛肉放到一个大锅里，用小火慢慢地炖，直到肉烂、汤白（牛奶状）时才算到了火候，这时把肉捞出切片，汤待用。

这里有三件事是最重要的：一是熬汤要舍得花时间，有时候头天傍晚就得开始熬，整整要熬一个晚上；二是要舍得放作料，汤锅里都有一个小孩儿枕头般大小的作料包，里面据说放有花椒、八角、肉桂、草果之类，当然每家的作料里面肯定都有秘不示人的东西或祖传的秘方；三是开始就要把水添够，不能兑水，也就是老喝家儿所说的“原汤”，这也是汤行业中的行规。

喝汤的时候，先在碗里放上切好的肉，撒上葱段和香菜末儿，再用翻腾着的滚汤一浇，一大碗牛肉汤就做好了，然后根据个人的口味再放辣椒油。喝上一口，顿感鲜香浓郁、无茨自黏、挂唇留齿、厚重无比，味道好极了。一些老喝家儿常常说：“清晨一碗汤，神仙都不当。”我真有同感。

豆腐汤是全素汤，它是在锅里加了白豆腐，用姜作作料，调些稀稀的面糊，也要长时间地熬。这种汤的配料诸如葱、粉条、青菜、油炸豆腐、虾皮等，从质地到外观上都很讲究。葱要用葱劈，即把葱纵向劈开，然后切成寸把长的小段；青菜最好是用鲜嫩的小白菜，用开水焯一下切成段；辣椒油要颜色鲜红、浓辣鲜香。盛到碗里，满碗汤是白、黄、绿、红，色彩缤纷，喝到嘴里一股豆腐的天然香气，真是爽而不腻、淡而不薄、清香可口。

丸子汤是荤素搭配的，丸子有牛羊肉丸、猪肉丸、豆腐丸、豆面丸、焦炸丸和鱼丸等。光豆面丸，还分黄豆芽的、萝卜的、粉条的、香菜的好几种。丸子分油炸的和水煮的。论个头儿，大的如核桃一般，小的就像宁波的汤圆一样，光看看就眼花缭乱。待用滚热的骨头汤一浇，香气四溢。吃起来有荤有素、有焦有软、有脆有面，别有风味。

洛阳还有一种汤叫“不翻汤”，本地人称其为“不翻儿”。目前，这汤很少见了，只是偶尔在老城的小吃夜市上还可见到，许多老喝家儿都很想它呢。它是用小勺舀一些稀绿豆面糊往热平底儿锅里一倒，即成一张类似煎饼的薄片，不用翻个儿就熟，所以就叫“不翻儿”。把两张晶莹翠绿的“不翻儿”叠着放在碗里，

舀些滚烫的猪骨头汤浇在上面，再放些粉条、黄花菜、木耳、海带丝、海米等，还要舍得放醋、胡椒粉，于是一碗不翻汤就做好了。这个汤吃到嘴里时，“不翻儿”绵软不化，嚼之有豆香；汤酸辣清淡，余味悠长，是洛阳本地人吃夜宵的首选。老人们夜间也都喜欢喝上一碗，说可以助消化，还有利于睡眠。

洛阳的汤起于民间，兴于宫廷。自古河南水、旱、虫灾不断，有时颗粒无收。吃苦耐劳的洛阳人要生存，只得粮食不够水来凑，这就是汤的起源。但洛阳又是九朝古都，是当时全国的政治、经济和文化中心，当然也是饮食中心，各地食俗在这里交流，融会贯通。民间的汤传到了皇宫，经过御厨的精雕细琢就身价百倍，演变成水席。

比如，水席中有一道牡丹燕菜，周恩来总理陪外宾到洛阳时就上了这道菜。牡丹燕菜其实就是把青萝卜细细地切成丝，用面粉拌好放蒸笼上蒸，然后放在酸辣汤中，再配一个胡萝卜花即成。传说当年的武则天见蒸过的青萝卜丝几乎透明，还带有点点翠玉，极似宫廷里的象牙燕窝，吃起来又似“玉液琼浆”，遂赐名“牡丹燕菜”。这个菜在民间也不过是一碗萝卜汤而已。

汤，经过博采众长，不断改进、不断创新、不断发展，才形成今天这样，成为豫地美食的一大系列。汤既有丰厚广泛的群众基础，又颇具汉唐遗风，就像一位聪慧美丽的少妇，既上得庭堂，又下得厨房。

漫话汤城

曹阳 | 文

“汤城”——洛阳的这个称谓，知道洛阳的外地人可能对其知之甚少，但如果他们真的到过洛阳城，肯定见过洛阳城内遍布了大街小巷的汤馆。如果你大清早能赶上个好时候，或许还能看到古都清晨独特的一道风景——汤馆的门口蹲着一大片人，一手端着个冒着热气的大碗，一手拿着筷子和店家给喝汤人专门制作的锅盔或者烧饼，边吃边聊，很是不亦乐乎。

我是洛阳人，自然而然地对此是情有独钟的。而汤对于整个洛阳人的情结就好比刀削面之于山西、羊肉泡馍之于陕西、过桥米线之于云南。

洛阳老百姓最喜欢的美食，不是名扬四方的灌汤包子，也不是味道鲜美的鲤鱼焙面，更不是号称“豫菜一绝”的“套四宝”，而是这普普通通、带着浓厚生活色彩的一碗汤。

或许是因为这一碗汤，你早饭或者晚饭后走在洛阳城的街上，见到熟识的邻居，或者亲友、同事，彼此都会拖着带有特殊风味的豫西调调，隔着老远就喊：“喝汤了哞啊？”究其根由，大概是因为在洛阳人的心中，“汤”太深入骨髓了；或者是过去岁月里的苦难太过深重，他们已经潜移默化地把汤作为日常饮食的一部分，所以直接把汤跟“饭”对等起来。

“喝汤”，是典型的洛阳方言，也是最地道的豫西民俗。洛阳传统的喝汤，特指吃晚饭。

记得儿时吃晚饭时，只要有月亮，我那曾经在旧时代经历过战争、饥饿和苦难的祖母回忆起痛苦的过去便会喃喃地对我们哼唱起记录着豫

【作者简介】
曹阳，河南洛阳人。影视编剧，现供职于河南昂渥影视文化传媒有限公司。

西人过往苦难的歌谣："清早稀，晌午汤，行黑儿（指傍晚）碗底里头见月亮。"过去洛阳人穷，很多地区老百姓需要靠天吃饭，遇到青黄不接时，喝粗粮或者白面黄面熬成的稀汤就成了他们最好的垫肚之物，更有甚者，野菜糊糊、榆树皮、烧火的柴火都成了那个苦难年代里支撑一家人活下去的救命之物。对他们来说，汤是很沉重的回忆，是岁月经历的苦难，是跟现在人的"饭"相对等的，更是对后人不忘过去、珍惜现在的忠告。目前来看，洛阳人的喝汤，除了有着过去吃晚饭的意思之外，还有着喝稀饭、牛肉汤、羊肉汤、丸子汤等各种汤食的统称。

要说洛阳的汤，除了各地均能看到打着洛阳羊肉汤馆招牌的羊肉汤之外，还有牛肉汤、驴肉汤、不翻汤、滋补鸡汤、杂肝汤、丸子汤、豆腐汤、鸡蛋汤、胡辣汤和宴席中甜咸酸辣兼而有之的小碗汤，甚至于以"水席"著称于世的洛阳水席也是"无汤不菜"，全部由汤汤水水组成。

在洛阳这片土地上，每一寸土有每一寸土的故事，每一种汤也有它自身的渊源。

两汉、隋唐在中国历史上是被史学家广泛称誉的朝代。洛阳作为曾经的国内政治、经济、文化中心和"丝绸之路"的东方起点，往来的胡商众多，而他们的到来，也给洛阳带来了新的饮食文化。胡商居西北，多为游牧民族，牛羊马驴众多，但其地寒冷干燥，为了抵御这寒冷干燥的天气，他们不得不用热汤作为食物，来补充身体的所需。他们用这些牲畜的肉或骨头熬汤，这样既能食肉又可饮汤，便被流传下来。北魏孝文帝迁都洛阳后，随着他汉化政策的实施，逐渐实现了民族的大融合，而这些饮食习惯在京畿之地洛阳也逐渐融入当地人的生活。

宋朝之后，洛阳因水路交通不便渐受冷落。同时西部千百年来的大规模开垦，致使水土流失严重，气候逐渐干燥。每到初春时节，受西部的影响，洛阳总会大风频起，气候干燥，而汤汤水水正可以使遭受干燥之苦的百姓在饮食上得到弥补，所以从胡人那里传来的饮食习惯才能流传至今而不变。

历史在江河般浩浩荡荡的前进之中，很多东西会被冲垮毁灭，但依然还会有很多事物不管经历怎样的岁月变迁、山河巨变，依然可以固执地存在。历史如斯，洛阳的汤亦如斯！

当其他古城人的饮食形态离传统越来越远时，洛阳古城人每天早起要喝汤的习惯却依旧"固执"地坚守着。这种"固执"不仅无形中很好地保存了这座古城的风骨和文化，也为古城笼上了一层独特的韵味和魅力。

洛阳人的一天是从早上的一碗汤开始的，而洛阳城早晨的开始是从四五点钟的汤馆营业开始的。大锅里沸腾着通宵熬制、已近香浓的汤，汤碗里血块、剔骨肉、杂碎、肉片，在滚烫的热汤锅中涮过之后，

放在碗内，再浇上热汤，撒上葱花、香菜，随着汤碗内蒸腾的热气，刹那之间汤所散发出来的香味四处弥漫。

洛阳人管爱喝汤、喝汤一天不落下的人叫“老喝家儿”“老弄家儿”。这些老汤客喝汤不分四季，不分早晚，为了一碗好汤他们可以开车跑百十里，为了赶早上的“头汤”，可以早上四五点钟起来去汤馆。在这群老喝家儿之中，喝甜汤的人被称为顶级老汤客。

洛阳各种肉汤里的甜汤并不是在汤里放糖，而是汤里不加盐的意思，做汤的人为了表示对自己汤品的自信，不加盐等其他调味料，而顶级老汤客们通常认为只有甜汤才最能品味出汤品纯正度的高低。

在洛阳人心里，以汤待客方显亲近，因为汤是他们最熟悉最平易的生活。请你喝了汤，说明他们从心里接纳了你，把你当作亲近的人。而家中遇大事，水席待客，以汤入宴也是洛阳这座古城传承千年来不成文的规矩。水席被洛阳人亲切地称为“三八桌”或者“三八场”，席内八冷盘、四大件、八中件、四压桌一共二十四道菜之中，汤中有菜，菜中有汤，汤汤水水，干干稀稀，有着洛阳人对生活“水到渠成”最美好的寓意。如果你走进洛阳的乡村或者豫西的某个村落，逢到红白喜事，可以看到家家户户，也都是这几十道菜，汤汤水水，干干稀稀。若要让他们花钱吃上一顿洛阳水席，他们准会连呼上当：“啥洛阳水席，不就是村里待客的饭嘛！”

“厚道”二字，在很多商业行为中原本就显得稀缺，更稀缺的是，在追求旅游经济指数不断攀高的今天，一座城市的商业行为中还在整体延续着祖宗留下的某种“厚道”规矩，于是，洛阳的这碗原本简单的汤就变得没那么简单了。

此处需要注解的是洛阳这座城“加汤免

费”这条不成文的厚道规矩。这条规矩不是洛阳某一家汤馆的规矩，而是全洛阳地区所有汤馆从古至今留下的不成文的规矩。由于这个厚道规矩，在汤馆中，过去经常会出现这样的情景：买一碗汤再喝上三四碗免费肉汤，直到彻底喝饱再走，完全不用考虑汤馆随时会撵人。不管是汤馆老板还是汤馆跑堂的，也都习以为常，因为他们认为这样喝汤的主儿不是做苦力的，就是家里经济条件不是很好的，不得已才为之。“人情留一线，日后好相见。”这个最朴素的中国人的生活哲学在古城洛阳被体现得淋漓尽致。

如果把洛阳的汤与文化联系在一起，那汤里显然透着洛阳人的生活习惯、市井风俗、文化底蕴。人们坐在一起喝汤，喝的是美食文化，交流的是家长里短、婚丧嫁娶、物价涨落的市井文化，展示的则是磅礴、厚重的中原文化，透出的便是淳朴、厚道和友爱的河洛文化。所以，汤之于洛阳，成就了这座城对一种文化的传承；汤之于洛阳人，便造就了这儿独特的风土人情味；而汤之于在外漂泊的游子，则更多的是成年后离家对故土思念的一种浓郁乡情。

对我而言，汤或许早已成了一种深入骨髓的东西，除了寄托着自己浓郁的乡情和见证自己一路走来的记忆之外，更多的是自己对中国文化根植于此的敬仰。因为这座城有着我们这个民族的可追之根，有着我们华夏文明的可溯之源，更存在着我们国家的可考之本。就像每一种文化都需要它的传承者来进行“文化赡养”一样，洛阳的汤于我便是如此。

历史是一面镜子，不幸的是它只能让我们回望过去，却看不到未来，留给我们的往往不是思考就是叹惋。而饭桌上那些鲜活的存在，体现在百姓餐桌上的风情，或许要比故纸堆里的沉重历史鲜活生动得多。如是而言，除却叹惋，我们应该还是幸福的吧……

中原的馍、饼是朴实的，花样不多，也说不上精致，但每一种都透着食物最本质的情感。这大概和中原地区自古以来多灾多难的历史背景有关。朴实纯粹、沧桑如父的中原人啃着那香甜的馍、筋道的饼，无论在多么苦难的岁月里，一直倔强地嘴角带着笑。

烙 油 馍

胡 泊 | 文

顶级待客之道舍“杀小鸡，烙油馍”其谁？客人一定会客气，“不吃不吃”地推让着，无奈主人热情，加之饭菜实在太可口，以至于“不吃不吃再饶个”（“饶”，方言，计划外的赠送之意）。杀的鸡一定是青年鸡，老了影响口感，一边下狠手杀了，一边还怜悯地为它超度，“鸡儿鸡儿你别怪，你是农家一道菜”，唉。清洗干净了，在用木柴燃起的火舌熊熊供着热量的大铁锅里咕嘟嘟地炖着，只需要加盐，那香味就能顺着烟囱、顺着灶火门蹿到四邻六舍，别人就知道，这家是来客了。

“烙”在河南方言中读“luó”，这个字一出口，就知道：一来这道面食的做法要用鏊子这种特别的工具来做；二来要有用小擀面杖推压面饼，将它摊开、变大变薄这道工序。鏊子这种有着霸气外溢的名字的工具究竟是什么？顾名思义，它形同大龟（鳌），中高边低，用铸铁做成，平面圆形，三根腿，腿高约六厘米，从下面加热，可在上面烙厚薄不等的面饼。

和面是重要的一步，再不会过日子的女人也会干这活儿。趁醒面的时候，把水灵灵的小葱切碎，但是不能碎成末儿，不然烙出来影响口感。小葱入碗，用小磨香油和盐（有时候会放少量的“十三香”）调好备用。拿起大擀面杖，把面团擀得又圆又薄，成了大大的一张饼；此时放入刚调制好的作料，在面饼上摊布均匀；然后两手拎起一边，朝着另一边慢慢卷过去，卷成一长条，把长条分成几个小剂儿；再把这些小剂儿揉成圆饼状，用小擀面杖擀成薄饼，这样调制好的葱花就渗透到了面饼的里里外外，放在鏊子上烙时，可以和鏊子亲密接触，成功地激发出

【作者简介】

胡泊，河南西平人。江苏文艺出版社编辑，中国国际标准舞总会教师。书评人，舞评人，另生产虚构类作品。审美者，旁观者，尊崇所有能够表达自我的形式。身在他乡，常思故土。

葱花的香味来。

烙油馍可不是简单的事儿，这事儿一般来说烧火的人是做不了的，一来柴火不干净，二来小擀面杖用得娴熟的人根本都不稀罕有人再在鏊子之上那片领地助一臂之力。她们把小面剂儿三下两下擀得均匀浑圆，从案板那边伸出手臂，用小擀面杖一挑那鏊子上的油馍，油馍就在鏊子上方十公分处做了个漂亮的180° 转体，两面顺利掉个儿，分别和鏊子进行亲密接触。不需要转面时，小擀面杖会灵巧地伸到鏊子和油馍之间，挑着油馍转圈，以使它均匀受热。等油馍烙熟了，她们又用小擀面杖一挑，油馍在空中画出一道短短的抛物线，伶伶俐俐进了馍筐。这些动作，打的就是时间差。后来不需要有人给鏊子烧火，改用电或者天然气了，娴熟的一个人就能把这事儿全干了。

有客人时不用说，一定要将热腾腾的饭菜端到桌子前，摆好了碗筷招呼大家一起吃。没客人的时候，烙油馍刚落筐，就会被一双眼睛盯上。做妈妈的会鼓励这种行为，因为烙油馍就是趁热最好吃呀！刚从鏊子上走下来，腾腾热气弥漫周身，撕下来一块，散热的同时，烙得焦黄的葱花香味从缺口处冒出，等能入口了，再撕下来更小的一块咀嚼，喝一口刚盛出来的玉米粥，一顿晚饭又甜又香，满足极了。和鏊子接触最紧密的烙油馍上，结了焦黄脆香的锅巴，如果这点锅巴上还刚好粘着几小片葱花，那就是这张烙油馍的最精华处了。小孩子吃着，妈妈继续烙着。等干活的人收工回家，也是被那香气诱得一头扎进灶火。烙油馍的这下可不客气了，“洗手去！”威严立现，她是这餐晚饭的创造者和指挥者啊！

这种稍显耗时费事的食物通常是妈妈们心情好的时候的馈赠。冬日的晚上最爱吃这种食物，外面飘着的大雪和灶火腾腾的热气形成对比，炊烟里是焚烧的柴火的木质香气，远处谁家大人在喊孩子回去吃饭，忠诚的看门狗被惊扰得汪汪叫起来……那一刻的温暖无与伦比。

外地人不理解“烙油馍”明明是个动词，为什么当名词用。提到这种食物，不能光念后面俩字儿，因为有时候油条也被我们叫作“油馍”，有时候呢，油饼也被我们叫作“油馍”，根据语境、语气和上下文推断，说的人和听的人自然会明白。而说约定俗成的“烙油馍”，软中带脆、透着葱花和小麦香气的面饼就能一下子浮现在眼前了。

枣花馍上的新年

赵大磊 | 文

【作者简介】

赵大磊，河南西平人。中学教师。西平县作协副主席。先后在《中国散文家》《中国散文选粹》《华东诗刊》《天之中》《庄周文艺》《东营文艺》等报刊上发表散文三十余篇。出版有散文集《一个人的月亮》《像树一样活着》等。

"二十八，把面发。"在家乡，每到腊月二十八，家家户户就要开始发面、蒸馍。

在物资匮乏的年代，馍就是一个家庭的门面。要想蒸出光鲜白亮的馍，需要经历烦琐的工序，还要耗费大量的人力精力，每到腊月二十八这一天，几乎全家人一齐动手，分工合作。

发面是一项技术性较高的活儿。二十八晚上，奶奶搬出平日里很少使用的五升瓦盆，先倒入提前一天就泡开的酵头，再倒入大半盆面粉，边兑热水边搅拌，把面粉和成一个大面团，然后用锅盖把瓦盆盖严实。冬天天冷，奶奶就把瓦盆埋在灶台前的草堆里，再盖上爷爷的羊皮大袄。有灶膛里的余热烘烤，第二天早晨，面就会开成满满的一大盆。

二十九一大早，全家老小就起床忙活。父亲年轻力壮，负责揉面团。他把盆里的面挖到案板上，加入适量的碱面，反复地揉搓折腾。我的家乡是冬小麦主产区，麦子在长达八个月的生长期中，吸天地日月之精华，品质优良。磨成面粉后，无论是擀面条、包饺子，还是蒸馒头，越揉搓越筋道白亮。大块的面团在父亲的手中一会儿变成圆球儿，一会儿变成长条儿，由原来的稀软变得越来越柔韧，越来越有型。我只知道，父亲平日里用他那粗糙的大手，不停地为左邻右舍修理农具、修理机器、修理屋舍，从来不曾发现，在他的手掌中，平淡的日子竟然也会变得如此熨帖美好。

父亲把面揉好后，把它放在案板上醒半个小时，这样蒸出来的馍会更新鲜松软。半个小时之后，奶奶和母亲开始下手，把大面团揪成小面块儿，做各种各样的馍。

通常第一锅是实心馒头，把面块搓成长圆条儿，用刀切成一个一个方馒头，寓意为人方方正正。

第二锅是包子，包子是馍中的门面，母亲虽然身手敏捷，也只能打下手擀面皮。奶奶专职包包子，她左手五指张开托着面皮，右手填好肉馅后，用拇指和食指捏住面皮，沿着肉馅捏一圈，收尾时在包子顶端扭一下，一朵漂亮的小花便绽放开来。奶奶包的肉包子皮薄肉多，寓意着生活油光喷香。

第三锅是红薯包，先把面块儿捏成一个小窑窝儿，在里面包入碎红薯块儿和焖熟的红豆，外加一些红糖，吃起来又黏又甜，寓意生活甜美红火。

重头戏是第四锅，蒸寓意家庭花好月圆的枣花馍。枣花馍要求既好吃又好看，这个活儿就由经验丰富的奶奶单独完成。她先把面剂儿搓成细长条儿，对折两次，然后用筷子夹住中段用力挤压，使它形成一个花盘，在花盘的中心和花朵上插上红枣，一个漂亮的枣花馍便做成了。奶奶年轻时是村里有名的女红好手，都说她心细如发丝、手巧如织女，就连她做的枣花馍也与众不同，除了花盘特别大特别美观外，她还会把面块儿捏成粮仓、公鸡、小狗、小猪、小鱼的模样，用刀尖勾出外形，安上红枣。这样的枣花馍朴拙可爱，简直是一个个玩具。馍还未放到锅里蒸，我们小孩子就迫不及待地开始争抢，哪里知道奶奶的心思，她是祈求一个家庭五谷丰登、六畜兴旺。

爷爷负责烧火，年年烧火蒸馍，他对火候把握得非常精准。把馍放入锅里后，他先架起劈柴大火烧，让蒸气快速地把馍顶起，避免外形塌陷；再慢慢减弱火候，让馍慢慢变熟变筋道。爷爷玩了一辈子车把式，再犟的马都被他驯得服服帖帖，烧火自然不在话下了，他烧火蒸出的馍总是白白胖胖的。

很快，馍就接连出锅了。蒸出的馍不经奶奶允许是不能随便吃的，她总是先拿出两个馍放在盘子里，摆在供桌上，点上一炷香，虔诚地拜一拜老天爷，祈求风调雨顺，保佑一家人平安。还没等奶奶拜完，我们就迫不及待地拿起枣花馍，闻一闻馍香，咬一口，嚼一嚼，品一品，当那带着麦子和红枣味道的甜香溢满口腔时，觉得过年真幸福。

现在，乡亲们仍然会在腊月二十八发面蒸馍。虽然物资丰富了，生活质量提高了，蒸的馍没有以前多了，花样却是更丰富、更讲究了。这就是我的乡亲们，无论时代怎么变化，但千百年来流传下来的习俗和传统，他们一直都在坚守传承。每到过年时，我也总会回到老家，为的就是吃一个香香甜甜的枣花馍。

枣花最是思乡物

石广田 | 文

枣花开得迟。当很多花儿都争相闹春的时候，枣树的枝头却还是光秃秃的，没有一丝生机。等那些花儿都累了，走入春天的深处之后，枣花才默默地绽放。

枣花很小，淡淡的黄绿色，小米粒儿一样。也许是没有艳丽的色彩，它们的绽放似乎无法引起人们的重视。但数不清的枣花聚在一起，香气就浓郁起来了，甜甜的味道随风飘散在村庄的角角落落。蜜蜂冲着花香而来，不在乎枣花的长相，在枝头“嗡嗡嗡”地忙碌，采集“枣花蜜”。家乡的花蜜有正儿八经名字的，只有“枣花蜜”和“槐花蜜”，其他一律被叫作“杂花蜜”。人们尤爱“枣花蜜”，奉其为上品，自有他们的道理吧。

枣花落下去的样子，不像杏花、桃花那样飘飘扬扬。如果杏花、桃花落下去的姿态像雪，枣花儿就像雨、像霰——沉实。枣花从枝头坠落的时候，直直地冲向地面，少有随风飘舞的。如果风大，这霰一般的坠落，似乎就有几分悲壮：不一会儿，枣树下面的地上，就会铺满厚厚一层，让人不忍踏步。苏轼在一首词中说，“簌簌衣巾落枣花”，这个“簌簌”用得很形象，也很生动。当初他从树下经过，一定起了风，下起了枣花霰，枣花才引起他的注意，幸运地被写进了诗篇。

枣花要落的时候，正是收麦的大忙时节。儿时，每次挎着篮子去地里拾麦穗，从枣树下经过都要等上一会儿，听听枣花落下来的声响。等不及了，对着枣树抬脚踹几下，一阵密集的“枣花雨”就会从天而降，砸在头发上，砸在衣服上，砸在脚下的浮土上，密密麻麻。我很佩服枣花的勇气，在完成自己的使命后，毫不留恋枝头，决然而去，颇有几分英雄气概。

【作者简介】

石广田，笔名“黄池春田”，河南封丘人。现供职于封丘县委组织部，新乡市作协会员。

母亲会用面粉和红枣，做成一种也叫作“枣花”的稀罕物。

发好的面，被揉成长条儿，盘成“如意结”的形状，再在“如意结”的结点和结环上，分别嵌入一粒红枣，放到笼屉里蒸熟。紫红色的枣子映着雪白的面馍，晶莹放光，惹人喜爱。“枣花”谐音“早发”，寓意非常明确。春节祭祖有它，去姥姥家走亲戚有它，姐姐出嫁的嫁妆里也有它，谁不希望“早发”呢？

其实我觉得“枣花”叫作“面花”才更确切，每块“枣花”上的枣子并不多，只有几粒，是用来作点缀的。村里人一说起“枣花”，大多时候并不是指枣树的花，而是用面和枣做成的“花”。“枣花”实际上就是一种变形的馒头，为了好吃，母亲会在发面时加入一些白糖，吃起来比馒头甜多了。朴拙的“枣花”，应该是村子里土生土长的糕点吧。

能吃上一块“枣花”，就是沾上了喜气儿。村子里的年轻人结婚的时候，新娘嫁妆里的“枣花”最是抢手。小“枣花”被最先抢到的人独自揣到了怀里，大如脸盆的，被掰成许多小块儿，分给在场的人吃。人们喜气洋洋，面花儿粘在嘴角也来不及擦，都感觉比吃块喜糖、抽根喜烟幸运多了。

“二十八，蒸枣花；二十九，灌壶酒；三十儿，贴花门儿……”在有关腊月的声声童谣里，我仿佛又闻到了母亲刚蒸出笼的“枣花”的味道。那里面，还有一股春天的枣花甜甜的香气。真想像苏轼一样，再一次穿行在故乡春天的枣树下，听一听枣花坠落的声音；穿行在故乡的腊月里，尝一尝“枣花”的甜蜜。

“四月南风大麦黄，枣花未落桐叶长。青山朝别暮还见，嘶马出门思旧乡。”枣花，开在暮春里，也开在腊月和新年里，这小小的花、平凡的花，却最让人思乡。

桐花包子

芭蕉雨声丨文

【作者简介】

芭蕉雨声，本名郭艳先，河南辉县人。现居小城新乡。2006年发表处女作。有散文、随笔百余万字，其中二十余万字散见于国内大小纸质媒体。始终相信，一根荆条会说话，一朵小花会微笑；还相信，写作是心魂的表达，是感情的自然流露。任何物事的叙述，都对应一个最好的句子。

我不算嘴馋的人，饭菜做熟就中。昨天动手蒸了一锅桐花包子，分给人尝后，就有不得食者窃窃私语，吃春芽，吃茵陈、荠菜、榆钱儿、柳穗儿也就罢了，竟吃到桐树身上了。各类疑惑目光灼灼闪闪，如火似电，仿佛我有着初食河豚者的生猛和下作。这事就有必要说一说。

麦苗起身，泡桐开花，那时我不说泡桐，跟祖母说桐树，桐树开桐花，淡紫色。紫桐花盛开时，山村一夜间变得不是那山村了，空虚了，人们走在地上好像走在天上，紫色的桐花是天上的云，也像天上穿紫色羽衣翩翩行走的仙人们。一片游过去，一片荡过来。没进村，一踏上南岭头，迎面便是这些列队候着的紫衣仙人，比爷娘还亲。

丘陵地区，四季干旱少雨，能把种子变成小树大树，全是天意。山岭上除了柏树就是野荆条和酸枣树。沟底地边，墙岸圪岭，背风朝阳处，天时地利机缘巧合，树，立起来了。哪个少年没有过发现一棵小树苗像发现一颗新星星似的欣喜！

茵陈和荠菜老了，桐树刚好赶在青黄不接时候开花，桐花当仁不让成了厨妇觊觎的目标，就吃它了。祖母率领众小将一路欢腾来到树下，不用指挥，大的用挠钩够，小的爬树，我一般蹲在树下负责一朵一朵从花枝上摘花。偶遇兄弟胆小不济事，我也可直蹿上树，爬树这事谁不愿意干？得祖母准允，那是对我的信任，无上荣光！俯瞰比仰视省力，不喜形于色但内心骄傲着哩。好看的喇叭花，噙着小口一端吸气，甜丝丝，醉乎乎。箩筐和布袋都装满了，

流口水等吧。

祖母用滚水把桐花烫熟，冷水浸泡。第二天尝尝不苦了，搦出水分，剁馅儿，炒鸡蛋，蒸包子。不等揭锅，香了一个村，熏得我心乱。桐花包子啥味？这，我空嘴不好描述，只记着好吃、香。

为了打捞起桐花包子味，我一直想爬树。可城里的桐树不常有，也高，够不着。清明前夜的那场大风促成了美事，或者美食。

春风狂似虎，我吓得闭门自守，半步不敢动。翌日晨起察看花事，嚯！落红如流水，满地狼藉。湖边那三棵火枪手样神气的泡桐树，火炬般高举着的云朵，此刻一多半零落于地。我一朵一朵拾，就像树一朵一朵仔细绽开时那样，宝贝着，心疼着。扛着扫帚的工人来了。我急忙制止。得他协助，我兜了一怀往回走，不顾邻居问询，不解释我不是葬花人，推门进屋做包子。

学着祖母的模样，凭印象和我愚笨的悟性，择去花蒂，水焯浸泡，换清水再泡，直至苦味尽除。换水勤，泡半日即可。葱姜剁进一点，生抽香油盐若干，与炒好的鸡蛋一起，调出自己喜欢的素包子味。刚好要进山徒步行走，带给众驴友们尝鲜，都说是第一次吃，都说好吃。也有不敢尝一口，说不吃邪味的。没有邪味，桐花那种特有的木香气隐约在舌尖氤氲，得细细品，大口咀嚼根本吃不出是桐花馅儿，桐花软滑的口感保留着。若掺点韭菜，就更吃不出桐花的本味了。

吃桐花，彼时只为果腹，今日却为怀旧。旧味重现，往昔的甜蜜与苦涩变淡，总觉少点啥，噢！少了祖母。祖母的桐花包子，祖母自己不做，我吃不到了；我做的，祖母也不能尝一口了。桐花包子就是个素包子，我不想赋予它慎终追远的意思。仰头看，桐树依然一树紫花，火炬般高擎着，与蓝天对接。

开封灌汤包子

陈 晨 | 文

开封不仅有个名人叫“黑老包”，还有种美食叫“灌汤包”。

开封虽然也有许多其他著名的吃食，但灌汤包，好像已经成为开封美食最闪亮的一张名片，在开封的美食排行榜上，一直都在最耀眼的位置。

吃灌汤包，第一个步骤就是看。“放下像菊花，提起像灯笼”恐怕是对开封灌汤包最到位的描述了。薄皮的包子，皮近乎透明，包子上的褶，细密工整，据说最多能有三十二道褶。

灌汤包，顾名思义，最重要的就是包子里有汤。

开封人吃包子有个顺口溜：“先开窗，后喝汤，再满口香。”咬破包子皮之后，那喷涌而出的肉汤，带着浓郁得化不开的香味，冲进你口腔的时候，所有的鲜美都在这一瞬间在你的舌尖爆炸了。每当我吸光了包子里的汤汁，把肉馅和面皮一起嚼碎的时候，总有一种连舌头一起咽下去的冲动。

肉馅和鲜汤，融汇在包子里，把北方人对面、肉、汤三者的追求统一起来，这恐怕是河南人在中华饮食史上，最让人赞叹的发明之一。美食文学家古青生在他的文章中这样记述开封灌汤包：“吃灌汤包子，汤的存在列第一位，肉馅次之，面皮次次之。汤如诗歌，肉馅是为散文，面皮为小说。因为小说是什么都包容的，散文精粹一点，诗歌便就是文中精华了。”

就像提起开封总要提起北宋一样，提起灌汤包，也要提起北宋。灌汤包早在北宋年间就已经出现，那时候叫“灌浆馒头”或者“灌汤包子”。那本关于北宋年间开封府风俗人情最著名的著述《东京梦华

【作者简介】

陈晨，河南济源人。媒体记者。

录》里有这样的记载："街东车家炭，张家酒店，次则王楼山洞梅花包子。"这王楼就是当年东京七十二家正店之一，而"山洞梅花包子"当时号称"东京第一"。北宋后，灌汤包在开封流传下来。到后来宋室南迁，也把灌汤包带到了南方。

"第一楼"，应该是开封最著名的包子店了。外地人来到开封想吃包子，最先想到的一定是"第一楼"。开封"第一楼"的创始人黄继善做包子，可以说是命运的巧合。黄继善生于清光绪十七年（公元1891年），河南省延津县黄家营人（此地后划归滑县）。迫于贫困，十三岁的黄继善过河逃荒，15岁时来到开封，之后在开封西大街的小菜馆里当过学徒，拜一位李姓厨师为师。出师后他在郑州车站包过烫面角，在三眼井卖过面条，最后在开封书店街开了个小饭馆，生活才真正得到了改善。

黄继善人生的转折是他遇到了周孝德。这位周师傅，原本是大官宦人家的厨师，也是为避兵乱来到了开封，做了一些不成功的生意之后，在年近七十的时候遇到了黄继善。两人于是合伙在山货店街开店，主营灌汤包子，生意兴隆。当时开封有位书法家吴仲林，是饭店的常客，最爱灌汤包子。一次，黄继善请吴仲林为饭店起个名字，吴先生提笔写下"第一点心馆"。直到1932年，"第一点心馆"另选新址，搬进了一座小楼，黄继善才把名号改为了"第一楼"。

当时的包子，都是用大笼蒸的，但是在蒸好装盘给客人时，一来减味，二来容易凉，三来工序烦琐。黄继善想到了改用小笼蒸包子，一笼十二个或十五个，蒸好整笼上桌，既保证了包子热乎，又减了工序。这才有了后来的"小笼灌汤包"。

黄继善对包子的改良不仅仅是在蒸制程序上的，他还对包子的面皮进行了革新。原本的包子，是用三分之一发面、三分之二死面包成，黄继善改为全用死面，使得包子皮更薄，也不易掉底。

这以后，黄继善一直在开封经营"第一楼"，只在1938年开封沦陷时逃亡西安避难一年，当时"第一楼"的经营状况虽然惨淡，但也一直坚持。

黄老先生的一生，可说是坎坷波折，但他一直苦心经营的“第一楼”，给我们这些吃货留下了宝贵的财富，有机会再给大家好好聊聊黄老先生的经历。

你知道吗？“第一楼”“黄家”其实是同一家。开封的包子店，除了“第一楼”，就是黄家包子了。据说开封本地人吃包子，都是去黄家。其实这“黄家”和“第一楼”，从根儿上说，原本就是一家。

黄家包子老店的创始人黄思忠，是黄继善的侄子。1942年，在“第一楼”生意勉为支撑的时候，黄思忠来到店里帮厨，勤快肯干，不仅得到了伯父的真传，甚至还能提出一些改革建议。直到1971年黄继善去世，黄思忠才离开了“第一楼”。

在黄思忠的培养下，黄家第三代传人黄勇军、黄勇建的技艺也都日渐纯熟。虽然经历了在自家门前搭大棚卖包子的日子，但是黄家人一直本着薄利多销、以质取胜的信念，经营着自家的包子生意。那块在大棚外挂出的“黄家正宗灌汤小笼包子”的招牌，就是后来“黄家包子老店”的起点。

1994年，开封滨河路扩建后通车，黄家人拿出全部的两万元积蓄，租下临街的店面，挂出了“黄家包子老店”的招牌。其后黄家包子也在外地积极开设分店，把灌汤包带出了开封，走向了全国。

啥也不说了，到时候咱们就坐上城铁，去开封吃包子吧！

伯党烧饼

康培｜文

涉足社会，转眼近五年。我发现自己到过的几乎每个大大小小的地方，都或多或少会有属于自己的一道特色菜或者几道风味小吃。比如，到了南方，我就可以尝到南国黏牙浓香的糯米团子或者其他米制产品；到了海边，我就可以吃到风味各异的海鲜大餐；到了山东，我可以咬上一口硌牙的大饼卷洋葱；到了新乡，我可以嚼上一口延津很有名气的火烧……可是身处当地，无论别人将那些所谓的特产说得多么好听，我在尝过以后总不免皱眉含笑。

悠悠想来，还是觉得我们民权伯党的烧饼比较利口，比较容易下饭，比较有后劲儿。因为它不像南国的糯米团子那样黏牙过香，不像海鲜那样充满腥味，也不像山东大饼那样坚硬难咬，更不像延津火烧那样吃着哽喉。伯党烧饼皮薄且脆，内里松软，轻咬一口或者大咬一口都不妨碍。只是小咬一口的效果比较小家碧玉，大咬一口的效果比较潇洒彪悍。

另外，伯党烧饼还有着其他地方烧饼所不能及的几个优势，它面刀实在（用面多）、价格低廉（仅需一元）、味道鲜美（尤其是刚出炉的）。无论你是小口咬还是大口咬，入口之时的气息都是清香怡人型的，让你吃脆于口，香入心脾。

伯党烧饼之所以会有如此效果，是因为它里面含有花椒粉、茴香粉和孜然味清真调料，再加上从你用力轻轻挤出的那一道缝隙中升腾出的轻烟热气，足以颠覆你的味觉与嗅觉。可以说，它完全成了一道让人欲罢不能的美味。真是人未近前，心已醉矣！

如果赶趟儿的话，你能吃上一口刚出炉的热烧饼，更会让你觉得那

【作者简介】

康培，网名“蝴蝶岛主”，河南民权人。河南省许昌市作协会员。现工作于新乡市延津县一乡村小学。

是在品一口百年窖藏，其中所难以言表的恬淡静雅与幸福舒心之趣足以让你回味无穷、流连忘返。

对于伯党烧饼的做法，心向往久矣。正巧我们集镇上多回民兄弟，所以询问其中的制作过程相对比较简单些。有一老者对我讲，一般市面上常见的伯党烧饼分为两种：一是花边烧饼；一是圆边烧饼。所谓花边烧饼即师傅将和好的面揉团、加料，再揉团压扁呈圆形，加芝麻粒，最后在烧饼的边缘处用刀刃划出长度大小不一的斜纹，这个过程是最考验一个师傅手艺的。待一切就绪，师傅便会将面饼翻身附于手背，随之反手粘贴于煤炭烘烤的炉壁上。待烧饼烘烤熟了，我们就可以看到那让人馋涎欲滴的花边烧饼了。而圆边烧饼相对于花边烧饼的制作少了一个程序，就是不需要在边缘处划斜纹，只需要将面饼压成圆形，撒上芝麻粒即可入炉烘烤。

可以说，无论哪种伯党烧饼，因为其用的调料好、面的量大，再加上价格便宜，都能给人一种爽口、润口、利喉的美妙感受，保准让你吃了一个还想要第二个。也正是因为它有着上面的几个优点，所以一直以来都深受当地人民的喜爱。其中一部分回民兄弟教会汉民，并一起将其传播到了其他地方，比方说现在的深圳、广州、慈溪等大中型城市里都已经出现了伯党烧饼的摊位。

妻是许昌人，她们那里有一道当地名吃——锅贴，硬硬的，味道淡淡的，就像早餐店烙的葱花饼，总觉得缺少点啥，没有伯党烧饼的味道香、面质感好。所以妻来到我们这里以后，自从吃上刚出炉的伯党烧饼，便对其念念不忘了，搞得我一时头晕眼花，心里暗想，难道伯党烧饼就有这么大的魅力，可以那么容易就吸引住远来的人？我看着妻笑，妻看着我不名所以。不过，伯党烧饼的味道却已经深深地印刻在了我们两人的

情感间，印刻在了我们两颗心的最里面。我相信这份携带着故乡烧饼味道的爱情滋味肯定会如烧饼本身所带有的味道那样，绵远悠长，伴我们相守一生！

很多时候，我并不觉得伯党烧饼是一个物质概念或者一种特产，更多时间里，我已将其视为我离乡索居的一种精神寄托。或许上面那些被人们以为过于夸大的赞词是我对伯党烧饼的一种过高褒奖。只是这些身外的评说于我个人来说是显得微不足道的。只要我个人还有我的一些乡亲能够从中得到一种精神慰藉，我想这就已经足够了。毕竟任何地方的特产都是当地人民经过数百年甚至数千年的传承与发展才沉淀下来的，成为当今当地的一张独特名片，所以，我不想让你们过多考究它的本质，你们只需体味它本身所带有的动人气息就好了。

身在异地，无论来自哪个方向的风都让我觉得有些冷。不过还好，在如此的氛围里，我可以想象故乡烧饼的模样，想象它幽香的滋味，想象它里面的质感，想象它便宜的价格，让我的心里多少还是有些许的安慰！毕竟我的乡亲都能吃得起它！哪怕最穷的那一个阿三或者阿四！这就足够了。我始终认为，物质的最终价值便是给予一种欲望的解脱。如果欲望停止，物质也就成了自然物，变得不再可爱，不再魅力四射了。

不是吗，我的伯党烧饼？

故乡的味道——面托儿

张相荣 | 文

【作者简介】

张相荣，河南濮阳人。幼儿教师，濮阳市作协会员。爱好散文、诗歌，作品散见于《青海湖》《演讲与口才》等报刊。爱书、嗜茶、倾情文字。今生愿将所有的快乐抑或忧伤开成花朵，怒放在清幽的墨池、纸间，于掌心、笔尖且行且歌，笔记心绪，耕种花田。

在濮阳，无论你是用普通话还是“濮通话”，读这个题目都很准确。

面托儿是濮阳的一道面点，发面，油炸，香软。炸好的面托儿呈不规则圆形，最地道的叫法是“面托得”。曾经，它是豫东北一带走亲访友时带的一种礼物，逢年过节的一道美食。没有考证过为什么它叫“面托儿”，或许是“面坨儿”，这是濮阳本地的叫法。状如托盘，故此，叫“面托儿”。也许是因为一大坨子面，揪成小坨炸，因形象而得名“面坨儿”。酷似油条或炸油饼，凉油条一回锅就成了一根“皮条绳”，没有了刚出锅时的口感。面托儿不一样，回锅的更香、更软，比刚炸出的还好吃。无论哪种写法在故乡的发音都是一样的直接、形象，一样的香软、美味。

炸面托儿是一项技术活儿，同样的发面，会炸的，拽一块鸡蛋大小的面，拍薄、抻平下到热油锅里，瞬间就会像充了气一样浮起，用筷子敲打几下涨起得更好。来回翻两次，就可以捞出、沥油。皮金黄、焦香，面暄软、筋道，撕开以里面有“丝丝窝”为最佳。技术差的则会炸出死面一样的“硬面饼”，皮硬，不涨起。也有炸成“两张皮”的，出锅时像个圆球，凉凉后，就变得干瘪无形了。刚出锅的热面托儿，就凉拌黄瓜是一套地道的绝配吃法。所以，现在的“面托儿拌黄瓜”算是清丰开发出的一道草根名菜。

其实，炸好面托儿的秘诀在于和面。在白面里放进适量发面的老酵头或者发酵粉，和成稍软一点的面块饧发。等面块饧发了，撒以适量的盐，双手蘸点水将面抄起在盆里摔打几下，均匀化开咸味儿，让面重新发起就可以开炸了。掌握火候也很重要，火大了，炸得皮焦骨头生，火小了炸得不暄腾。把握一个合适的度，才能炸出完美的面托儿，学问堪比人生。

过去谁家要是炸一次面托儿，不是逢年过节就是赶古会、走亲戚。平白无故地炸面托儿，一定会遭人闲话，“吃嘴不干活儿”，不是会过日子的人家。传出去，会影响儿女找媳妇、嫁婆家的。还是公社大食堂年间，家里粮食都归公，各家各户锅灶都拆掉，到大食堂吃饭。老家的三胖婶儿回娘家走亲戚，手里没钱买包子、点心之类的美食孝敬爹娘，就想给生病的老爹拿点儿现炸的面托儿，白面、清油是口省肚里攒偷偷积攒下来的，也只能关起门来偷偷制作。半夜里和面，五更里点火开炸。关上了门却管不住香味，还没炸几块，躲在被窝里的仨孩子就醒了，一人一块不够塞牙缝。再一会儿，大门铁环啪啪响，有人叫开门。吓得三胖婶儿端起灶上的油锅就往床底下藏，结果油洒了一床底。开门让人进来，一看是村里的队长。队长说，闻到香味啦，循着香味就找到是这家。队长还说，大伙儿连汤都喝不上，你还在家炸面托儿吃，哪来的面？哪来的油？莫非是偷来的？筐子里不多的几块面托儿被没收。隔天，队长家儿子向小伙伴们炫耀：夜儿个（昨天），俺爹带来的面托得，吃嘞可得劲……三胖婶儿听说了只能是心疼到暗暗骂几句贪吃的龟孙，只可惜了那半瓢攒了一年的清油。

最喜欢刚收完麦子的古会，刚磨的新麦子面，富裕，多和些面，让家里的老老小小放开了吃，不用吃菜，就一碗白开水，一气吃个饱，真是一种幸福。而今面托儿是家常便饭，只要想吃，大街上有卖的，来兴致了也可以自己动手体验一把。早饭就着胡辣汤或者是小米稀饭，一碟儿小咸菜，吃得舒服。中午拌几样凉菜，或者烧一碗酸汤，吃着美味。

前一阵听一个朋友讲笑话：一个早年在安阳生活过的清丰人，说话时好带个安阳口音“不炸”。到北京打工，去买早点，看见有炸油饼的，以为是家乡的面托儿，就想买二斤，初来乍到的说乡间土语怕人家听不懂，就谝起“濮通话”：“给我来二斤面托子，不炸。”卖家一听高兴，“嘿，这位好，要不炸的面坨子，省力、省油、省时间。”于是，挥刀切下一大块生面，塑料袋一装，“您拿好，不用称了，您哪。”

故事也许是杜撰，倒觉得濮阳的吃食若进京了，也是一大幸事。天下无处不美食，好吃的东西一定是长了腿儿的。抑或在别人嘴里，面托儿只是一块过油的面的味道，于我却有着无法割舍的惦记，漂泊在外的游子能吃出乡愁的味道，别人也许品不出来。

老月饼

崔运民丨文

【作者简介】

崔运民，笔名“流水驿人”，河南新蔡人。当过知青、农民、铁路工人、铁路局干部。现为河南省华夏文化艺术院副院长。中国铁路作协会员，河南省作协会员。《文学月刊》签约作家。

中秋节前，妻子、儿子的单位和我的公司，都相继发了两盒月饼，加上亲戚送的，共有十盒之多，堆积在室内客厅的一角。那些月饼有铁盒子装的，有纸盒子装的，盒盒包装精美、装饰考究，每盒大都在二三百元左右。打开盒子，一盒也就是装六块、八块月饼，算下来一块月饼价格在四十上下。这些月饼吃起来好像都是一个味儿，只觉得像面甜瓜一样，再也找不到五十多年前老月饼那种甘甜、清香的味道了。

五十多年前，我刚刚八岁，上小学一年级。那年，快中秋节了，父亲外出做木工活儿还没有回来。我问母亲，爹咋还不回来啊，快过中秋节了嘛！母亲笑了，说你是盼着你爹早日回来给你捎月饼吧？我笑了，当然是这样！父亲是该给我与母亲、妹妹捎回一封月饼来了。盼啊盼啊，终于在中秋节中午，父亲回来了，果然给家里捎回了一封月饼。我迫不及待地从父亲手中接过月饼封，仔细观察着月饼的包装。那时的月饼一元钱买两块，两元钱买一封，里面装有四块。月饼的包装是用粗糙的黄裱纸包裹，封口衬上一方块红纸签，印着“中秋月饼”字样，用纸绳子系扎得牢牢的。

父亲见我与妹妹嘴馋的样子，解开纸绳子，打开月饼封，给我与妹妹各拿一块月饼来。我们让父母先吃，父母只是龇一龇牙，就把月饼给我们了。我咬开月饼，见里面有冰糖、红丝、花生仁什么的，吃在口里感觉甜蜜蜜的，一股甜味顺着喉咙到了腹中。母亲见我与妹妹吃快了，提醒说，乖乖儿，别急啊，吃月饼要慢慢品味，虎吞一口吃下去了，就啥味也不知道了。在母亲的提醒下，我们才慢腾腾地吃起月饼。那时，吃块月饼对我家来说是莫大的奢侈。吃盐点灯钱都是从鸡屁股眼儿里抠

却合着吃了一块月饼。几十年过去了，想起那年月吃月饼的事，仍然有一种愧怍之感涌上心头，觉得对不起已经去世的父母啊！

老月饼甜蜜蜜，令人难忘，父母的养育之情更是让人难以忘怀。现在吃着单位发的价格昂贵的月饼，想着若是父母还在世，让他们也品尝一块多好啊！可是，子欲养而亲不在，直到一把年龄了才明白，可惜已经晚了。现在吃着新式月饼，什么豆沙馅、枣泥馅、果脯馅、牛肉馅，尽管花样繁多，味道各异，因为没有了父母的品尝，却怎么也吃不出月饼的滋味来，让人没有想吃的胃口。

“老月饼！老月饼！卖老月饼啊！”有一天在大学路上，我遇到一个吆喝着卖月饼的老人。他骑一辆小电动车，后面拉着的玻璃罩子里装着各

出来的，父亲外出做木工挣个十块八块的，都用在买粮食上了，哪还有钱买月饼吃啊！可是父亲不吸烟，不喝酒，硬是从口中省下两元钱给儿女买月饼，让一家人高高兴兴过一年一次的中秋节。

晚上，我们一家人坐在当院赏月，月光下父亲讲着他小时候的故事。父亲讲完故事，又到院里石榴树上摘下四颗石榴，把他与母亲没有吃的那两块月饼拿出来，与我们一起品尝。我看着那两块月饼，口水直流，虽然心里很想再吃一口，却不好意思去伸手。父亲见我们嘴馋的样子，又把一块月饼分成两小块，让我与妹妹吃了。而他与母亲

式老月饼，每块月饼只要两元钱，比起包装精美的新式月饼，便宜得太多太多了。老人告诉我说：他做的老月饼都是手工造，没有添加剂，没有隔年馅，绝对卫生，让我放心吃。

我看着那些老月饼，仿佛又见到五十多年前父亲买的老月饼，一股思亲之情油然而生。我毫不犹豫地买了两斤老月饼，打算中秋节晚上邀请亲朋好友来我家吃老月饼，赏中秋月！

老月饼，愿你能留住岁月的步履，让我们能够重温父母的舐犊之情，找回亲朋的友爱之情！

小鸡烙馍

赵　丽｜文

小鸡烙馍是项城当地的名吃。因汤味鲜美、肉质筋道、烙馍酥香而被外地人口口相传，成为项城饮食的一道招牌。

豫东一带，淮河支流沙颍河流域有一座小城，古称“项子国”，隋统一后定为项城县。项城历史悠久，汉代蔡琰、应玚，近代袁世凯、张伯驹皆为项城人。县城气候冷暖适中，民风朴实，小麦是主要的粮食作物。小鸡烙馍的传说因年代久远，无可考证。20世纪90年代初，国家扶持一些产业，人们经商意识渐活跃，对吃的研究开始上心。最初，有院子的农家，散养几只鸡，种几棵果树，原备为逢年过节招待亲友、调剂生活的家宴。主人用泥土混合秸秆，支一口地锅，烧柴火，宰鸡炖肉，添冬瓜、粉条，配上鏊子烙的烙馍，吃起来味道还好。

这户人家门前有条街道，客车南来北往，到饭点时多停路边吃农家。家里院子大，闲着可惜，主人改造几间屋子，把自觉美味的小鸡烙馍推荐上桌。客人品尝后，赞不绝口，人越聚越多，小鸡烙馍的名声便传开了。附近几户有经营头脑的农户，争相开店。味道越做越好，鸡子选公鸡，除了烙馍，也炕杂粮，吃者越来越多，小鸡烙馍渐成为外乡人来项城品尝的名吃。

小鸡烙馍是咋做的呢？

首先要选散养的鸡，选三黄鸡、柴鸡，这样的鸡自然生长，肉质紧密，不像饲料喂的圈养的鸡，皮厚，肉质疏松。鸡子不能太大，太大了肉老，太小了肉少。备好葱、姜、蒜，切好冬瓜或茄子，本地粉条烫软备用。

有两种做法。一种混汤，提前把剁好的鸡用蛋清、淀粉拌匀，洒

【作者简介】

赵丽，河南项城人。于日常行走中记录生活，文字若干，散见报刊。

盐、调料，腌一会儿。炒的时候，烧小火，鸡肉入锅煎至肉色微黄，再上水炖汤。

另一种清汤做法。所谓清汤，是不经过腌拌，少添作料熬成的鸡汤。先把鸡氽一下。油锅烧热，放花椒、大茴，炸好捞出。葱、姜、蒜入锅爆炒，入剁好的鸡块，翻炒。炒一会儿，听油锞“刺刺啦啦”地响，说明鸡子已炒到味，可以添水了。有的人家烧柴，柴火做饭与液化气、天然气不同，盖是柴火地锅使肉类更好更均匀地入味，也有用高压锅炖，炖20分钟左右出锅。一些常吃的人，味道稍稍不同便能吃出端倪。

这边炖着小鸡，另一边铁鏊子烙馍。和面是现和现用。面要和得不软不硬，和好后揉搓一会儿，搓成长形，拧一把一个面团，揉圆，手掌按平，用擀面杖擀匀，擀成薄薄的圆形，挑着铺至鏊面。烙馍要把握火候，鏊子太凉，烙馍不熟且硬，鏊子太热，烙馍容易有大炕花味发苦。薄面入锅，来回翻几下即熟，小擀面杖撩起来折叠下放竹篮内，紧接着烙下一张。手快的几分钟一个，不一会儿，就烙好几个。巧妇烙馍有反正，正面有淡淡的小炕花，散发出烙馍特有的馍香，反面软软的，还可以抹一些酱之类的。

农家小吃，杂粮少不了。最早做小鸡烙馍的人家，炕油饼，炕好切成小块；蒸杂粮窝窝头，一窝一个团；贴黄澄澄的玉米饼子，玉米面掺小麦面，和成后切成薄薄小块，贴锅边炕，炕好后，馍底焦焦的，吃一口，酥焦香软。

鸡子炖二十多分钟，已经熟烂。掀开锅盖，香味扑鼻，肉已离骨。倒入冬瓜，煨一小会儿，等冬瓜入味，下粉条，盛出。一大盆炖鸡子便出锅了！汤汁浓郁，不稀不稠，看着好看，夹一块鸡肉尝尝，肉质滑嫩，冬瓜、粉条入口即化。鸡子吃大半，烙馍、杂粮端上来，泡入鸡汤，味美不可言说。

项城的小鸡烙馍店有近十家，多在郊外。城内人家想在自家做，做出来总感觉少些味道。郊外农家，植大片竹子，造木质小屋，有的扩几十亩地，建蒙古包、凉亭，种蔬果，且养鸡、养鱼，自产自得。这草木清香、鸡犬桑麻的田园自然风光，怎不使人驱车前往呢？

细想想，吃乃人生大事啊，食不果腹、味不对口，焉能有心做其他事？试想饿着肚子，或吃得不对胃，拉长个脸，面带菜色，别说做事，即是卧床休息，也辗转反侧，夜不能寐。肚子这物件，清朝李渔曾写：“即生口腹，亦当使如鱼虾之饮水、蜩螗之吸露，尽可滋生气力，而为潜跃飞鸣。”通俗地说，肚子要吃饱，还要吃好，只有这样，才有力气干活，才能心情愉悦。

关于吃，项城的地方风味还有很多，农家的一鱼三吃、走遍全国的肉夹馍、正宗胡辣汤、大罗圈热豆腐、浓香的米沫儿、油酥烧饼等，个个拿得出手，叫得出口！

家乡水煎包

叶　雨｜文

【作者简介】

叶雨，本名陈德龙，河南泌阳人。河南省作协会员，北京小小说沙龙、洛阳小小说学会会员，驻马店市作协理事，中国闪小说学会理事。作品散见《山花》《金山》《百花园》《小小说大世界》《当代闪小说》《小说选刊》等国内外刊物。

有一种食物叫作“水煎包”，是故乡羊册镇独有的，也是留在我童年记忆中最深刻的美食之一。

每年从农历二月十五开始，羊册镇都要举办几天物资交流会。这是当地自古就有的纪念华山奶奶的庙会流传、演变而来的。

传说唐朝开元年间，一场大水冲毁了毗河岸边的舞阴县城及其方圆几十里。灾后瘟疫流行，民不聊生。县城北十里地田庄有个田妞，施药救人，活命无数，最后累死在救人途中。

乡人却传说，田妞不是累死而是被华山爷娶走做娘娘了。于是田妞就被称为“华山奶奶”。奶奶升天时在二月十五，据说这也是奶奶每年回来省亲的日子。人们在村前的华山顶上建了一座庙，每逢这一天都要去祭奠她老人家。后来，唐朝朝廷把大水冲毁的舞阴县合并给泌阳县辖管。舞阴县没有了，很多人灾后都搬到河东华山下羊册住，羊册从一个名不见经传的小村落一跃而成为方圆数十里的聚落中心。到明朝时候，竟成为“宛东百里名镇”。人们对华山奶奶无量功德的追思怀念也被流传下来。华山的二月十五烧香会一直是羊册的盛事之一。庙会期间，除了给奶奶烧香，人们还求奶奶保平安、疗疾病、赐儿女、助发财……几乎无所不求，而且据说几乎求无不应。明清时期，邻近的社旗、唐河、方城县曾经有很多村镇的百姓结成华山奶奶香社，每逢会日结伙带着猪头、大馍前来朝拜。一路敲锣打鼓，热闹喧天。但是，走到距离奶奶庙十里地内则必噤声息鼓。说是入神路了，不敢再惊扰奶奶。

庙会上自然有很多美食，叫卖最火的自然是水煎包。祭神或者逛

完庙会，人们不但借水煎包大快朵颐，还要再买些带回家给爷奶爹娘或者儿女、亲戚甚至没过门的儿媳妇捎个包（即今所谓“伴手礼”）。

水煎包不似我们习见的那种油煎包。油煎包状如饺子，上面带有生硬棱起的褶边，水煎包则状如月饼而更为圆润饱满，外表油漉漉的，带一圈薄而金黄的面皮，内容为鲜香牛羊肉馅或者鸡蛋粉丝韭菜馅。好比外国人不知道元宵料馅怎么弄进去一样，小时候我也不明白水煎包为什么没有褶痕。被捎包的水煎包用高粱莛子一串串穿在一起，莛子两端系根麻线以便携带。捎包的人，或者提在手里，或者挑在随身扛的扁担头上，一路哼着小戏，想象着赶会到家，亲人吃到水煎包的喜悦模样，脸上的得意简直无法形容。

水煎包其实并不是纯粹用水煎制，而是以发得极软的面剂擀成圆片，然后包上馅料，放在平底锅里先略微油煎，再以极稀的水淀粉洒入锅内，为煎包罩上一件薄纱般的芡衣，加锅盖煎至熟透，最后再淋上麻油出锅。因为施了水芡，故名“水煎包”。又因面皮的材料极为稀软，手捏的褶痕往锅内摆放过程中自然会被压平消失。

卖水煎包的，都是临街搭灶，灶旁设一几案，案上摆了糊盆以外，还摆着盛满馅料的竹筛——肉馅，圆鼓鼓一堆闪烁着鲜肉的油红和葱花的葱绿；素馅，则呈现着韭菜、粉丝、炒鸡蛋混合的碧绿和金黄。那景象，让人不吃就想流口水。

做水煎包的师傅手艺好，轻巧地抓剂、擀片、加馅、捏制，一气呵成，才艺展示一般。最诱引人的，还有三回“刺啦”响——生包子下锅，接触锅底热油时“刺啦”一响；泼洒水芡，芡汁淋到包子和煎锅底时“刺啦”二响；出锅前再淋麻油时“刺啦”三响。一响显得略微低闷而细碎；二响显得热烈且伴有骤然升腾的白色蒸气；三响则爽脆且鲜香四溢。整个制作过程不过十来分钟。这时候，卖包子的必会嘹亮悠长地喊：“热包子，热包子出锅了！”

满街行人往往忍不住撩他一眼。跟来赶会的孩子便要扯扯大人衣襟，暗示买食。善撒娇的孩子还往往硬拉大人往摊前凑，如果得不到满足就会撒泼哭闹，不解馋虫誓不罢休。家乡人把这种小孩儿称作“吃嘴货”，含有贬低之意。我也被母亲这样笑骂过几回。不过，会哭的孩子多能吃到热包子。

羊册镇最有名的水煎包加工者，过去有祝家、朱家、马家。“合作化”以后，大多回归农业。只有个人称“包子六”的张师傅加入供销合作社，一直在街中心桥东路北供销社门市临门制卖。

离开家乡几十年，游走四方，没见过羊册那种水煎包。偶然回去即刻便想到曾经让我被骂作“吃嘴货”的美食，走了几条街才在“小香港”门口找到。一边品尝童年旧味，一边问师傅：“卖水煎包的咋恁少？”师傅说：“做着费时费力，成本又比外来的油煎包高，来钱慢哪。”我说：“你咋坚持下来啦？”他歉然一笑，道：“我下个月也要去深圳打工了！”听到这话，我心里即刻着急起来，连忙建议他去驻马店、郑州开水煎包专卖店，一定发财！他停下手，看我半天，然后问：“哪儿去弄恁大本钱咧？”我顿时哑然、窘然、歉然。于是讷讷着，又买一些水煎包装入塑料袋，准备带回城里给孩子“捎个包”，让他也尝尝并且记住这种即将绝迹的故乡美食。

水煎包装在塑料袋里，很别扭——总不似记忆中那种穿在高粱梃子上系了麻线的样子活泼舒服。

菜 蟒

晨之风｜文

这里所说的“菜蟒”不是蟒蛇，而是一种民间食品。

淮阳的方言生动形象，把用面皮包裹而成的这种食品叫“菜蟒”。后来我发现，不光淮阳这一带有这种叫作“菜蟒”的食品，豫西一带也有这种叫法，并且做法大都大同小异。有人考证，菜蟒是正宗的河南美食。中国是美食国度，《舌尖上的中国》演绎的美食文化就是明证，饮食在美食家的研究里似乎都能延伸出一段文化来。研究起菜蟒的来历，肯定也可以引经据典。

小时候，正处于上个世纪七八十年代，家庭生活还谈不上富裕，仅仅解决了温饱。幸运的是，出身农家的母亲总能变着花样做些“美食”，让我们能在困难的年代里大快朵颐。那时候每家都开辟有一块菜地，韭菜、荆芥、笋瓜、南瓜几乎是菜畦里必不可少的蔬菜。人勤地不懒，不起眼儿的一片菜地就会有吃不完的菜。蔬菜吃不完，为了不浪费，母亲就拿来做菜蟒。

母亲取来吃不完的蔬菜，譬如说韭菜和荆芥。她先把择好的蔬菜切碎，但不能太碎，不能切成包子馅或者饺子馅。韭菜切成一扁指长，荆芥稍微一切就行。然后把盐和调味品掺到韭菜或者荆芥里去，腌制一会儿，再兑入搅混的鸡蛋。下面的环节是和面，根据蔬菜的多少“量体裁衣”，这也是一门学问，要恪守“不浪费”的原则。面不能和得硬，以便于擀面皮时保持柔软性。然后将面团擀成面皮，面皮不能太薄。擀好后将面皮摊开，将先前备好的碎韭菜或者碎荆芥均匀铺到面皮上，将面皮上的菜慢慢裹起来，就像山东的大饼卷大葱一样，卷好后两头要捏紧，密封严实。每张面皮大小根据锅的大小而定，一般也就是十

【作者简介】

晨之风，本名李涛，河南淮阳人。中学教师。河南省作协会员，淮阳县作协秘书长。出版有散文集《从小村上路》《情漫陈州》《我在旅途读风景》等。

几公分，这个时候菜蟒已经初具形状。下面的一道程序是把做好的菜蟒放到锅里蒸。过去烧的是地锅，好在柴火不成问题。我小时候经常烧锅，替母亲分担家务。按照母亲安排，菜蟒放到锅里，一开始要大火，等白色的蒸气把锅盖似乎要顶起来的时候，再小火保持，蒸气慢慢挥发就行。菜蟒的原材料，蔬菜占据了大部分，容易蒸熟，大概五六分钟就可以出锅了。

菜蟒尽管做起来不是太难，但母亲做菜蟒的机会并不多，所以每次做菜蟒都很吊我们的胃口。难忘小时候，菜蟒出锅，我们兄妹三个会站在锅台边，抢先去拿冒着蒸气的菜蟒。有时候菜蟒太热，烫手，只有交替着手拿着吃，一副馋猫的模样。空气里弥漫着菜蟒发出的蔬菜香味儿，还有鸡蛋诱人的味儿，让人的食欲一下子蹿上来了。菜蟒是封闭做成的，在蒸的过程里保证了味道不外流。咬上一口，一股压抑的菜香扑面而来，冒出一片热气，令人齿颊留香。吃菜蟒要趁热，此时效果最好。如果凉了，菜蟒外面的面皮会变硬，口感不好。

印象里，母亲做菜蟒除了用韭菜、荆芥做外，还用笋瓜、倭瓜做过，味道也不错。年龄稍长，才悟出母亲做的这种食品为什么叫作“菜蟒”。蟒蛇可以吞下比自己大好多倍的食物，而菜蟒也是如此，可以包下好多蔬菜。吃菜蟒以吃菜为主。细想一下，不觉感叹这智慧来自民间。儿时的菜蟒已经淡出了我的记忆，但令人感到欣喜的是，现在的淮阳餐店里仍然可以找到同菜蟒类似的食品，尽管不多，还是唤起不少记忆。今天的菜蟒发生了变化，模样开始变得规则起来，类似的有韭菜合子、春卷，面皮卷的菜内容更多，放进了虾仁等食品，这在以前是不可想象的，做法还是和过去差不多，算是继承吧。

小甜儿家的炸枣糕

张相荣 | 文

年过八旬的老妈手脚利索，耳聪目明。晴好的日子里跟老妈在廊下聊天，总喜欢听她回忆她小时候的事，尤其对小甜儿家的炸枣糕念念不忘。

小甜儿大号叫“张甜”，因为长得矮小，所以村里人都管他叫“小甜儿”，按辈分妈妈叫他“甜儿叔”。当年跟姥姥家住在同一条胡同，在村里是单门独户，只有他一家姓张。做事谨小慎微，生怕得罪到谁。就是这样，村里的大姓望族还是会找碴儿生事欺负人。小甜儿家受尽欺辱也只能忍气吞声，不敢计较。性格耿直的姥爷闯关东回到村里，正是血气方刚的壮年，路见不平拔刀相助，对小甜儿家关照有加。姥爷弟兄五个正是干一番事业的年纪，在村里有铺子，镇上有门面，故衣铺、馍馍房、中药堂、皮条行，有钱，有地，有人，家里人丁兴旺，生意做得风生水起，日子过得红红火火。

小甜儿是做小买卖的生意人，有一手好面活儿。家里常年打烧饼、烙壮馍，冬天还要炸麻花、炸枣糕。一入腊月，上街赶集、走亲访友，手里有几个钱的都会买上二斤提着撑门面。小甜儿家的炸枣糕是当地一绝，每到过年都会供不应求。

也许是感念姥爷的庇护，小甜儿家每每开火炸制，枣糕一出锅总会先给姥姥家送几块。老妈说刚出锅的枣糕，外皮酥脆，内里软糯，枣香四溢。彼时，年龄尚小的妈妈常常会跑到小甜儿家去玩儿，帮忙做一些力所能及的活计，推推磨，舀舀米，其实都是小孩子抱着玩儿的心态做的。但是，老妈直到现在还记得炸枣糕的工序。

一口三足大陶缸里，头天就将黍子黏米泡上，等米泡透，用手轻轻

【作者简介】

张相荣，河南濮阳人。幼儿教师，濮阳市作协会员。爱好散文、诗歌，作品散见于《青海湖》《演讲与口才》等报刊。爱书、嗜茶、倾情文字。今生愿将所有的快乐抑或忧伤开成花朵，怒放在清幽的墨池、纸间，于掌心、笔尖且行且歌，笔记心绪，耕种花田。

变成块状，发酵充分，干湿合适，抓鹅蛋大的一块放到四方的白布上，垫着白布拍成圆饼，中间放上一勺蜜甜油亮的枣泥，再隔着白布一点一点包严，拍圆，压扁，然后放到七八成热的油锅里炸透。这个过程说起来烦琐，而小甜儿做起来则无比娴熟、麻利，做一个用不了几秒钟。枣糕一出锅，面皮焦黄酥脆，内里的黏米和枣泥已经相互融合变得绵密软糯，黄黍子的米香混合了枣的甜香，便弥漫了整条大街。路过的男女老少都垂涎欲滴，以能吃到小甜儿家的炸枣糕为荣耀，能挂到嘴上炫耀好几天，回味好几天。

一捻就碎时，用长把笊篱把黍子黏米捞到大棚布上沥水。然后再一勺一勺舀到拐磨上，像磨豆腐一样，磨成米浆。磨完后再把米浆倒进棉布大布袋里稍微控控水，用筛好的细沙土埋上，一为吸水分，二为发酵。这些都是大人们干的活计，需要力气和技术。煮枣制作枣泥不需要大力气，煮透的狗头枣个儿大核儿小、肉厚皮薄，枣味香甜，捞到大铁筛子里用木槌捣碎，揉搓，把枣肉变成泥状漏出，枣皮和枣核儿滤出舍弃。老妈说她最喜欢干漏枣泥的活儿，捣枣揉搓的间隙还能偷空儿往嘴里放一颗又大又甜的枣子，手和嘴都不闲着。小甜儿家老少七八口人都不急不躁地忙着，每一粒米都认认真真淘洗，金黄细滑；每一颗枣子都仔仔细细挑过，饱满圆润。舀米、推磨、打浆、装袋，不疾不徐；烧火、煮枣、捣泥、滤皮，有条不紊。一年四季以季节定夺发酵的时间，不会省却一丝一毫的力气和工序，不会偷工减料糊弄食客，小生意做得风生水起、一丝不苟。小孩子干的时间长了，难免会枯燥乏味，偶有偷懒的想法，总会被小甜儿发现，一顿数落：要是累了可以歇歇再干，但是力气不能省；糊弄了自己的心，糊弄不住食客的嘴。

大布袋里的米浆经过一宿的等待，米浆

及至后来，我见到的小甜儿姥爷，已是一个七八十岁的老翁，沧桑、瘦小，但是干净利索。身上的粗棉布罩衣总是浆洗得干干净净、纤尘不染。老两口儿只打烧饼，挣些零花钱，不再做工序烦琐的炸枣糕了。儿女们都嫌做这种买卖不挣钱，再加上当年割资本主义尾巴，手艺便一搁再搁，没人再愿意延续了。

有一次在街上见到一个卖炸糕的，看了半天好像与老妈描述的十分相似，就买回几个带给老妈品尝。只吃了一口，老妈就说："面发得不够，枣泥里的枣核儿硌牙，枣皮扎嘴……"跟老妈当年吃到的炸枣糕相去甚远。时光荏苒，岁月沧桑，黍子黏米已不似当年又黏又香，红枣也是改良过的嫁接枣。老妈感叹人心不古，摇摇头说："吃不到了，吃不到了。小甜儿家的炸枣糕真的失传了。"

也许，失传的不只是一种乡间美食，更多的还有至真至善的诚信为本的生意准则。

美味馃子

夕 月 | 文

馃子，在我的记忆里，一直都是与过年相关联的。馃子有很多种，有梅豆角，有芋头酥，有羊角酥，等等。味道全是甜的。或酥脆，或绵软。同样，也需经油炸。但我们所说的“馃子”绝对不包括油条，尽管，在我们豫东也称油条为“油馃”。

每年的腊月二十四，在我们豫东有炸馃子的习俗，俗称“过油”。在过油这天，除了要炸馃子，还会炸一些大肉片，或是鱼，也会炸各种肉丸子和素丸子。从早忙到晚，一整天香气都弥漫在小院的上空，浓得化不开。在这一天，村子里各家各户都先后开始支起大锅炸上一簸箕、一篰篓馃子什么的，以备一家人春节享用。那么多炸的东西，孩子们最喜欢的，还是甜甜的馃子。

听母亲说，在过去家里穷的时候，面粉少得可怜，家家户户全是以红薯为主食，天天吃，顿顿吃；红薯粥，红薯馍，红薯干，红薯叶，红薯粉条，变着花样儿吃。过年的时候，终于可以加点油水，那就油炸红薯馃子什么的。

把煮熟的红薯挤压成糊糊，然后掺杂极少量的白面，比例三比一。据母亲讲，面剂筋道，红薯有黏性，合二为一炸出来的馃子，松软可口。偶尔，也会炸一点纯白面的馃子，因白面难得，所以这样的馃子比较金贵，一般是用来招待客人或者留给长辈吃的。

母亲所讲的这些辛苦，我没有体验过；在我很小的时候，白面就已经成了司空见惯的寻常物。莫说过年了，即便是平常，家家户户也是白面面条、白面馍。过年时，用白面炸馃子也不是什么稀罕的事儿了。

炸馃子其实很简单的。母亲用矾、碱、糖精什么的作辅料，亦按

【作者简介】

夕月，河南尉氏人。现为腾讯河南网网络编辑。

比例称好，再抓一把白面与之混合均匀倒入大盆中。首先将大盆中的配料用刚烧开的水冲泡、搅拌，高温下马上将所称好的白面倒入。将一碗置于盆旁，加温开水待用，将大盆里的面粉连同配料和好。面和好的标准是：面有劲儿，面中能看到气泡鼓动。

然后在大锅中倒入适量棉籽油，家里的大一点儿的孩子便拉起风箱当起“司炉工”，言听计从地一边听着大人吩咐，一边点火开始烧锅灶。

烧火一般都是用玉米芯子作燃料，一直烧到油开始冒烟。油开后，在锅台上分管做馃子的母亲左手掌重按面团展开，然后持刀将馃子划透，双手将馃子置入油锅中，筷子不断在锅中轻按馃子，并适时翻动，火候合适时从锅中取出。此过程油温宜高，一般两人操作为宜。有时候，火候掌握不好，火急了，母亲忙不过来，朝锅里放馃子速度过快，溅出的油烫得我嗷嗷叫。

每每看母亲在案板前，把面团擀成一块大而薄的面饼，然后变魔术似的从面饼下切下一个接一个如同月牙儿一般的面片，我都兴奋难掩，也非要参与。如果父亲在场，我这企图绝对是不能够得逞的。因为在我们豫东，但凡过油这样的大日子，全家老小说话做事都是要讲究分寸的，特别是说话，绝对要小心，不能说一些不吉利的话，更不能做一些兴许会搞砸的事情。小孩子伸手去摸炸馃子的面，大人看到了，会一巴掌拍过来，嗔怪道：“一边玩儿去，这是你能玩儿的？”好在，在这样的日子里，父亲一般情况下是不会在家的。农村过年，炸馃子过油、蒸馍这些个事情，大都是女人的活儿，男人们十有八九都是趁了这冬闲，三五成群地凑到一起推牌九去了。

哥哥烧火，母亲擀面饼、切面皮、下馃子、捞馃子，外加我这个“大忙人”的帮忙，没多大一会儿，盆子里就有了半盆子金灿灿、油汪汪的馃子了。趁着这些梅豆角馃子还带着油热，母亲把它们一下子全倒在了早已铺展开在一旁的白糖堆上。白糖遇到热馃子，立即附身上去，几乎要融化进馃子的身体里。等梅豆角馃子渐渐冷却，附着在它身体上的白糖又渐呈白色，像水晶、玉露一般挂在月牙儿上。孩子们是懂得的，那是诱人的甜！

除了挂糖，还会挂糖霜。刚炸好出锅的梅豆角被放进一旁早已备好的糖霜堆里，一个驴打滚儿，浑身便粘满了糖霜。

除了炸梅豆角，还会炸一些芋头酥。芋头酥究竟是如何炸的，我倒没有亲眼见过。外婆是炸芋头酥的高手，可惜母亲没有学会，曾经也尝试过，但总炸不出外婆炸的那种美味。眼见着我们也不稀罕吃她炸的，索性也就作罢，省了事儿。腊月二十八，我们去给外公过生日，回家来的时候，篮子里早已被外婆装了大半篮子的芋头酥，足够我们吃够整个春节了。

在我们河南，馍有各式各样，另外又有各种各样的饼，但除此之外，寻常百姓家里是难得像南方人那样总能见到各类糕点的。一年四季里，也只有过年这样既冬闲又喜庆的日子里，农家人才会认真地给自己做一些除馍、饼之外的点心——也就是我们俗称的“馃子”，以犒劳自己一大长年的辛苦。如此，我们这些河南的孩子对馃子充满着甜蜜无比的偏爱，也是自然而然的事儿。那种从腊月二十四，一直到来年出正月的“甜”，足够让我们在年少的梦里都能够笑得出声来。每年过油这一天，我都食量超大。我估算了一下，从第一锅馃子炸好铺了糖，仅我一个人，就足足吃下有一二斤馃子都不止，然后打着饱嗝儿，嘴里不时地飘着馃子余香，兴高采烈地玩儿去了。

馃子炸好后，满盆、满筐都是。母亲又让哥取来馃子盒。馃子盒用粗糙的厚厚的黄裱纸做成，耐油浸。盒子取来，母亲把馃子往盒子里装，装满即可，没有用秤称，却直说“半斤”。装满一盒，用一张比盒口略大些的长方形黄裱纸盖了。然后再装一盒，同样盖了。两盒上下摞到一起，上面那一盒的上面，还要再覆上一张带有吉祥图案或是“恭贺新春”字样、但必须是红色或绿色的纸。两盒一捆，取草绳十字交叉地捆了。没有真的用秤量，直说这是一斤了。

装了盒的馃子是不能再吃的了，这是要走亲访友时送的。那年月，虽然生活条件好了很多，但母亲还是勤俭度日得很，每每都是将炸好的馃子装了盒之后，余下的，已是寥寥无几。母亲便劝我们，没事儿，我们去别人家走亲戚送馃子，别人也会来咱们家走亲戚送馃子的嘛。

于是，那年月，便天天盼着有亲戚来。有时候，亲戚来的时候送的一封馃子，转眼又被母亲提着，转手送到了另外一家亲戚家。我们这些孩子气不过，便闹出了不少偷吃馃子的馋猫笑话来，掀开未启封的馃盒子的盖子，从里面揪出馃子来吃了。等母亲要提馃子去走亲戚时，手一提，轻了，立即就明白，被“老鼠”偷吃了。母亲也不恼，笑骂着，拆开馃盒子，添满，足量，重新打捆，才出发上路。母亲说，这都亲一窝子的，过年送点好吃的，可不能偷工减料。

时代在前进，社会在变化。如今，我们的生活水平可用“天翻地覆”四字来形容，人们已经吃惯了大鱼大肉，偶尔才会想起当年的馃子。时至今日，每年母亲一定会炸点馃子，与以往不同的是，现在的馃子花样繁多，什么加鸡蛋了，放蜂蜜了，加鲜奶了，炸出的馃子虽然营养可口，但不知怎的，就是觉得不如当年的馃子好吃。

如今，我告别那块贫瘠的土地十多年了，虽然物质生活得到改善，但总觉得离“年味”越来越远。如故乡陈旧的房屋一样，“年味”也失去了昔日的鲜亮与光芒，这时我突然想到崔健的那句歌词：不是我不明白，这世界变化快。

家 常 菜 馆

103
/
134

这里没有高档饭店的招牌菜、星级酒楼的特色菜，只是中原寻常百姓家那张四方饭桌上的家常菜，是母亲亲手做的一道道私家菜，是母亲爱的味道。尽管这算不上珍馐佳肴，更说不上是山珍海味，但许多年过去，我们念念不忘的，还只是它。

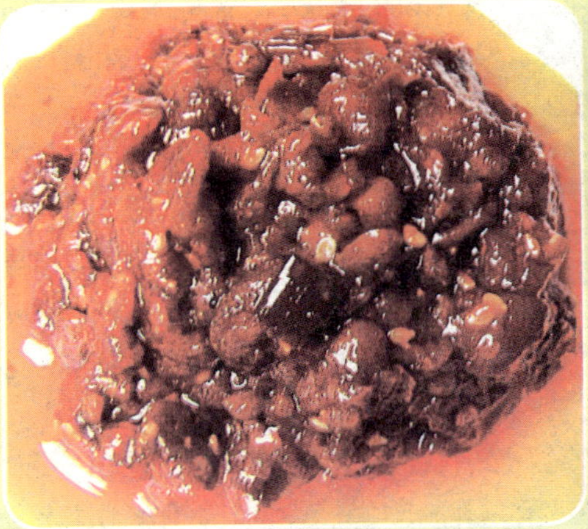

咸菜中学

成 城 | 文

一直觉得，所谓美食，其实是一个很私人性的问题，仅仅也只是个人的体验罢了。有些东西，被人赞美得无以复加，眼见得别人吃得满嘴流油，毫无形象可言，但之于我，却终究是无法靠近，且视作畏途的。比如，臭豆腐。莫说去吃，但凡远远嗅到这种气息，心底都是厌恶到几乎要骂娘的地步。再比如，时常听母亲说起的一些老故事里，总会有某个皇帝在还没有风光登基，而是为逃命而颠沛流离在民间时，某天饿极，吃到一善心妇人无偿给予的窝窝头，便觉美味至极；及至风光入主金銮殿，山珍海味遍席，窝窝头更是花样翻新，却终究是再难吃出当初饿极时的那番味美。还比如，我身为中原人、北方系，却像个南方人似的，极爱白米饭，对于面条这道北方人碗里的家常便饭，无论何等花样，却终究提不起兴致。

如此，便更觉所谓美食，绝不仅仅是碗里的一种饭、盘里的一道菜，除了舌尖，到底还是需要你以你成长的底色、记忆，你来时路上的风尘、履痕，来添加这终极作料，最后用心来品味，方可知是否美味的。

我的整个少年时期，都不曾走出过生我养我的豫东平原。20世纪八九十年代，大多数乡下人都还是不富裕的。好在，那时的人有双勤劳的手，有对食物制作的热心传承，物资不多，却能把手边一些寻常见的东西，费番功夫，便制作出新的花样，让你吃出欢快与满足来。

从读初中，我开始住校，一直到高中毕业，整整六年。在离家七八里的镇上，整整一周是不能够回家的；后来到了初三和高三毕业班，更是差不多一个月都无法回家一次。

【作者简介】

成城，河南扶沟人。中学教师。

新菜品的主人，几乎忘了夹菜，一脸紧张地环顾着兄弟们的表情。一连声的赞叹还好，要不，突然间，众人皆不约而同地销了声，那是极尴尬的事儿。

这时，便需群里的老大清清嗓子说两句，嗯，还不赖。菜主人其实就已知道，自己娘老子这一周的“出其不意”算是玩砸锅了，只好自我解嘲自我安慰地嘟哝，我不让她做这个她非要做……

如果是真好的，或许兄弟们也不大吭声，皆饿狼一般，一筷子接着一筷子，嘴里塞得满满的。菜主人就喜极，装作在家常吃、压根儿就不稀罕的样子，云淡风轻地夹些别人带来的菜塞嘴里，嗯嗯，这个也不赖。

其实，兄弟们也都知道，但凡好的菜品，大多是不经放的。比如，清炒蒜苔、蛋炒青椒、蛋炒韭黄。冬天还好些，如是夏天，甭说一周，估计三天吃不完，就会发馊、坏掉。索性，如果真好吃，兄弟们自是极给面子，你一口我一口，三下五除二，一瓶菜就见了底儿，临了，还会有人掰块馍头丢进瓶里，把那菜水都蘸了去。这菜不错，下星期还让咱妈做啊。

只是，好菜到底不多见。更多时候，还都是寻常见的那些个。比如，酱豆、豆森、腌萝卜丝、芝麻盐之类的。这些咸菜，无论冬夏，都经放。漫长无比的一周里，有这些个作调剂，也是福气。

我家是从不做酱豆的，豆森也不做，甚至是包括所有酱类的东西。因为父亲最厌恶

学校里有食堂，大锅饭，终究是做不出什么花样来。夏时还好，会有新鲜的豆角；春冬秋，几乎清一色的，顿顿冬瓜片子。其实，就算食堂能做出更多花样来，无奈我们也是囊中羞涩，不敢大肆消费的。几乎所有的那时少年，都是在周日下午返校时，从家里提来自家做的咸菜。省些吃上的花销，也可在冬瓜片子的世界里，拿自家的咸菜来调节一下胃口。

周日晚上的那顿饭，学校的食堂里，简直像咸菜博览会。

少则两人、三五成群，多则十几人，搭伙在一起吃饭的兄弟们，凑到一起，拿出各自带的咸菜，大都用或玻璃或塑料的瓶子装着，摆到遍地的饭碗中央，菜品五花八门，绝无重样。买馒头的兄弟抱着几串被硫磺熏得差不多失了面色的馒头回来之后，品菜大会终于要正式开始了。

不寻常见的新花样儿菜品，最受待见。只是，但凡出新，总是会有风险的。兄弟们争先恐后地伸过筷子，放在嘴里吧嗒吧嗒；

我能从家里带的、由母亲亲手做的，多是芝麻盐。豫东地区，棉花最值钱，数量不多的田里全植了棉花，只有田间地头，母亲才点了些芝麻。地头土壤贫瘠，自是无法高产。缝了雪白的小小布口袋，盛了，都不满。给我做芝麻盐时，先是把芝麻小心地倒进热锅里，轻手轻脚地翻炒，加盐。炒至焦黄，盛出，再放案板上，用细长的玻璃瓶子细细擀压，芝麻碎成末儿，才至完工。

那时，每家的芝麻都不多，所以，芝麻盐也自是不常见，在学校，也多受兄弟们欢迎。甚至，不在一起搭伙的兄弟，也会拿着馍头过来，来来，夹一点夹一点。

初中三年，一起搭伙吃饭的兄弟中，有个兄弟的母亲做的菜始终最受欢迎，菜品几乎没有重样过。每每

酱类的味道，说是小时候吃腻了，现在闻到这个味儿就受不了。我去走亲戚，亲人们都知我读中学要带咸菜，大都随手送自家制作的酱豆一瓶、豆森几个给我。盛情难却，我无奈地带回家，里三层外三层地包了，再藏得严严实实。很奇怪，却总能被父亲察觉。大吼，翻箱倒柜地找；大多时候，是大骂，让你主动上缴。往往，结果就是我主动拿出来，父亲劈手夺过，看都不看一眼，直接丢进粪坑里。

所以，我去学校，如果要带这些东西，多是在上学路上，转个弯，折到姥姥家；姥姥似乎早知我会来一般，早早地准备好了清炒之后泛着浓重油香的酱豆，或是把豆森剁碎了，打了碎鸡蛋一块翻炒，盛在玻璃瓶里，透着诱人的光泽。

吃到瓶见底，兄弟们大都会意犹未尽地表示，有这样一个会做菜的妈，简直太幸福了。这兄弟家离学校较近，偶尔，会在下午放学晚自习还没开始之前，溜回家，回来时又拿了新的菜品。有一次，我闲极无聊，见他又要回家，便执意跟了。他起初推辞，最后倒也不再坚持。他带了我，没直接回他的村，而是去了自家田里。那田里种着一地我先前从未见过的植物。他说那叫“黄花菜”，在淮阳最常见。他母亲是淮阳人，从娘家带过来的种子，只是这东西好像只认淮阳地界，到这边后，总不及在淮阳本地长得旺势喜人。他带我摘了些花朵，提回家去。头一次，也是唯一的一次到他家，没有院墙，只是用成堆的树枝干柴围了；三间南向瓦房一间东向厨屋，跟四邻都有些不靠，有些突兀和孤零。我正兀自心惊他家竟寒酸至此，却不想，从黑洞洞的厨屋里闪出一个女人，倚在门边，望着我和那兄弟，嘿嘿直笑，只是不说话。十三四岁的我，自是一眼便瞧得出，那女人有些精神不正常。我那兄弟好像并没有注意，或是自动无视了我的讶异，也不解释，只是把手里的黄花菜交到那女人手里，也不喊娘或妈，只是说，给我做个黄花菜吧，等会儿带学校去呢。

一直到返校路上，兄弟才主动说起，那女人就是他母亲。脑子不大清楚，要饭的，路过这里，老大未婚的父亲便收留了她，给了她一个家。母亲连她自己的名字都不记得了，却始终记得自己来自淮阳，而且竟然记得很多种做菜的本事。后来，有

的兄弟，关系很好。放暑假，闲极无聊，听说他家种了西瓜，便直接杀将过去，一屁股住进他家里，跟他一起在瓜田小瓜棚里看瓜。他家种的瓜并不出售，却是附近种子公司征用的试验瓜田，瓜熟后种子公司自来收瓜子。于是，那个夏天，我和他的主要任务，便是吃瓜、吐西瓜子。这简直是上天赐予的福分啊。吃呀吃，除了瓜，一天三顿饭，都无须再吃。吃到最后，看到红红的瓜瓤，嘴角都直打哆嗦。索性拿了盆子，把熟透的瓜摔碎在盆里，双手“鲜血淋漓”地挤压，只为把瓜子挤出来、挑出来，然后晾晒、装袋。

西瓜瓤就这样废弃，总是有些暴殄天物。于是，兄弟的母亲突发奇想，把制作酱豆的手艺演绎到了

了他这个儿子，父亲才带母亲去了趟淮阳。费尽周折找到母亲的娘家，才知道，母亲娘家原来开了家小菜馆，后来，闹饥荒，全家人几乎都出去要饭了。因有个傻娘，我这个兄弟一家在村里显得有些地位低下，父亲几年前便只身外出打工去了，只留下他和母亲……兄弟说着说着，哽咽起来，半天，才又幽幽发声：俺要好好保护俺娘，早晚俺要带她离开这个破地方。

这次经见的事，我后来没向任何人说起过。在那之后，兄弟们在一起吃饭，依旧对那兄弟带的菜赞叹不已，只有我，却总吃得苦涩。如今已过多年，不知道，那兄弟和他娘一切可还好。

高中时，混了新的一起搭伙吃饭的兄弟。依旧各自从家里带咸菜。记忆最深的，是一道西瓜酱。之所以印象深，也是因了亲眼见到了这道菜的制作过程。我与带西瓜酱

西瓜瓤的身上……于是，在接下来的秋冬两季，读高中的我们就有了吃不尽的西瓜酱。天天吃，顿顿吃，都吃不腻；好像每次吃，都能够吃出那个夏天幸福地吃死在西瓜田里的快乐滋味来。

六年中学，正长身体的少年对于吃食，除了学校食堂里铺天盖地的冬瓜片子，便全是关于咸菜的记忆了。兄弟们自家带的，带着母亲温暖爱意的各种各样的咸菜，拌着兄弟之间发誓永生不离弃终生不忘怀的少年情义，被我们美美地吃下肚去，吃进成长的血脉里，吃进再难相忘的成长记忆里。如今，即便那时一起搭伙吃饭的兄弟大多都已走散，但真的不曾忘，不曾忘你带的那道咸菜，还有那与你共同经历过的少年岁月。匆匆那年，少年自不朽。

酱飘香，母爱长

范会新 | 文

中秋前夕，母亲从老家赶来，一路颠簸，也没顾上休息，就急忙解开她带来的大包小包，一样一样的东西被母亲摆放在餐桌上。葵花子，自家种的。熟的。母亲说，用柴火锅炒的，香着呢！剥了皮的山核桃，这是来之前，你爸在山上采的。你爸说，核桃仁有营养，补脑。尤其山核桃，更甚。给孩子们多带点儿。晚上，灯光下，你爸用锤子一个一个捶开，用牙签一个一个拨出来，拨了这么一大包。母亲拿一样说一样，我蹲在一边听她絮絮叨叨。

母亲说，还拿了几瓶黄豆酱。我惊奇不已，说这可是好东西，很久都没有吃过了。母亲撩一下额前的白发，说这是今年新做的黄豆酱，做菜。味鲜。路途遥远，来回倒车。母亲怕洒出来，又怕碰破瓶子，用塑料袋紧紧地扎住瓶口，上面盖上瓶盖。瓶子外面用布裹了一层又一层。我层层剥开布裹，用力打开瓶盖，一股浓郁的酱香味扑鼻而来。我没来由地鼻子一酸，心里一阵痛楚。往事历历，赫然跃上心头。

小时候，家在中原的一个小镇上，生活贫困，粮食不足，蔬菜也短缺，黄豆酱就成了每日吃粥变换的酱菜。每户农家小院，在朝阳的地方都立有一口矮胖的酱缸。小院里没有酱缸，似乎没了人烟，不像正经过日子的样子。小院里，黄豆酱那浓郁的香气，总会诱惑我的味蕾，令我垂涎。

一日三餐，饭桌上不放一碗黄豆酱，就会感觉胃里发堵。再好吃的饭，也会食之无味。无论是吃玉米面饼子、喝稀面条，还是别的什么主食，一碗油炸大豆熟酱，或一盘黄豆生酱，美味人生，便开始了。

母亲最会做大豆酱。她做的大豆酱，色泽鲜艳，黏度适中，味道醇

【作者简介】

范会新，河南唐河人。河南省唐河县作协会员。在《青年文摘》《中国道路运输》《躬耕》《意林》等报刊上发表过多篇散文、诗歌、短篇小说。

厚，咸淡相应，是儿时我家餐桌上绝佳的下饭菜。记得一入冬，母亲就会把保管了许久的黄豆拿出来，散落于斜放的桌面上，选种子般认真，精挑细选颗粒饱满的黄豆，用清水洗净，泡上一天。待黄豆发胀变大，便放进大铁锅里烀。烀豆需要把握火候。火不能太急，太急容易煳，煳了发苦不香；也不能太轻，太轻外熟里生，做出的酱味道不好。火候适宜，才能保证煮的黄豆熟而不烂。

母亲把烀好的黄豆捞出，用豆杵子捣碎，越碎越好，太粗，做出的酱，不黏糊，口感差。每一次，母亲捣黄豆时，她的额头上都是粒粒汗珠。满满两桶黄豆捣碎后，不见一个完整的黄豆粒。

捣碎后的黄豆托成坯，成为酱块子。母亲那双灵活圆实的手，不停地在桌上捏掐、拍打，来回压实温热的湿酱。一阵忙活，方正的酱块子，便乖巧地呈现在眼前。为防止蝇虫腐蚀、灰尘玷污，母亲用纸裹严，放到温度适宜的地方发酵。

酱块子要发酵到来年开春。母亲便准备好一口矮缸，撕掉酱块子上的纸，把酱块子放进盛有温水的盆里略微一泡，用毛刷使劲儿刷去酱块子外皮上的绿毛和不洁物。洗净后，再把酱块剁成碎块，越碎越好，发酵好的酱块子里，红绿丝清晰可见。

下酱是个技艺活儿，也是让母亲无比操心的事。盐、酱、水按比例调好，放入缸中搅拌均匀。一切就绪，母亲会找来一块干净的纯棉的白色纱布蒙住缸口，一圈用皮筋扎紧。因纱布透气性好，不至于捂坏大酱。缸上再盖上大盆，防止雨水淋进缸里。

晴好天气，母亲掀开大盆，留住纱布，让太阳光照晒。晒酱是让大酱充分发酵。发酵过程中最关键的就是必须每天早晚在酱缸旁“撇沫儿”。母亲每天都用酱耙子捣酱十几分钟，有时候地里活儿忙，母亲就把这个任务交给我。母亲一再嘱咐我：“顺时针、逆时针各一百下，用力要均匀。打好耙一定扎紧纱布，如果漏气，会钻进苍蝇，生出蛆虫。”偶尔打耙不用心，用力过大，“扑通”一声，酱汁会喷溅我一脸。我调皮地伸出舌头舔净嘴边的酱汁。母亲笑着说：“惩罚吧，下次就记住了。”

晒酱是一个漫长而又需要耐心的过程，母亲几乎要消耗掉整个烈日炎炎的夏天。

经过母亲一春一夏的辛苦劳作，酱缸里终于飘出了令一家人心醉的酱香，可以让一家人纵情享用了。母亲的黄豆酱，浸润着母亲对家人对生活的挚爱，母亲是把感情做进了酱里，因此，母亲的黄豆酱有一种家的味道，有一种阳光的味道，也有一种幸福的味道。

那些年，母亲的黄豆酱就是我家餐桌上的美味佳肴。吃着热馒头，就着黄豆酱，酱香与豆香扑鼻而来，送到嘴里满嘴生香。后来，我和哥上学住校，每周末回家返校时，母亲总会为我们装上满满两瓶黄豆酱，让带到学校去吃。在那豆香扑鼻的酱液中，不仅有咸香适口的美味，更有母亲伏天忙碌的身影和勤俭持家的品行，以及她为全家吃穿操劳的浓浓亲情……

一晃多年过去，曾经年轻的母亲已是白发多于黑发。我们像羽翼丰满的鸟儿，次第飞了，飞到别的枝头筑了窝。已经很多年没有吃过母亲做的黄豆酱了，虽然相遇过各式包装精美的黄豆酱，骄傲地摆放在超市的柜台上，我却无比怀念母亲做的黄豆酱。我想我是怀念黄豆酱飘香的童年，更是怀念溢满浓浓母爱的味道。

西瓜酱豆

中州青峰｜文

酷热的三伏天就要过完了，夜晚，扑窗而来的凉风给睡梦中的人们送来了几分爽意。那一日，朋友给我捎来一瓶家乡传统的酱豆，隔着玻璃，就能看到清澈的汤汁、一粒粒的豆子、细细碎碎的红辣椒，偶然，还能看到黄澄澄的姜丝……

不错，这才是家乡的风味。吃饭时，我专门挖出一小盘，深褐色的豆粒已显得松软，再淋上少许小磨香油，立时清香四溢，尝尝，怎一个“鲜”字了得？

近些年，很少能吃到醇正的家乡酱豆了，这酱豆是放在汁液里泡、晒而成的，晒到最后还是颗粒分明。而街上卖的、超市里摆的都是“豆酱”，顾名思义，豆子已经被熬得一塌糊涂，几近成“酱”了，像“海天黄豆酱”“香菇豆酱”之类的，当然也不乏食客，但与家乡的风味还是大相径庭。

记得年少时，天正热，忽然母亲呼唤，要我到城外采些麻叶来。我也不问就里，约个小伙伴狂奔而去。大片大片种植的麻，就是那种经过沤制后可以打麻绳的植物，现在几乎绝迹。也许，眼下用的绳都是化学纤维编织而成，结实又便宜，谁还用天然的麻绳？没人要，当然种麻的就少了。

城外，大片青绿的麻秆笔直而上，粗细像小擀面杖一般，长满了宽宽大大的叶子，好似一个个翠绿的团扇。我在地里钻来跑去，就是寻大“团扇”的。地块很大，绿麻又壮实，我们就拣漂亮的摘，很快就采了厚厚的一抱。

到家才知道，母亲是用麻叶捂黄豆的，也就是要做酱豆了。怪不得

【作者简介】

中州青峰，本名袁文，河南驻马店人。中国散文学会会员，河南省作协会员，中华当代文学学会首届常务理事。

她这几天总在拣豆子。一天下来，母亲要忙活的都完成得差不多了，便随手点亮油灯，人在灯影下，影影绰绰，手里的簸箕在光亮里，哗哗，簸簸拣拣，烂豆子是不能用的，不能让它“坏了一锅粥”。经母亲打理的豆子，个个滚圆饱满，黄澄澄的，煞是喜人。

接下来，是我最让人省心的日子，既不惹母亲生气，没事儿也不外出——单等着吃炒豆子呢。拣好的豆子要先炒熟，就是人们常说的“料豆子”。呼啦、呼啦，母亲在锅里开炒了，我赶紧跑过去倚门等待，出锅后母亲就用手绢包了两把给我。热乎乎的豆子刚刚炸开了皮，凉凉，捏几个放进嘴里，只一咬，焦脆醇香……再分给伙伴们尝尝，很受拥戴的样子。

炒过的黄豆用水湿了，摊在席子上用麻叶盖了，一层一层，像罩了一床薄被子。豆子好幸福，不声不响地在下面睡上几天，直到浑身长满了毛茸茸的绿霉。

揭去了麻叶，洗净豆子上的霉醭，凉半干后就可装坛了。拌好的作料水里有盐，有姜丝、八角等，如果仅仅是这些，那只能叫“盐水酱豆”。最让我喜欢的是家里做的西瓜酱豆，在盐水酱豆下坛时，加上适量的西瓜瓤。

西瓜一定要上好的，切开，把西瓜瓤一勺一勺地挖进坛子里，与豆子拌匀了，这就要封口了。然后就是晒，越热越好。几十天，经过日光的调理，豆子的颜色变得赤红，身子也软了。

我最喜欢的西瓜酱豆开坛了！再在酱坛里找西瓜，那瓜瓤早已化成汁水融进了酱豆里，要不，酱豆哪儿来的别致？饭前，酱豆刚挖进盘里，瓜子往往先被我挑走了，嗑开，瓜子仁还是白的，但带着些淡淡的乳黄，微咸、稍脆、鲜美，还有一丝西瓜的甜……

做好的酱豆会被分装在小罐抑或玻璃瓶里送人，这是一份难得的情谊，别看东西不值钱，可是充满着辛苦和期待。一家开了酱豆坛子，四邻八家尝鲜，乐呵呵半条街，比比谁家的酱豆好吃……

现在，自己动手做酱豆的人家甚少，既使想做，也是街上买了“药菌”，酵母粉一样拌进去，晒上就行了。再省事儿的，干脆不晒了，熬。熬出来的制品，酱不酱，豆不豆，半是糊涂，过去那种自然的鲜味再也寻不回来了。

有人念想，让我吃上了改良版的酱豆已属幸运了。再念叨母亲的西瓜酱豆也只能在梦里了。

我期待着有一个梦……

久违的萝卜

张俊杰 | 文

一日陪刘兄小酌，酒至酣处，刘兄叫来服务员，说你去问厨师有白萝卜没有，有就清炒个白萝卜。服务员很快回复说，抱歉先生，伙上没备。经刘兄这一提，我也产生了进食白萝卜的欲望，第二天专门买来配着辣椒炒了吃。很快，那种微微的辣味、苦味，还有久违的香味，便萦绕唇齿间；那些过往生活中的“不思量，自难忘”的情景又浮现在眼前。

萝卜在过去是乡间常见的一种蔬菜。每到地净场光的冬天，凛冽的寒风一吹，气温急剧下降，天寒地冻之下，田野一望无垠全是冻得贴紧地皮的冬小麦，再也不见蔬菜生长，于是漫长的冬天里，农家饭桌上便只剩下萝卜和白菜。不管是爆炒、生拌，食材不外乎这两者，一到饭时，二者的香味便在村子里飘荡。

如今“萝卜白菜，各有所爱”早已成为大家嘴边的一句俗语，为什么不列举其他两种菜名缀以“各有所爱”呢？我认为是列举不出来的，因为冬日的乡村只有此二者。乡谚俗语来自于朴素的生活由此可见一斑。再好的菜天天吃也会厌烦，何况是随处可见、卑贱如斯的萝卜和白菜？加之母亲平平的厨艺，童年的我被萝卜、白菜伤透了心，时过多年还一见生厌。

不仅讨厌萝卜，还附带着讨厌萝卜馅饺子。一年冬至，家里煮好饺子，我兴致勃勃地咬开，尽是萝卜不见肉，就吊着脸不想吃。爷爷呵呵一笑，不紧不慢地说，有肉，在里面哩！在里面？我疑惑，里面哪儿？爷爷幽默地说，在萝卜肚子里，让萝卜吃了。我听了更加疑惑，肉怎么会被萝卜“吃”了呢？爷爷说，肉香啊，你喜欢吃，萝卜也喜欢吃，肉

【作者简介】

张俊杰，河南濮阳人。中学教师。作品散见于《青年文摘》《读者》《小小说选刊》《故事家》《古今故事报》《文苑》《教师博览》《羊城晚报》《濮阳日报》等数百家报刊。

都被萝卜吃到肚子里，你吃了萝卜，自然就捎带着也把肉吃了。我听完就狠命地嚼起萝卜来，大有报仇的快感。如今回头再想，肉可不就是让萝卜吃了，半盆饺子馅，才一斤猪肉，连味儿都被萝卜吃干净了。

伯父参军留在了大庆油田，一年他回来探亲，一家人陪他在饭店用餐。伯父吃着香酥可口的葱油饼，触景生情，激动地说，现在的生活，和他小时候比起来，简直是上了天堂。那时候谁家能狠狠心烙张油饼就算是改善生活了，即便如此，烙出的饼也并不好吃，又厚又硬，缺油少盐，更别说花椒粉等作料。听后深有同感，我小时候就不喜欢吃烙饼，直到上班后还不喜欢吃，有一次同事硬夹一块放到我的餐盘里，我一尝大吃一惊，原来烙饼会这么好吃，心中当即改变了对烙饼的印象。

对饺子改变印象的经历也大抵如此，现在的饺子皮薄馅多，里面全是肉，一咬满口流油，完全颠覆了饺子留在我心中的旧有印象。并非烙饼和饺子不好吃，是家家有本难念的经啊，愈贫穷愈难念。我想及此，眼眶发潮，鼻头发酸。如今，极其丰富的物质生活让我们的味蕾日益麻木，贫穷烙在我们心灵深处的印痕也逐渐被抹平。站在彼岸回望往昔，悲喜参半，感慨连连。

“冬吃萝卜夏吃姜，不劳医生开处方。”白萝卜虽种植简易、价格低廉，却具有不容忽视的药用功能。萝卜的辛辣成分可促胃液分泌，调整胃肠机能，促进消化，还具有很强的消炎功能。据《本草纲目》记载：萝卜味甘辛，无毒，化积滞，解酒毒，散淤血，进食萝卜有助于消食、顺气、化痰、止咳、利尿、补虚等。难怪故乡流传着这样一首歌谣：“过了九月九，大夫洗了手，不怪大夫洗手快，家家吃的萝卜菜。”家家都吃萝卜，谁还会生病？人们身体强健，医生自然也就洗手了。现在我感冒咳嗽

时，妻还常常将白萝卜片、姜片、葱白放到一起熬水给我喝。现代医学研究又发现，白萝卜还具有一定的抗癌功能。白萝卜所含的纤维素可提高巨噬细胞吞噬病菌和癌细胞的功能，增强人体的抗癌能力；所含的淀粉酶能解除致癌物质亚硝胺的毒性，从而起到防癌的作用。

近年来，健康问题越来越被人们重视。一度被人们忽视的白萝卜又重新荣登饭桌并备受青睐，素炒萝卜丝、萝卜炖粉条、萝卜炒肉末儿……晚上下班到家，熬锅黄糊涂，炒盘萝卜菜，虽然简单，吃完胃里却十分舒服，不失为一种健康的饮食观念。

前几日去郑州出差，中午在一家名叫“萝卜香”的湖北菜馆就餐。菜馆直接亮明以萝卜为主打菜，萝卜炖排骨、萝卜炖羊肉、萝卜烧牛肉堪称菜馆的特色菜，营养丰富，味道鲜美，吃完回味无穷。店里人来人往，食客满堂，不知有多少人也像我们一样是冲着这“萝卜香”的名字来的。我想，其质也朴、其味也淡、其价也廉的白萝卜能够登上大雅之堂，作为饭店的招牌菜，这或多或少得益于人们在饮食观念上阅尽繁华后回归平淡的一种转变。

岁月是一条充满无限可能的河，谁也不知道明天能流到哪里，也许若干年后，猛然抬头，我们会发现竟然又朝着原点进发。一位朋友在“QQ空间”里写道：天下百味，莫如馍香。读完惊叹，拍案叫绝。看来平淡中也有高雅，朴素中也有经典，至平至淡之物才有至醇至厚之香，才能让人们品味到永久，思念到永远。尤其在缤纷的色彩使人眼花缭乱、嘈杂的声音使人听觉失灵、丰盛的食物使人舌不知味的今天，我们不堪大鱼大肉重负的肠胃，或许更能感觉到萝卜的质厚味美与朴素亲切。

繁城牛肉古今飘香

李景超 | 文

繁城是一座历史名镇，远溯秦汉；繁城是一座文化古城，底蕴深厚；繁城还是美食的天堂，任你的舌尖自由游走。这里有历史的味道，情感的味道，美食的味道。

繁城位于河南临颍县城西北，又叫“繁城回族镇”，是中原地区素享盛名的文化名镇。民国时，这里客商云集，被誉为“小上海”。

提到繁城，就不得不说说当地特产繁城牛肉。当你咀嚼到美味的繁城牛肉时，你才能知道什么是天下最好吃的牛肉，味道极其鲜美，让你一生难以忘怀。你可能意识不到，四百多年的历史已来到你的口中，在你的舌尖跳动。对于当地人来说，繁城牛肉已成为无法替代的符号，流进他们的血液，灌进他们的骨髓，最终成为一代代繁城人不能忘怀的刻骨铭心的独家记忆。

繁城牛肉曾为皇家贡品，最初是指洪家清真五香牛肉，是洪家先祖洪三元在明嘉靖年间所创，至今已有近五百年的历史。洪家以前居住在许昌市蒋李集镇上坡村，后迁到洛阳与南阳官道上的集贸重镇——繁城。

繁城牛肉成为皇家贡品后更加有名。那是清朝乾隆年间，繁城人平叛有功，皇

【作者简介】

李景超，河南漯河人。曾任香港《中外名牌》杂志首席记者兼记者站长。现为中国散文诗作协会员，中国乡土作协理事，河南省作协会员，漯河市作协副秘书长，漯河市诗歌学会副会长，舞阳县作协副主席。

帝亲赐一块"护国佑民"匾牌。"钦差送来御赐匾牌后，繁城人用当地的美食招待钦差及随行官员，其中就有洪家牛肉。"钦差及随行官员都觉得洪家牛肉好吃，于是带了一些回到皇宫。皇帝尝后感觉确实好吃，从此命繁城每年送洪家牛肉进宫。洪家牛肉因此名扬天下，来买洪家牛肉的海内外各界人士络绎不绝，天天顾客盈门，应接不暇。

繁城牛肉制作技艺代代相传，知名度也越来越高。解放战争时期，刘伯承、陈毅元帅曾到繁城品尝洪家五香牛肉，两个人都赞不绝口。如今的繁城洪家牛肉有两家，一家是洪家牛肉，另一家是洪恩牛肉。

几百年来，繁城牛肉一直以其良好的品质和独特的风味享誉全国，成为远近闻名的馈赠佳品。

明清时期，繁城是集贸重镇、水旱码头。一方面，它处于洛阳与南阳的官道上，陆路交通便利；另一方面，它处于颍河中游，是一个重要的漕运码头。当时，在繁城做生意的客商以山西、陕西二省之人居多。一年春天，一位客商带了几斤繁城牛肉回陕西老家。一路上舟车劳顿，回到西安已有月余，客商才想起所带牛肉，以为牛肉一定变质了，哪知打开一看，肉质仍然鲜美。这件事流传开来后，山陕客商回家时都要带几斤繁城牛肉。

繁城牛肉能放月余而不变质并不奇怪，关键在于一斤生牛肉能出几两熟牛肉。经过腌制、蒸煮后，牛肉中水分较少，保质期就会长一些，反之则短。正是因为秉持品质第一的宗旨，洪家牛肉才能历经数百年而一直为人们所喜爱。

区区乡野牛肉何以会受到皇帝垂青，赢得如此赞誉？关键在于它的制作工艺。

对于普通人而言，做饭似乎和他们的青春、情感、记忆没有多大的关联，而对于祖祖辈辈做牛肉的洪家人来说，制作牛肉的技艺是他们一生的财富。

虽然现在制作牛肉有很多新机器和新方法，但洪家一直沿用祖先传下来的制作工艺，采用纯手工制作，“老辈传的啥样，现在还是啥样”。腌制牛肉的手工作坊中，每个房间都摆着十多口大缸，腌制牛肉中一道非常重要的工序——挪缸就在这里进行。挪缸，顾名思义，就是将腌制的牛肉在缸与缸之间进行挪移，挪移的作用就是在保证肉质和口感的同时，使二十多种调味料与每一块牛肉充分接触，营养成分和五香味道深入肉块里。这种大缸将近一米高，可以容纳几百斤牛肉，由此可见制作过程的辛苦。

当然，洪家牛肉更重要的制作秘诀在于腌肉的配料，以及腌制时间、蒸煮火候的把握。即使知道腌制牛肉所需的盐、丁香、豆蔻、花椒、生姜等二十多种配料的种类和用量，普通人自己腌制的牛肉味道也与洪家牛肉不同。腌制时间也不一样，夏天腌制三天左右，冬天则需一周左右。

近年来，国家加大对非物质文化遗产的保护力度，繁城牛肉独特的制作技艺也引起各方关注，先后被收录进《中国食品大辞典》和《临颍县志》，并于2004年3月被评为“河南省优秀食品文化遗产”。

繁城牛肉搭配同是繁城美食的油酥火烧、烧鸡和羊肉汤，会使你感觉到香味浓、味道佳、口感好、色泽艳，吃完后唇齿留香，久久回味不忘，还想再次拥有。

三国文化气息在繁城也很浓郁，汉魏受禅碑、受禅台两处国宝级文物遗迹，令繁城人倍感自豪，他们的旅游招牌就是“品三国文化，赏民族风情”。中国美食的乐园在漯河，漯河是中国的美食城，繁城牛肉恰恰是乐园里的一盘大餐。如果你想在品尝美食的同时领略繁城牛肉的历史文化，那就亲自去繁城领略游览一番吧！你肯定会不虚此行，并发自内心地说：“到中原不来漯河是遗憾，到漯河不来繁城是遗憾，到繁城不吃牛肉是最大的遗憾。”

谁赐烧鸡香如许

陈守玺｜文

“烧鸡，烧鸡，出锅十余工序。”

“乾隆御赐‘佳馔’，‘名馐’振翅远飞。”

“飞远，飞远，国事家事常选。”

这是当今人们对道口“义兴张”烧鸡的中肯评价。道口“义兴张”烧鸡已成了道口市面上不可或缺的“圣”物。我家里遇有大事小情或迎人待客，这道口烧鸡既是盛宴上的佳肴，也是馈友的佳品。

第一次吃道口“义兴张”烧鸡是在1976年。那时我刚从中学毕业，便偷跑到道口打工。当时，人们的身份界限被划分得十分清楚，农民是不允许出外打工的。即便是想了办法出得去也要拿现钱买工分，我当时月工资24元，每月必须拿出9元钱交给生产队。因此，那时的普遍对策就是偷偷跑出去，就像后来的密友“私奔”。私奔出去，人们若睁只眼闭只眼，你便可蒙混过关，继而幸灾乐祸，若是非要找碴儿查你，你便傻眼了。

我因是偷跑出来打工的，两年多时间未见过家人，他们的音容笑貌常令我挂心。因为我才16岁，家里人也十分牵挂我。

有一天，父亲从乡下赶来看我，让我异常惊愕。由于家里人多缺少劳动力，父亲衰老得异常迅速，正常人的一张脸被沧桑岁月打磨得异常粗糙。伸出来的那双手让人无论如何也联想不到是正常人的手，像未被雕刻的枯树根，粗糙原始；这不是人的手，是一副灵巧的工具。父亲穿着破衣烂絮，和城里人的装束格格不入。看着父亲的样子，我异常心酸……

我用两元钱买了一只“义兴张”烧鸡，找了个小饭馆，和父亲坐

【作者简介】

陈守玺，河南滑县人。滑县作协主席。

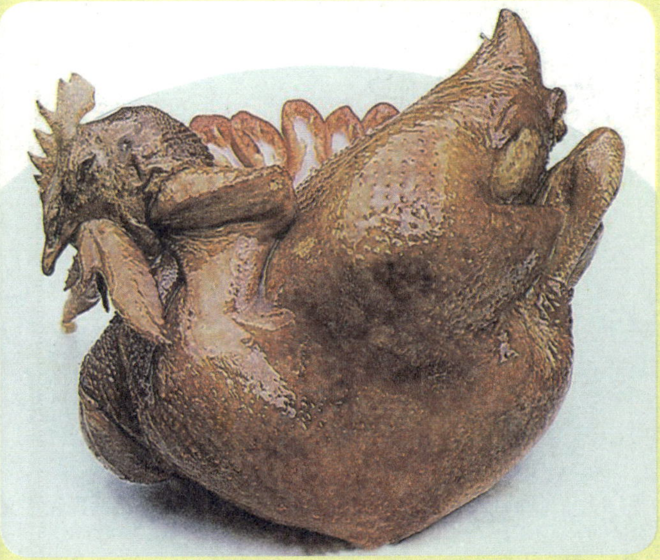

不把这当回事儿。兄弟们说："不出咱村都能买到，镇上也有很多烧鸡铺，咱爹咱娘啥时想吃啥时买。"

吃烧鸡的事不再那么神奇了，它已经变得普通平常。改革开放后，烧鸡产业如雨后春笋般发展起来了，"烧鸡之乡"道口，目前约有上百家企业或个体工商户生产经营道口烧鸡。这里的人们在逢年过节走亲访友时，都不吝以道口烧鸡为媒介，去充分表达自己的自豪感。

下来，除了那只烧鸡，又要了其他菜食。我想让父亲美美地吃一顿，便只撕了一小片鸡肉，无目的地吃着。父亲大口大口嚼着，一边嘱咐我也吃，一边不住地说："好吃！好吃！"看着父亲吃得可口的样子，我心里十分满足，趁他老人家吃得有兴致，我便把烧鸡如何得以传至今天的历史故事讲给他听。

据县志记载："'义兴张'是道口烧鸡的首创者，始于清朝顺治年间，属御厨秘方、清宫贡品，曾被嘉庆皇帝赞为'色、味、型三绝，为天下佳馔'。""义兴张"烧鸡是用健康的优质活鸡，经十多道工序，佐以十几味名贵药材，辅以世代相传循环使用的陈年老汤做出来的。别说皇帝爱吃，国外的几个国家元首还吃过呢！父亲漫不经心地说："这鸡我也爱吃。"

第二次吃"义兴张"烧鸡是在改革开放后，这时的人与过去大不一样了，身上大都透出诸多精气神儿，脸上也多了笑容，那些限制人的条条框框都被摒弃了，我也可以回家见父老兄弟们了。我带了妻子儿子，买了四只烧鸡和一些鸡爪鸡肝之类的东西，欲让他们尝尝鲜。谁知回到家里，才发现他们都

道口"义兴张"烧鸡以其成品色泽鲜艳、型如元宝、口衔瑞蚨、异香醇厚、熟烂离骨、咸淡适口、老幼皆宜、健身滋补的特色和功能，先后被几十家新闻媒体宣传报道，被多位外国领导人称赞；曾连续被国内外不同级别部门评定或授予"优质产品""公认品牌""名牌产品""十大美食""天下第一鸡"等荣誉称号。2006年，"义兴张"烧鸡第八代传承人张中海，收到了河南省委宣传部颁发的"河南省民间文化杰出传承人"证书；2010年，他的名字又被河南省政府载入《河南省非物质文化遗产保护传承人名录》。

在"义兴张"烧鸡耀眼的光环下，张中海并没有满足，他统揽道口烧鸡产业和烧鸡市场，立足"高视点、高起点、高科技、高标准"，欲建立起以烧鸡文化为支撑、烧鸡产品为依托、振兴经济为目的的产业链条……

正是：

谁赐烧鸡香四方，帝肴民品八代创。
煮锅翻腾炸锅闹，古来鸡香皆汗香。

大自然的馈赠

小西Eric | 文

这些东西，我在童年、少年时期都有吃过。记忆中，在那样的时期，这些东西对于我来说，绝对能算得上美味。并不是经济困难，仅仅是物资不是很丰富，父亲的口袋里没有太多的余钱，无处购或是无钱购得太多稀罕出奇的美味罢了。所以，每到初春时节，突然间铺天盖地而来，大自然慷慨无私地一下子给予了这么多的“美味”或可以加工成美味的原材料的时候，无疑，大人孩子都应该是快乐、幸福无比的。

这中间，一转眼已是匆匆数年。这中间，离故乡越来越远，自己的年龄越来越大。兴许年纪大了，都会倦；兴许年纪大了，对故乡的眷恋随着距离的拉远反而越来越深。但凡有个假期，都迫不及待地想要“回家”，回那个已经许多年没有再住人的老屋，回那个如今已改变了太多模样却依然能够寻到我们成长痕迹的老家……

这一次回老家，更加迫不及待。从住了两个月的医院里出来，仅仅隔了一天，便让人把自己送了回去。对这个已然生活了十多年的城市，似乎没有丁点儿的留恋，迫不及待地，走了；准确来说，应该是，回了。我不是离开，只是回去。

病得很重，进了重症监护室，医生第一次跟我提到了关于我的，死亡。一下子就觉得，这么多年，在这个城市里所有的悲喜、所有的倔强与奋斗、所有的成功与失败、所有的得到与失去，都没有了任何的意义。在这个城市里，我只是一个背负着责任的男人，一个被无形的手驱使着埋头向前的走卒。我想回去，回到那个快乐老家，回到任我撒野成长的故园，回到“母亲”的怀抱。安安静静，喂马、劈柴，守望日出与日落。

把儿子从闹嚷嚷的国际幼儿园接了出来，带他同回。

【作者简介】

小西Eric，河南扶沟人。编辑。好文字，出版有散文集《红楼梦中少年事》。

几年前失去了疼爱她的爱人、如今跟着儿子生活却与儿媳很难相处的二姑，也义无反顾地回了。

那是农历的正月底，空气尚凉。我们一起，回到了老家，因了这病，便任性了一回——管它什么工作，管它什么挣钱不挣钱。这一回，我就要在老家待着，待到什么时候讨人嫌了，什么时候再走。

西院是我们家，空空的院落，空空的正屋与东屋。十多年前，我就把父母接到了城里。如今，他们在城市里，提起回老家的次数甚至还不及我提起的一半多。我想，他们始终是顽强的，而我与他们相比，终究是显得怯懦了许多，这么多年，与这个城市依然是貌合神离，但凡有机会，就想逃离。西院，十多年的空置，院子里的柿树还光秃着脑袋，但满院子扑鼻的潮湿气息也能够让人想象得到，盛夏时节，满院柿子树给予这个无人小院的遮天蔽日。

太潮湿，几近无法住人，索性，我们便住在了东院。东院是大伯家。大伯无儿，只有三个早已嫁作人妇的女儿。如今，女儿们的儿女们也差不多到了结婚成家的年龄，各自门前灯下的生活都需要操心打理，难得过来一趟。大多数时候，东西两个大院子，晃来晃去的，就只有大伯和伯母两个人，外加伯母的一群羊、伯父的几笼子肉兔、三只老母鸡和一只总是带别人家的小母鸡回来吃食的大公鸡。

什么都不许我干。我只需搬了

板凳，追着阳光去晒。四岁的儿子自是无须我去管的，伯父伯母疼他宠他不像样子，转眼间就带着去了村子里的超市，要什么买什么。伯父伯母不管他也没事儿，左邻右舍都是本家、族人，各家差不多都有这样大小的孩子，聚在一起，嘀嘀咕咕、打打闹闹，没过几天，就满庄子跑得吃饭都喊不回家了。

七十多岁的二姑言称，她这次回老家，首要任务就是给我做饭，给我补充营养，赶紧把我住院两个月打针吃药损伤的身体补回来。我坐在那里晒太阳，二姑刚收拾完早饭后的厨房，又在我前后左右地问，中午想吃什么？

什么都不想吃。我回答。真心话，的确是什么都不想吃，丁点儿的胃口都没有。

一旁的伯母一听，一连声地叹息道，这可咋办啊，啥都不想吃可不是个事

儿啊。知道你回来，你姐老早把自家的冰箱都给拉过来了，现在冰箱里鱼呀肉呀啥都有……

如此几天过去，伯父终于怒了，一嗓子把我从板凳上吆喝起来，甭天天给我坐在这儿了，出去活动活动，岗上有柏蒿、地里有荠菜，你都不会出去挖点儿？

往年，我们最早只能在法定假期清明节回来。清明前后的柏蒿几乎已经长成了蒿草，不能够再吃了。但城里人好像都好这口，我们只能提了铲子、篮子到岗上，在满坡的蒿草之中寻找看上去尚还青嫩的柏蒿。回到城里，好不容易挖的那点柏蒿，也多是送了人。

伯父说，正月的柏蒿最是金贵，药用价值最高。你这会儿回来还有些晚了呢，前段时间，来咱们这里收柏蒿的小贩，好多呢。

柏蒿，中药，学名为“茵陈”。印象

中，在我童年的时候，并不曾吃过柏蒿。只是等后来进了城，在大饭店里吃酒席，有人点了蒸菜，夹起尝了，美味得很，细问，再认真辨认，方才知，这玩意儿竟是我们小时候在老家岗岭上寻常见的柏蒿。那时候，谁吃这玩意儿啊，满岗满坡的都是，甭说人了，羊儿都不待见尝一口的。

如今，反倒成了稀罕玩意儿。

蹲在半坡上挖柏蒿，时不时地有村人经过，大都是从小看着我长大的老人，或是如今早也是孩儿他爹的儿时小伙伴，或是印象中还是个小屁孩儿如今俨然成了大人的后辈们，寒暄两句，问起蹲在那里做什么。答说挖柏蒿，对方多是一脸不屑地说，这会儿的柏蒿不能吃了，再早些时候，最嫩的时候，这满

坡都是挖柏蒿的。你再瞧瞧现在，除了你，谁还挖？我笑了，指了指不远处的我的二姑，同那人说，你瞧，那边还有个老太太也在挖呢。况且，柏蒿三月才成草呢，现在才刚进二月嘛。

柏蒿好挖，满坡都是，一会儿工夫就能挖大半篮子。但择起来相当麻烦，叶芽太过细嫩，特别是二姑，爱干净得很，择了老半天，地上被她丢弃的一大片，再看馍筐里择干净的，刚刚盖住了筐底儿。半个小时挖，一个半小时择；然后是淘洗，地下水，哗啦啦，哗啦啦……淘洗得我腰酸背疼，终于干净了。接下来，如何做成能下口的美味，就是二姑的事儿了。当年姑父在世的时候，二姑从不曾做过饭，所以，二姑的厨艺也一般般。好在，在厨房里

折腾了好半天，终于把柏蒿给整熟了。拌了面粉，笼上蒸的，蒸熟之后，再拌入蒜泥，夹一筷子放在嘴里，绵软可口，清香扑鼻。第一次，吃得不亦乐乎。于是，第二天清早饭碗一推，继续到岗上去挖，连下午才会去放羊的伯母也去挖。第三天、第四天……一直到清明节后离开之前，几乎每天村里人都能见到我和二姑在岗上挖柏蒿的身影。吃不完，就晒干，回头泡茶喝。

除了挖柏蒿，我们还挖荠菜。岗上土壤养分少，少有荠菜，要挖荠菜，必须去田地里。印象中，童年时期，我们村附近的田地里是极其难得见到荠菜的，因为我们那里是胶泥土质；四里外，我外婆家的沙质土地里，荠菜就很多。但如今，我们挖荠菜是无须再去四里开外我的外婆家了。在我们这里的土地上，竟然就生长着许多。

荠菜，是困难时期农家常吃的野菜。母亲说，每年初春，为了挖荠菜，全家都出动。我是没有亲见过这样的盛况。但我小时候，小伙伴们一起约了去地里挖荠菜，倒是常有的事儿。

荠菜的叶子不像柏蒿的那么细，多是碧绿的叶子大大方方地舒展着，翠色欲流。而且，比起柏蒿来，荠菜本身就有着浓郁的清香气息。荠菜也多是蒸了吃。也有的把荠菜做了馅儿包荠菜包子或饺子，吃了之后更是让人念念不忘。

然后，便是蒲公英。漫山遍野地开着黄

花，很是漂亮。听人说，吃这玩意儿，清肝利胆，清热解毒。于是，挖了许多回来，择净洗了。这一回，不是蒸，而是在沸水里焯一下，接着沥水，最后用蒜泥拌了。吃上去，有些微的苦，但远不及苦瓜的苦。因是凉拌，倒也爽口。

在老家待了二十来天，几乎天天都是或蒸柏蒿或蒸荠菜，挑食的我竟然没有吃到腻味，真是奇怪。伯母开玩笑地说，冰箱里有大鱼大肉你不吃，天天吃野菜，瞧瞧，脸都快吃绿了。

清明将近，西院大门口的那棵大榆树上的榆钱越来越饱满了。眼巴巴盯着，同伯父说了几次，伯父却一直说，还不能吃呢。终于，那天一大早，他搬来了梯子。为了能够吃上记忆深处香甜的榆钱饭、榆钱馍，我再不谈什么大病初愈，直接上了梯子，然后又手脚并用地爬树，终于够得着了那绿意盎然的榆钱了。迫不及待地伸手捋了一把，几乎没看有没有小虫子什么的，就塞嘴里了，越嚼越甜啊，跟记忆里的童年的味道一模一样。不知道什么时候，树下已经聚了许多个抬头仰脸的左右亲邻，大人、小孩儿，眼巴巴地瞅着。咔嚓，咔嚓，折了几枝丢下去，立即被小孩子一拥而上，抢了去。大人们都只是乐滋滋地看，并不吃。有人说，如今吃这玩意儿的，可真是不多了。榆钱馍是伯母蒸的，蒸得有点失败。伯母很抱歉，言说太久没做过榆钱馍了，手生了。但我抱了榆钱馍，依旧吃得香甜。伯父不吃，看都不看，直说吃够了，这辈子再别让他吃这玩意儿了。我突发奇想，把余下的榆钱洗净，盛在儿子的小碗里，然后又洗了西红柿切成丁放入，最后放白糖进去，搅拌。先不说口味如何，至少，大红配大绿，卖相是极其“动人”的。儿子刚开始不知道是啥玩意儿，不吃；百般“勾引”，终于尝了一口，顿时一发不可收拾，风卷残云地吃完了一碗。

清明节后，到底还是要回城市了。伯父说，要不急着走的话，再过一段时间，槐花也要开了，到时候蒸槐花，也很好吃。伯母说，要不急着走的话，你在西院开的荒种下的那些菜眼看着都可以吃了……

我不急着走，我的确想停留，我不想辜负了这大自然的馈赠，我想把这些馈赠一一品尝，我想……可是，我想，我还是需要奔向城市，继续承担起我应背负的那些责任。

蒸菜岁月

丁　倩｜文

起初我知道芹菜叶、萝卜缨子、槐花能蒸着吃，学会蒸菜后，知道更多能蒸着吃的菜：像毛毛虫似的楮桃子花，嫩生生的，蘸上面粉像白色的雪绒花，蒸出来鲜绿如刚从树上采下来。槐花长出来，缀满枝头。人们找一长棍儿，绑上镰刀，一串串槐花随着镰刀的舞动落到了地上，婶子大娘小媳妇围上来，你要几枝，她拿一把；也有端着菜筐坐在树下择的；或者都在一起择，择好了随意拿，家里人多的多拿点，人少的也不贪多，够吃就行。

烟囱里冒出浓浓的炊烟，家家吃一样的饭，谁家有蒜苗就去要，给的也大方。菜蒸出来，老老少少端着碗从家里出来，蹲在地上的，倚着老槐树的，坐在门槛上的；孩子趴在石磨上，用手抓着吃。大家你尝尝我的，我尝尝你的，咸啊，淡啊，香啊，品着吃着说笑着，逗引着孩子，絮叨着家常，其乐融融。

能蒸着吃的菜很多：油菜、芫荽、菠菜、黑白菜、莴苣叶……做蒸菜简单易学，把菜择洗干净，切碎盛到盆里，用面粉拌匀，放锅里蒸就行。我第一次蒸菜时，蒸出来成了一块大菜饼，面和菜黏在一起。问嫂子，她说是水没有控干净。下一次再蒸菜，早早洗出来，晾着控水，拌面粉的量也要恰到好处，蒸出的菜才能鲜亮软润，吃着松软可口、香味浓郁。每次蒸菜我都要蒸一大锅，盛在面盆里有半盆多，拌上香油、蒜泥儿、味精和辣椒酱，调好吃一顿，剩下的炒着吃。那香，在口齿间，在肠胃里，舒服、踏实、滋润、满足，仿佛吃到了世界上最美味的食物。

一年四季都有蒸着吃的菜。夏天的老豆角、茄子，随处可见的灰灰

【作者简介】

丁倩，河南柘城人。师范院校毕业，现在商丘市某机关幼儿园任教。

菜、扫帚苗，像柳叶一样的野菜掐来顶上的嫩叶，蒸着吃十分美味。秋天树叶黄了，纷纷落地，地里的野菜也没那么充足了，但红芋叶、萝卜缨子都是上好的可蒸着吃的菜。冬天，去田地挖野菜是最悠闲的事，在麦子一旁藏着水灵灵的荠菜啊、面条棵啊，一团一团地贴着地皮，发现一棵叶片粗壮的野菜便特别惊喜，挖出来要喊同伴看看，共同称赞在这天寒地冻的数九寒天里竟有如此嫩绿的野菜，真是大自然的神奇造化。田地里总有挖不尽的野菜，无论我们多少人去挖，有土地的地方就会有生生不息的野菜，无论寒冬还是暮秋，总能找到想吃的野菜。

一次，把荠菜和菠菜掺在一起蒸了一小盆。儿子看到是蒸菜，眯缝着眼笑了：

“妈，你早就该蒸菜吃了，好吃，真好吃，我饿得肚子咕咕叫了。”儿子一口气吃了两碗，吃完长出一口气说：“今天终于吃饱了一顿！”好像我一直没让他吃饱过似的。

蒸菜能炒着吃、馏着吃、泡到热汤里吃，各具风味。吃蒸菜既吃得多又不怕吃胖，易于消化又不会吃胀肚子。我和儿子一样，只有吃蒸菜才能把肚子填满，扒两大碗才心满意足，才有了吃饱的感觉。

吃蒸菜给我的感觉像会过日子的小媳妇，到了做饭的时辰，家里没有可做的菜肴，就去田地里寻些野菜，洗洗切切，拌点面，蒸熟，撒把盐，调调就是一顿饭。全家人都觉得好吃，这做法就流传下来，而且时常想吃。

现在大酒店里也有蒸菜，但总不及自己蒸出来的吃着味道自然，带着泥土的醇香、花朵的芳香和河水的清香，吃进肚里，平实安稳，像把一颗心放进了肚子里。这样的日子，岁月静好如门前的圆月，款款地照在堂屋里的小方桌上那个古色古香的面盆里，清雅平淡的岁月就缓缓地从面盆里的手指缝间滑了过去。

蒸谷垒

芭蕉雨声｜文

“谷垒”，是辉县人的说法，河南大都叫“蒸菜”，即蔬菜裹面粉上笼蒸。谷垒，是音译，具体咋写，有待考证。“垒”的韵母与“回”字的同，创造性地念“lui”。河北作家贾大山在他的小说里称“苦累”，有点意思，不苦不累谁吃蒸菜？都吃蒸饺去了。由此看出，沿太行一脉的山里人家，对蒸菜的叫法有些相近。

蒸谷垒，最原始的做法是用黄面（玉米面）拌菜蒸，黄面不能太粗，得过细箩筛，不然口感不好，也不易熟。彼时母亲顾不了这些细节，直接用“一风吹”吹下来的粗黄面蒸。有啥菜蒸啥谷垒，就地取材。秋天豆角下来了，长老发白的炒不熟，蒸了吃。老豆角的豆粒蒸熟后有嚼头，香。意外的惊喜成全了无米之炊的村妇，她们纷纷蒸老豆角谷垒，甚至在地头留一些嫩豆角不摘，等着它们变老。现在城市里每到豆角上市时，有心的年老菜农会在三轮车尾放几把老豆角，以体贴怀旧的同龄人。红薯叶、米谷菜，都可一蒸了事。黑槐嫩叶蒸出的谷垒微苦，喝一口面汤后有回甘，从舌尖一直甜到喉咙，这奇异的感觉让我迷惑至今。

春到夏，按理是青黄不接时候，但有荠菜、面条棵、榆钱儿、茵陈、扫帚苗、构棒棒、蒲公英和槐花。这些从清寒到和暖渐次亮相的草、花，不为别的，只为填饱人们干瘪的肠胃。它们探头探脑似在较劲儿：“吃我吧吃我吧！”最省事儿的是清炒或焯水凉拌，茵陈和构棒没人凉拌吃，只能蒸。谷垒与饺子有相通的妙处，不管啥菜，一包到饺子肚里就格外好吃。谷垒也是，蒸熟了，除了淡青气，没啥味儿，可一浇上油盐酱醋和好的蒜汁儿就大不一样，口水会“哗哗”流，“呼呼噜

【作者简介】

芭蕉雨声，本名郭艳先，河南辉县人。现居小城新乡。2006年发表处女作。有散文、随笔百余万字，其中二十余万字散见于国内大小纸质媒体。始终相信，一根荆条会说话，一朵小花会微笑；还相信，写作是心魂的表达，是感情的自然流露。任何物事的叙述，都对应一个最好的句子。

噜”三大碗下肚才过瘾，野菜难以下咽的粗涩劲儿被蒜汁儿彻底征服。菜上黏附的少许面粉，一如猪食槽里撒的一层麸子，哄着口舌撑饱肚皮。

现在人不再缺嘴，吃谷垒不为饱腹，意在尝鲜。电话里，当听见母亲说：“我跟你爸在蒸槐花谷垒哩！”我就忍不住咽唾沫。我知道母亲用的还是黄面，她说好面（白面）不中，黏，黄面利散。其实我蒸谷垒比母亲在行，受过专业培训的，只是我用白面代替黄面，我怕儿子不吃，嫌糙。

不管黄面白面还是黄白混合面，谷垒都能蒸得不粘不黏，爽爽利利。有秘诀的。拿当下正飘香的槐花来说，先把槐花里细碎的花梗摘除干净，水洗，控水。水分不能完全控干，潮湿但不滴水为宜。蒸锅水开后，在槐花上拌面，拌面过早易发黏。面粉不宜厚，均匀沾上薄薄一层即可，抓一部分铺到笼布上，越薄越好。半分钟后取出，再铺下一批。如此三番，将所有拌好面粉的菜统统蒸一遍。取出的半成品要上下翻动，使热气快速散去，不烫手时，拌第二层面，我喜欢下手，轻轻揉压，让面粉与菜亲密贴合。全部拌好后一齐上笼蒸，时间视菜的厚薄而定，一般大火十几分钟即可，要蒸熟蒸透。

蒸别的菜皆可如法炮制。若是萝卜丝，丝能切多细切多细，也是蒸两遍。讲究的饭馆会蒸三遍，且用“澄面”—— 一种无筋小麦淀粉。蒸好的谷垒，一根是一根，根根如银丝，半透明，筋道，蒜香味。也有走捷径的，在拌面之前先在菜上抹油，一为保色，二为锁水，一遍即成，但面粉附着不匀，片片搭搭，也失了菜的真味。

谷垒除了凉拌，还可佐以鸡蛋或肉末热炒。谷垒越吃越细发，就不能再叫“谷垒”了，因它早已华丽变身，由乡下野花变为温室娇蕊，固有的素朴真滋味已被蹂躏得一丝不剩了，老老实实叫它“蒸菜”正合适。

吃酱豆的那些日子

晨之风 | 文

20世纪八九十年代，酱豆绝对是老家最寻常见的家常小菜。

随着人们生活水平的普遍提高，近些年也许没人吃这种菜了，可在那时酱豆却是日常菜肴里不可或缺的。母亲是做酱豆的好手，在我的印象里，母亲做酱豆是从来没有失过手的，而且做出的酱豆，咸淡相宜，余味悠长。能吃上可口的酱豆成了困难生活里的一缕慰藉，我的童年记忆里，酱豆似乎成了一个不可忘却的文化符号。今天的我越来越感觉到，是不起眼儿的酱豆陪伴着我度过了那个年代，就像李春波唱的《小芳》里那个美丽的姑娘一样，令人难以忘怀。

我没有直接做过酱豆，但我亲眼观察过母亲做酱豆的全过程。做酱豆气温要高，要选好时令，盛夏三伏天最好。三伏天鸣蝉高唱，一天热似一天，日光毫不留情晒得人脊背发疼的时候，制作酱豆的最佳时机到了。又加上这个时候，庄稼拼命生长，田野里一片绿意，庄稼也管理一两遍了，出现了短暂的农闲，于是家家开始张罗着做酱豆。

做酱豆是技术活儿，技术含量还是蛮高的。大致要经历挑豆——炒豆——捂豆——下豆——晒豆几个环节。每一个环节都不能出问题，哪怕一个环节出了问题都会影响酱豆的质量。做酱豆用的黄豆是主料，首先要细细挑选上好的黄豆，用筛子筛干净，把一些残缺不全的黄豆过滤出去。一定要做到保证没有霉烂的豆子，没有被虫子咬过的豆子。筛好后再用簸箕把黄豆簸净。小时候我经常在母亲身边看母亲筛豆、簸豆，母亲还给我出了一道题让我回答："干什么活浑身运动？"现在想想，筛豆子真是一种很好的体育运动，浑身绝对可以运转开来的。看着母亲很熟练地筛豆、簸豆，在旁边欣赏的我真的很惊奇母亲动作的娴熟。

【作者简介】

晨之风，本名李涛，河南淮阳人。中学教师。河南省作协会员，淮阳县作协秘书长。出版有散文集《从小村上路》《情漫陈州》《我在旅途读风景》等。

接下来是要把挑好的黄豆放到锅里翻炒成橙黄色，为了保证炒豆的质量，往往要兑入沙子，目的是避免把豆子炒黑。火候要把握好，父亲在下面烧火，母亲拿了锅铲子均匀地翻炒，在母亲的翻炒下，不大一会儿，铁锅里就响起爆豆声，直到一股诱人的香味儿飘起来，黄豆颜色变成橙黄时，算是炒好了。然后把炒好的豆子放入装满清水的大盆里，泡上大约一顿饭的工夫。炒熟的黄豆经过水的浸泡迅速膨胀饱满，模样儿变得胖胖的。炒豆子的时候也是小孩子们过“节”的时刻，大人们会匀出一些炒熟的黄豆让孩子们吃。炒熟的黄豆直接就可以拿来吃，还可以拌上干盐或是白糖，一个一个撂到嘴里，嚼得“嘎嘣嘎嘣”响，越嚼越有味儿，满口生香。可惜不能多吃，不然肚子会胀得比皮球还要鼓，用手一敲，“砰砰”作响，胀得晚上睡不着觉，胃里直泛酸气，医学上叫作“消化不良”。

接下来，要捂酱豆。把浸泡好的豆子捞出来晾干，用炒熟的白面均匀地搅拌，然后摊平，大概保持一指来厚。放在一面门板上或是床板上，用报纸盖好，或者盖上一种叫作“艾草”的植物，目的是驱赶虫子。拌好的豆子尽可能地要封闭严密些，这样可以让黄豆慢慢发热霉变。因为是三伏天，气温高，经过七八天的时间，黄豆就会长出绿莹莹或者黄澄澄的绒毛，相互之间能拉成短短的丝，这其实是一种细菌，据母亲说绿莹莹的绒毛最好。等平摊的豆子绒毛全部长齐，豆子就算是捂好了。捂好的豆子乍一看样子确实很吓人，现在知道这是霉变的东西，是绝对不能吃的，后来我还看到一个资料，说是吃了这种豆子极易得癌症的。而那时的母亲说要的其实就是这种效果，绒毛越多做好后才会越香甜可口！这也许是老祖先传下来的，我看过不少文献记载，外国食系里好像压根儿没这种做食品的法子。

接下来是最关键的的程序——下酱豆。把一桶新打来的凉水倒进铁锅里，因为酱豆往往做得很多，铁锅里的水一般都会接近溢出了。将事先准备的八角、茴香、花椒、姜片等作料放进锅里去煮，等水熬下去一截，屋里飘出浓浓的作料味儿，作料水就算做成了。把捂好的霉菌豆子捏碎，拌匀，放进腌制酱豆的敞口大盆里。一层酱豆、一层盐拌调味品，很有顺序地装好，尽量做到均匀。为了增加酱豆的多味，还可以切开三四个上等的大西瓜，连瓤带籽搅进去。待敞口大盆快满时，把熬好的凉了的作料水倒进去，然后用细棉布扎紧盆口，搬到毒太阳下暴晒。用细棉布扎紧盆口是为了防止苍蝇在酱豆里产蛆，一旦苍蝇产蛆，那是很令人讨厌的。在炎炎烈日下，只

需几天工夫，酱豆盆就会散发出一种特殊的味道。并且太阳越毒，晒出的效果就越好。每天要几次打开细棉布把酱豆上下搅拌均匀接着晒。在高温的作用下，酱豆起着化学反应，慢慢地产生一种美味。所以晒酱豆最怕赶上阴雨天气，最忌雨水落到盆里，那样酱豆就会变坏，一切都会前功尽弃。于是三伏天里，邻居们都会把晒酱豆的大盆搬到太阳地儿里，一字儿排开，用几根粗壮的棍子绑成三角架，把酱豆盆放在上面，这成了那个时候三伏天里的一道景观。

做酱豆是女人的活儿。那个时候，酱豆是否做得上乘甚至成了判断一个家庭主妇是否称职的标准，如果一个主妇连酱豆都做不好，在妯娌之间那是要降档的，所以主妇们做酱豆时有了明争暗赛的味儿。

当盆中的酱豆开始泛出紫红色，掀开细棉布，一股酱香扑鼻而来，这说明酱豆晒好了。酱豆的吃法很多，最普通的就是原汁原味端在饭桌上当咸菜用。不能多吃，酱豆味儿一般偏咸，目的是为了刺激吃饭时的速度。那个时候炒菜被认为是费油费调味品的，母亲精打细算，一般不轻易炒菜，算来算去还是吃酱豆就馍划算。那个年月，有一盆上好的酱豆，绝对可以成为整个冬季里的美味。如果条件好一点，吃酱豆还可以上个档次，放上香油，再和上切碎的辣椒丝，拌上葱花炒一下食用，那种美味是令人羡慕的。吃酱豆很少用筷子，用馍夹着酱豆吃，可以走在路上吃，绝对很快餐的，用不着坐在桌前馍一口菜一口的。

上初中时我住校，一星期才回家一趟。在学校里伙食很差劲儿，虽然是白面馍，但是那味儿令人难以下咽，菜也是淡而无味，萝卜白菜是主打，几乎是白水煮的。在这样的日子里，酱豆倒是功不可没。星期天的下午，要到学校上学，临行前母亲会把酱豆炒上一碗，兑上辣椒、葱花和炒熟的花生，装在玻璃罐头瓶里，用塑料布蒙上，扎紧，让我带到学校吃，这几乎是我一星期的菜肴。那时候，来自农村的孩子基本上都是这样，不会有人嘲笑的。也许酱豆来自四面八方，所以做出来的酱豆各具风味，各式各样的装着酱豆的罐头瓶排列在教室的窗台上，是那时学校的特有风景。吃饭时大家会围成一个饭场，酱豆瓶子摆成一个圆圈，互相尝一尝对方的酱豆，品评一番，现在想来，别有一番情调在心头。

20世纪90年代初，我上了县城的高中，母亲说别带酱豆了，免得同学笑话。又加上我和弟弟都上了高中，家里劳力缺乏，农活重担都落在了父亲母亲的肩上，所以母亲也没时间做酱豆了，于是酱豆成了记忆。不过我一直这样认为，是那段吃酱豆的日子磨炼了我吃苦耐劳的秉性，从这一点上说，我应该感谢酱豆陪伴我的日子。

现在，老家靠近市区，周边建起了很多蔬菜大棚，一年四季反季节蔬菜不断，家家随时都可以吃到新鲜的炒菜，而那醇香可口的酱豆却离现在的生活越来越远，渐渐淡出人们的视线。做酱豆、吃酱豆倒成了一种奢侈了。细思一下，酱豆对像我一样离家在外的人，总是包含了太多的亲情和乡情。朋友聚会，若是饭桌上出现一碟作为配菜的简简单单的酱豆，我倒像是见到了久违了的老朋友，眼前没准儿一亮，仿佛听到了千里之外的乡音，一下子把距离拉近了。

想想走过的路，吃着老家母亲做的酱豆，我和弟弟妹妹一个接一个地走出了家乡，走出了终日与酱豆为伴的日子，也走出了一片属于自己的新天地。而今，酱豆却渐渐成了我温馨的回忆，真个儿让人感慨万千。

风味小吃

135 / 183

它们算不上中原人的主食，但它们同样不可或缺；它们是中原美食的点缀，它们是中原人文的重要历史见证。它们的色香味都充分表达着中原文化的源远流长、中原人的朴直热情。小吃，是味蕾的小夜曲，是美食的曲牌名。

焖子，或者皮渣

芭蕉雨声｜文

【作者简介】

芭蕉雨声，本名郭艳先，河南辉县人。现居小城新乡。2006年发表处女作。有散文、随笔百余万字，其中二十余万字散见于国内大小纸质媒体。始终相信，一根荆条会说话，一朵小花会微笑；还相信，写作是心魂的表达，是感情的自然流露。任何物事的叙述，都对应一个最好的句子。

好比荆条花必须开在俺豫北的山坡上，云话儿一定要躺在煤油灯影下的粗布襟怀里，很多元素都有自己生发的根基和养分。民间吃食大抵也是如此，仅听食名就能对它的出身判断个七八分。同样一种东西，称呼因地而异。“焖子”，是禹州俺婆家的叫法，辉县的娘家，以及南太行一带都叫它“皮渣”。叫法不同，连带着味道也不一样。禹州做出禹州味，辉县做出辉县味。

禹州和辉县的老家都属丘陵地带，坡岗地适宜长红薯。无论皮色深浅，红薯一律干面，窖藏后软甜。这种旱地里供养出来的红薯，心眼儿憨实，淀粉饱满，磨粉、下粉条、蒸焖子或做皮渣正合适。但因产量不大，少年印象里，皮渣并不常有。逢年过节，人来客往时，主妇才会钻入雾气升腾的厨房，把粉条和粉芡拿捏在一起，火候熬到正当时，便端出一箅子深色半透明的宝物来。

二十多年前，当我在婆家第一次吃到被称作“焖子”的皮渣时，名字到口感都让我新奇。焖子比皮渣听着更有文化意味，后来回娘家以至今天，我都呼之“焖子”，而不再改口说“皮渣”。焖子，焖而制之。年少时只顾低头贪吃，不留意母亲的做法，当上主妇后倒不止一遍听婆母传授做焖子的工序流程和细节。眼见她一步步做来，并没有想象的那么玄乎。我也会。

碎粉条泡软，也可热水微煮片刻。长粉条留待烩菜，不舍轻易折断。成块的粉芡擀成细面，趁软粉条的湿水分，撒粉芡，撒到粉条不散、搁着不黏为宜。淀粉之于粉条，如花之于枝丫，淀粉多了焖子硬，砖头样不透明，口感弹性不够；粉条多了，焖子透明好看，但易碎不成形。花朵不疏不密，草木意韵方显生动。搅拌抓搦之间，添入姜末、葱花、芫荽、盐、五香粉或“十三香”之类，加酱油调色。粗简做法到此为止，讲究精调细做如餐馆厨子者，还要把肉末儿、料酒和荤油甚至虾皮、海米掺和进去，以讨食客口舌之欢。拌匀实了上笼蒸，摊平，轻轻摁压，芯儿里戳个洞，给上气留个出口。两寸厚的，半个钟头即熟透出锅。常温下晾凉待用。

不蒸也能做出好焖子，有个便捷路径。眼下数九寒天的大腊月里，小妹村里开始集中烧锅下粉条，各家各户排好队，轮着谁家下粉条，临了终要揭盆焖子，当然，他们说“皮渣”。热粉条从杀猪锅一样的大锅里流出来，不过凉水，直接滑入事先备好的大盆里，把备好的调味物料撒进去，使劲搅匀，拍平，自然晾凉即可。热粉条细软，不用粉芡就格外黏稠，极易凝结成块，不必担心后面的细切深做。

焖子如何做吃？跟豆腐一样，煎、炸、炒、烧、炖、烩，想咋吃咋吃，荤素搭配皆出彩。清代著《随园食单》的吃货诗人袁枚，曾为一盘豆腐三折腰，说“豆腐得味，远胜燕窝”，那是他没遇见禹州焖子和辉县皮渣。他若吃了我做的焖子，定得改口夸赞：“嗯，焖子入口，想啥啥有。”若说豆腐是素羊肉，那焖子算啥！

切薄片，少油慢煎，两面金黄起焦皮，装盘。在太行山农家小馆第一次尝到几乎干焙的皮渣，筋，外焦里嫩，越嚼越香。我不顾矜持，夹了一片又一片。平常不这样吃，最家常的就是炒，不分黄河南北。蒜苗焖子，豆瓣焖子，五花肉焖子。辉县人炒焖子临出锅点醋，一是不黏，二来增添醋香气，也可烹干红辣椒或青椒段。俺家老陈久不回故园，误以为焖子就得加醋。我打赌说他少年时吃的禹州焖子绝不加醋。他不信。回去问婆母，果然我赢。禹州焖子做法偏重咸香味。禹州城东一家店面，把焖子做到极致，焖子涮锅、焖子烧海参、焖子回锅肉、焖子大烩菜、香煎焖子、豆苗焖子、焖子夹馍。十几道焖子不重复。不管做哪个花样，焖子切好后需先以热油煎焙成形，不然进入后工序易碎。我在婆母的娘家吃到一个巧手小媳妇做的焖子烩菜，特漂亮。青白的是白菜叶，红亮的是辣椒油，金黄的是油炸豆腐条，焖子块与回锅肉片垫底儿，热蒸馍。我跟豁牙男孩一样，吃得直不起腰来。焖子有骨气的滑嫩，让我心生好感。记得第一次去婆家，半月时光，我从80斤长到90斤，这份壮实跟红薯、粉条、粉皮和焖子脱不了干系。我心存感激。

焖子的好，不好言说。一朵土花，我爱得要命，你不屑一顾，谁有理谁没理？禹州人把焖子当豆腐吃，大小灶台都离不开它。街巷里，炒凉粉味和油煎焖子味，纠缠，飘升，发散，混杂为扁扁的蕴涵曲剧气息的禹州味。辉县人不把焖子当主菜，偶尔作配菜，吃个改样饭而已，它在厨房的地位弱了很多。而穿梭于两地的我，皮渣是娘家人，焖子是婆家人。我回娘家，妹妹必专门为我蒸好送来，吃不完兜着走；回到婆家，二弟媳自己没空蒸也要跑她娘家踅摸一箅子给我，让带回新乡慢慢吃。吃东西，有时吃的是记忆和怀想，有时候，吃的却是无法明确表达的滋味或情愫。

西平小吃

谢蔚博｜文

一方水土养一方人，千差万别的地方，造就了风格各异的大千世界。人杰地灵的西平也有着许多美丽的传说和文化遗存。当下，笔者向您介绍几种西平传统美食小吃，希望能引起您的共鸣。

清真混汤瓦罐饺子

传说，明朝大将常遇春手下有一支能征善战的穆斯林军士队伍，由于穆斯林有不能饮酒的教规，每次出征前常遇春要让伙房熬上几大锅牛羊骨汤（名曰“壮行汤”），给即将出征的每位将士敬上一碗以提高士气。而后为了让作战回营的将士们能及时吃上营养可口的饭菜，适时安排伙房按时下好饺子，盛在大瓦罐中加牛羊骨汤放到火上温炖，等将士们回到营地时，把事先炸好的香酥菜丸子倒进瓦罐内，让他们一并吃掉。将士们吃后，体力大增，战力提高，胜仗连连，为建立明朝立下汗马功劳。常遇春也被誉为“常胜将军”。元灭明兴，裁撤流散到西平的穆斯林军士，按此方法经营此风味瓦罐饺子延续至今。试想，用牛羊骨熬成的汤胶质含量高，又有钙、锌等微量元素，把炸好的菜丸子和羊肉饺子加上一定的作料放在火上用瓦罐温炖，一定味美好吃，并且强身健体。

【作者简介】

谢蔚博，河南西平人。媒体记者。

烙 馍

西平有段顺口溜："西平的女人巧又贤，烙的烙馍薄又圆。大风一吹过洪河，撵嘞快了到漯河，撵嘞慢了过黄河。"过去的年代，粮食少，吃饱肚子已很艰难，为应不时之需，家中招待客人或有人外出携带干粮，和面、支鏊子、生火、烙馍，既快又省。而今西平的早点摊儿、小吃夜市、饭店、宾馆都有烙馍可买。而好吃的烙馍还是大街小巷烙馍摊儿上的鲜烙馍，能现烙现吃。各式各样的烙馍有许多种：有小麦、红薯面混合的软甜烙馍；有小麦、玉米面混合的香酥烙馍；有比山东煎饼还大的大烙馍，以便用来卷大葱和馓子；也有用蒸笼蒸的水烙馍，以便用来卷羊肉串或片好的烤鸭和卤肉。另外，今天的烙馍又衍生出了菜馍、油合、厚馍等，吃起来更是爽口。不久前有两家烙馍户注册了"柏城"牌、"香圆"牌绿色食品商标。他们一方面自己组织人生产烙馍；另一方面又收集一些散户烙馍，分送有关宾馆、超市外卖。听外出务工的人说，郑州及北京有些饭店、超市已见到西平的"柏城"牌、"香圆"牌烙馍。这不禁让人联想，西平的烙馍真的飞过漯河、飞过黄河了，但愿西平的烙馍飞得更高更远。

咸豆腐脑儿

传说，宋朝祥符年间大将狄青在西平县城西五里的洪河南岸筑营练兵，为时数年，练兵数万，附近百姓在兵营外盖起了商铺、饭馆、豆腐房等。那时练兵通常一天只用两餐饭（早9点、晚5点各一顿），只有打仗时才吃三顿饭，洪河岸边热豆腐成了操练的官兵中间加餐时的首选。有一日午间，上峰急调正在操练的一队将士外出应事，由于时间紧急，营中做饭已经来不及，军需急到营外附近豆腐房购买热豆腐为将士充饥。而此时豆腐房锅中只有一大锅豆腐脑儿正要出锅制作豆腐，情急之下，军需把店家洗好的野菜倒进锅内，加上盐、作料一并烧煮，少顷，一锅热气腾腾的咸豆腐脑儿做成了，官兵食后无不叫好。几百年过去了，咸豆腐脑儿已经成为西平人的家常饭。西平的饭馆、小吃摊儿，随便都能做出可口的野菜咸豆腐脑儿、酸菜咸豆腐脑儿、甜咸两掺豆腐脑儿。不管你是出差路过还是旅游到来，在西平吃上一碗特色豆腐脑儿，一定会回味无穷，不虚此行。

除以上介绍的几种西平小吃外，随着时代的发展，而今西平南城有贾红兔肉，已经在郑州、武汉、合肥等地开了多家连锁店；西城的万家炖鸡，在信阳、漯河、洛阳等地也开设了连锁店；南关的传统麻叶狗肉，早已登堂入室，有时去晚了还买不上，在这里投资的日本、韩国外商把它带回国，作为中国美食让亲友品尝，被他们交口称赞；还有东关宝严寺塔边上的馓子，更是香酥可口，几年前就已开始外销。看到这些让人垂涎的西平美食小吃，朋友，到西平来吧，在这里会让您有非同一般的美食体验与感受。

清明上河小吃图

深圳文哥｜文

最近半年来赋闲在家，把厌倦了的事情放在一边。也没写什么，也没想什么。除了看看股票，就是在厨房里做实验，试做以往在各地吃过的小吃，居然都八九不离十。送给左邻右舍尝尝，得到一些惊讶的表扬，也算是额外收获吧。看看哪天开个小店也不错。

今天我做了郑州的甜酱牛肉，用了“李锦记”的甜面酱，结果一次到位。买牛肉时顺便带了块牛百叶，也一并卤了，忽然又想到做开封的白家围汤涮牛肚儿，就炸了辣椒油和孜然油。切百叶的时候才醒过神儿来，百叶是百叶，牛肚是牛肚。百叶的薄，合做北京爆肚儿；开封的涮牛肚儿，只能用厚而韧的肚仁才行。一愣神儿，开封鼓楼夜市的嘈杂浮现脑海，羊肉炕馍、炒凉粉、杏仁茶等纷至沓来，分明是一幅热腾腾、香喷喷的《清明上河图》，待我一一道来。

我从西安一路向河南去，先到开封，当年的七朝古都，现在只是个平凡的小城。不过也没太失望，在西安我的期望值就降下来了，长安都不过如此，大唐盛世成了云烟，北宋的都城也不在话下了。在我们这个年代，越是有历史的地方，越是被遗忘的地方。在我梳理记忆的时候，开封留给我的亮点确实不多，龙亭、清明上河园、鼓楼茶馆里的豫剧……这些都是静的、淡的，而动的、浓的、喧哗着的只有鼓楼夜市一条街。

我在开封待了两天，这两天里占据我思想的是——白家围汤涮牛肚儿。

涮牛肚儿这个东西，西安有，郑州也有，但跟开封略有不同。我在西安吃到的涮牛肚儿，蘸的作料里有芝麻酱，这有点像北京的爆肚儿

【作者简介】

深圳文哥，本名刘晓文，山东人。《深圳晚报》编辑。20世纪90年代在中山大学读书期间发表第一篇饮食文章，1998年在《南方都市报》开设第一个饮食专栏，2000年后以黄啸主编的《深圳晚报》之“天下专栏”为主要阵地，在南方多家报刊相继推出“知味分子”专栏。

了，但吃在嘴里又没有那种爽脆。而郑州的与开封的基本类似，却偏于直白，输一段浓香。如果让我给开封定一个美食符号，那一定是小吃夜市上的涮牛肚儿，而不是“第一楼”的灌汤包子。（这样的语调又会招来骂声，但谁又挡得了我直抒心意呢？）

西安的小吃没我想象中好，郑州的小吃比我想象的精，而开封的小吃之多绝对出乎我的预料。按我的想法，开封最值得去是“第一楼”，出名的灌汤小笼包，古书曰“山洞梅花包子”。一到开封，正是中午，住相国寺宾馆，放下行李就奔“第一楼”，却没有吃上，要等位。只好到街上转悠，另找目标。这次到开封，原是计划外的，本来是想先到洛阳，因为车次问题就改开封了——所以基本上没做功课，但我还是比较相信自己的功力。

果然，很快找到一家“鸡丁米线”，很简陋，有档次的人是不会吃的。离“第一楼”不远，在一个巷子口。一块五一碗，很香，很浓，第一口吃下去觉得有个性，加了炸黄豆？加了芹菜叶？有点记不清了。就记得老板用的是很北方的招徕方式：“吃吧，俺这店开了六年了。对面那家——”用下巴壳一点，“今年才开的，学俺。”以他家之破和对门之新之正规，看来不是骗人。这碗米线吃下去，啃了两个小烧饼，还是想再来一碗，但我比较克制，还得喝胡辣汤去呢。

还是那条小巷子，往里走，有很多小饭店，其中有四五家胡辣汤店。据说逍遥镇胡辣汤最有名，这里的估计都不是，粗糙，吃者多是贩夫走卒，连中学生模样的都没有。每一家都在门口砌了大铁锅，揭开一看，不像汤，更像粥，很稠。这让我想起济南的甜沫儿，那是玉米面做的，这是红薯面做的。还卖水煎包，一块钱好几个，用粗纸包着，纸被油浸得透了明。一碗胡辣汤六毛，内有面筋、花生、黄花菜等，当然主角是胡椒，

香而辣。水煎包里全是肥肉，咬一口顺嘴流油。典型的北方饮食，不禁让人怀想童年，门外阳光灿烂，让我产生了一点遥远的幸福感。

吃完胡辣汤，就去龙亭转了转，那是北宋的御殿。

晚饭时又赶往“第一楼”，终于吃上了“山洞梅花包子”，咋说呢？后来我听一个开封人说：不要去“第一楼”吃汤包，那是既骗银子又骗时间的地方，随便在街上找个小店吃就行了。时间真的是被骗了不少去，挺可怜地坐等。包子终于来了，挺好看的，皮薄，梅花褶，用筷子一提就像灯笼，一包水儿，唯一的遗憾是：不香。而且，过了几分钟，还没吃的包子不攻自破——汤太多、皮太薄之故。看来汤和皮是一对矛盾。就我吃过的灌汤包来说，没有一个超出上海南翔的，传统和功夫在其次，主要差别在境界上，在于那种恰如其分不多不少的精致感。

离开的时候没有遗憾，就像看了一场早知无聊的电影，只因为喜欢的名角在里头，不得不去求证罢了。为什么这样的经验越来越多了？继续在开封街头游荡，企图寻找清明上河图的影子，想在现实中定位所谓“七十二家正店”，可惜“东京梦华”已成汴梁春梦也。游客总喜欢历史深处的风景地。怀着空洞的心情踱进鼓楼茶馆，听着豫剧，喝着香片，天已经黑了，窗外的街灯亮起来。隐隐传来嘈杂的人声和轰隆隆的推车声，往下一看，只见无数的小贩正推着食品车抢占街边的位置，像千军万马一般。不多一会儿，各就各位，整齐划一，在鼓楼东南西北四个方向上伸展出去，灯亮起来，烟飘起来，香味笼罩，开封百年历史的小吃夜市开张了。

中国在历史上由宋转衰，可能在于享乐主义盛行，开封的夜市应运而生。

我一边思考一边前行，竟然忘了吃。当我不知不觉中被熟悉的香味牵到一家摊子前，我发现是炒凉粉。这一家叫“小虎炒凉粉”，只见摊主把凉粉切成薄片，堆满在平底锅里，又撒了大量的蒜和葱，用两把铁片儿炒来炒去，焖一会儿，一揭盖子香气逼人！要了一碟，又在对面叫了一杯甘蔗汁。吃的时候发现隔壁的“小随炒凉粉”生意更好，就又在他家吃了一碟，高下立判。原来好吃的炒凉粉并不好看，有一层层的煳锅底才妙，炒得又煳又烂方为上品。

这时候我看见了涮牛肚儿，一把把的串儿，浸在大锅的卤汤里，冒着热气。我没在意就过去了，因为看见了一大片灯火通明的烧烤摊儿，除了羊肉、牛肉，还有不少烤海鲜的，螃蟹、海鱼、小龙虾堆得满满的。比较火的是“北戴河烧烤”“信阳烤鱼”之类，摊子比较大，品种全。以我的经验，到武汉吃烧烤要吃鲫鱼（当地称“喜头鱼”），到南宁中山路要吃烤蚝，到昆明必吃烤豆腐，而在开封，如果不吃烤羊肉就白来了。新疆的孜然烤羊肉谁都知道，开封的又不同，可称之为肥羊，多为半肥瘦而不是两块瘦肉之间夹一块纯肥，其辣有一种甘香，不烈，芝麻香与孜然香平分秋色，可自

成一派。吃几串羊肉，喝了几口啤酒，提着酒瓶子继续前进。

烧烤摊旁边是卖鲜羊肉炕馍的，吃的人挺多，招牌上还写着曾获第几届小吃比赛金奖（后来发现差不多每家都有五花八门的名头）。胖胖的老板娘在一张面饼上摊上鲜羊肉馅和大量的葱花，上面再盖一张面饼，放到油锅里两面煎黄。大概用的是羊油，浓浓的膻香。我买了一张，这可能是夜市上最实

惠的品种，分量大，油水足，香死人，也真腻死人。如果吃完一张的话，基本上就吃不下别的了。其实，很接近北京的京东肉饼或山东的朝城肉饼，用刀切开再配上小米稀饭来解腻的话，应该是不错的早餐。

啃完这样的馍，无论如何也得吃点清口的。夜市上最漂亮的是甜品摊儿，标准的配置是炒红薯泥、冰糖红梨、杏仁茶、八宝饭等，花花绿绿，卖相俊俏。一般是年轻女子操持，若以夜市整体水平衡量，其中多数算得上有气质。我先吃了一碗冰糖红梨，好看但不好吃。整只梨用冰糖煮透，捞出来浇一点汁。其实好吃的应该是梨汤，梨本身是鸡肋而已。杏仁茶可见之于各地，我第一次是在扬州吃的，名曰“东京杏仁茶”，招牌是一个龙头大水壶。杏仁粉用开水一冲，加上糖、青红丝、葡萄干之类拌匀了吃，有浓浓的杏仁香，当然你不能指望碗里是纯杏仁粉，淀粉里面加点杏仁粉就挺好了。

常有人问我，你怎么一次可以吃那么多东西？其实，很多时候是把跟我一起吃的人省略了，不便说明——更多的时候，我是每样浅尝辄止，一边兴奋于小吃之多，一边珍惜着自己的胃，这是一种职业素养，一般人不行。

那天晚上，当我咬着一根风干兔肉腿走到“白家围汤涮牛肚儿”摊子前停住的时候，已经意兴阑珊，准备明晚再战，但我没想到高潮忽然到来了。我刚刚又尝过了黄焖鱼、羊肉鲜汤，而对肚肺汤、羊双肠、桶子鸡、烧饼夹羊肉、吊卤面等已经有心无力了。我在夜市上已经逡巡了两三圈，许多老板对举着相机的我已不陌生。涮牛肚儿的老板招呼我：“坐下歇歇吧，你不累呀？”

我累。坐下喝两口冰啤酒，给老板商量，要了半把牛肚儿。

牛肚儿切成了小块，穿在竹签子上，每串只三四块。25串用皮筋儿扎成一把浸在大锅的卤汤里。客人点了，就用一个大搪瓷缸盛了卤汤浸着牛肚儿端上桌，保持着热度，

这就叫“围汤”。我拈起一串，蘸了点辣椒油送进嘴里，不错，牛肚儿特有的嚼劲让牙齿感到愉悦，而牛肉的浓汁绽开在舌尖上的时候，味蕾体会到一股厚重的关怀。老火，浓汤，非如此难成此味。

“不对！”忽然，老板从身后一把抓过两串牛肚儿，“这样吃才行。”

他把两串牛肚儿放进辣椒油碟里转着打滚儿，又放进孜然油碟里打滚儿，然后递给我：“两串一起吃。”油把牛肚儿完全裹住了，这一口下去，是双倍的脆和双倍的香——不，孜然和辣椒的化合作用产生一种新的味道，涮牛肚儿的精华就在这里了，这味道是独一无二的，你不吃想象不出。

吃光之后，觉得完全没有被满足，倒像是一段前戏，只是让慵懒的欲望热了热身。转身往十字路口去，记得那里有一家更大的涮牛肚儿摊位，由美女把持，吃客多，牛肚儿也更鲜亮，估计能更胜一筹。怀着遗珠之恨来到那一家，也叫“白家围汤涮牛肚儿”，招牌的款式差不多，只是所获“荣誉”不同，反正都是得过奖的。要了一把，10块钱。火辣辣的牛肚儿，冰凉凉的啤酒，虽周围嘈杂狼藉，但心情无比自在。旁边有几个江南人士，刚吃了一口却连声说：“太不卫生了，吃不得吃不得。”起身走了。看着他们衣冠楚楚的背影，我想起以前单位里一个大姐，整天把品位挂在嘴边，在西餐厅里吃块牛排就幸福无比，不知自己损失了多少乐趣。

我看着这种其貌不扬的小吃，本来以为不过是麻辣烫翻版而已，屡屡视而不见，没承想却是最大发现。世上最好吃的东西往往是这样，删繁就简，无意中得之，却最接近本质。北京的爆肚儿、长沙的臭豆腐、武汉的鸭脖子也是这样，当然这样的东西只有草根阶层才欣赏，贵人们比较难理解。

怀念桐柏的门板宴

艾 英 | 文

桐柏满山遍野都长着野生杜鹃，去年“五一”那姹紫嫣红的杜鹃花都开疯了，人在花中不见人只见花，有人说，到那里才知道什么是花山花海花魔花妖。当时我就心痒难耐，恨不得打起背包就出发。好不容易盼到今年，又到了花开时节，不想错过这次机会，于是我们就冒险出发了。可惜，今年春天气温低，我们去时花儿个个含苞，千呼万唤就是羞答答地不肯露芳容。无奈，我们就在这山清水秀的淮河源头过几天《桐柏英雄》和《小花》里的生活吧。

我们与陪同我们的刘主任说，这次不在饭店吃饭，只去小摊小店吃特色小吃。早晨，街上有油饼油条稀饭烧饼热干面米粉拉面，琳琅满目。我们到一个街边小店去喝豆浆吃油条，小店不大，但收拾得利利索索，桌椅板凳都擦得锃亮。我们坐定，刘主任讲豆浆里加块豆筋。我没听懂，跟着老板娘进了操作间。她站在一个热气腾腾的豆浆锅前，只见她从锅台上拿起一双一尺多长的竹筷子快速伸向锅中间，只轻轻往怀中一揽，一块米黄色颤颤巍巍的豆筋就揭下来了，往碗里一

【作者简介】

艾英，原名李爱英。洛阳作家。生前供职于中国空空导弹研究院，担任《航空兵器》杂志主编。出版有畅销饮食文化散文集《大嘴吃八方》。

丢，接着放糖舀豆浆，一碗加了豆筋的豆浆就好了。喝一口豆浆稠稠的都有些黏嘴唇，豆筋筋筋道道，透着一股浓浓的豆香。

别人说要减肥不再喝了，我说克林顿访华，见到了中国的美食都取消了减肥计划，现在美食就在眼前，我们老百姓干吗要绕开走呢，于是高声说“再来一碗”，而且我提出要自己揭豆筋。因我是客人，老板娘破例应允。我笨手笨脚地用筷子往豆浆锅里一划，一张豆筋就揭下来了，可惜太厚了，筷子夹不住，几次掉到锅里。刘主任笑着说，都像您这样揭，这个店该关门了。原来这真是个技术活儿，揭得越薄越好，据说腐竹和干豆腐皮都是用这豆筋做的。

我问为什么我们那儿的豆浆揭不出筋来呢，有人说是豆浆稀，有人说是水质的问题，有人说我们喝的是揭过筋的豆浆。这个问题我至今还没弄明白。

接下来的几顿我们吃了新鲜的珍珠花、拳菜，这些新鲜的山野菜格外清香爽口。它们到了城里的饭店就升格为“大别山将军菜”了，顾名思义，这都是将军们当年在大别山打游击时吃的菜。不过那都是干货，味道就逊色了许多。桐柏的各种菌类及腌腊制品也很丰富，味道都比较地道。我们还吃了用野菜摊的面饼，但吃来吃去，总觉得没吃出桐柏的味道来。漫步在街上，见到一个店的招牌上写着专营“炮炉”，我立刻来了精神，提出，我们去乡下吃门板宴吧。刘主任吃惊地问，您知道门板宴？我说我25年前吃过。他遗憾地说，现在没有门板宴了，您想，人们生活水平都提高了，有了桌子，谁还卸门板当桌子呀。您要是实在想回味一下门板宴，就到这家有炮炉的店里体会一下吧。进门，果然桌子上放着一个个用炭火煨着的炮炉。那是一个类似火锅的瓦罐，下面可以放炭火加热，也可以放在炭火盆里煨。炮炉像砂锅一样，有排骨的有海鲜的有牛肉的还有素什锦的，桌子上还摆了一碟碟腌腊小菜。这使我一下子就想起了25年前那难忘的乡间门板宴。

我这人从小就脚野。那一年从上海实习回来，一位桐柏山区的同学说，到我们大山里看看吧。我说好哇就去了。从信阳下车，搭汽车坐马车最后又走山路，折腾了整整一天，傍晚才到了同学的家。当时年轻，又是头一次见到这么青的山这么绿的水，所以一点也不觉得累，就像《朝阳沟》里的银环一样，看什么都新鲜。听说这家来了客人，还是个女大学生，全村人几乎都打着火把聚来了，嘘寒问暖，有几个媳妇还拉着我的手问我是不是毛孩儿的对象，这下把我给问愣了。当时学工的女同学特别少，我常年混迹于男生之间，往往忘记了自己的性别。给人这么一提醒，我不由得脸有些发热，不知说什么好。还是那男同学机灵，说我是从北京来山区看看的。生产队长一听就说，明天在队部欢迎这个北京来的毛妮儿大学生。原来他们那里管男孩叫“毛孩儿”，女孩儿叫“毛妮儿”，老头老婆就叫“熊老汉”“熊老婆”了。

这山区当时真的很穷，茅草屋连窗户都没有，四面透风，躺在床上能看见天上的星星。床上挂个蚊帐，早已是千疮百孔，一床破棉絮铺在草席底下，没有毛巾被，只有一把扇子，人们穿的也都是补丁摞补丁的衣服，但人们的脸色都不错，可能与舍得吃会吃有关。第二天早晨给我喝的是米酒鸡蛋茶，碗里足足有四个鸡蛋，在割资本主义尾巴的年代，这四个鸡蛋来得不容易呀。那是我第一次喝米酒，浓郁香甜的米酒鸡蛋茶和老区人们的心意从此就深深根植于我的心里。我又吃了乡亲们送来的核桃松子，味道都不错。那个小山村被桐树、竹子、松柏树和杜鹃包围着，只可惜是夏天，没有看到杜鹃花开。一条小河从山上流下，清得都能看到在水底游的小鱼小虾。

中午我被领到一个大院内，院内支着几口大锅，烧着木柴，空气中弥漫着松柏枝的香气，男人女人们挤了满满一院子，一边说笑着，一边淘米洗菜切肉地忙活着。孩子们循着大鱼大肉的香气一拨一拨地赶过来，成群的狗也在院子里窜来窜去，寂静的小山村顿时热闹起来。我看到院子里所有屋子的门板都卸下来挪到了树荫下，底下都用石头垫着。每个门板的四角，都无一例外地摆了一

个炮炉，据说分别是鸡、鱼、猪肉和腊肉。这里讲究“一上鸡子二上鱼，三碗上个红肉皮”，取其吉利有余和红红火火的意思。

院子里的人见我到了，忙让我坐首席，我知道这里的女人是不准上席面的，推辞再三，最后让最年长的一位叔公坐了首位，我和队长一左一右。见我们坐定，其他人“呼啦”一声也都入了座，没座的就蹲在门板旁。妇女们川流不息地上菜。凉菜大约有八个，我记得有腌韭菜腌豆角腌鱼腌肉泡辣椒和一种有特别香味的豆腐渣块，还有什么就记不清了。男人们喝的是自家酿的水酒，都是大碗大碗地来，豪迈极了。热菜是随着米饭一起上的，米是糙米不好吃，我又不喝酒就埋头吃菜。热菜加上炮炉也有十几道，据说杀了一头猪，故而几乎每道菜都有猪肉，对于很少吃肉的乡亲们来说，这顿饭就像过年一样丰盛。

而我只相中了门板上的鱼。炮炉里的鱼是腌鱼，夹出来鱼肉颜色金黄，吃到嘴里有一股酱香，刚想把刺挑出来，用舌头一抿，连骨头都酥了，我索性连骨头一起大嚼，越嚼越有后味，吃起来特别过瘾。清蒸鱼上面放着剁碎的泡椒，鱼肉里就有了些辣味，还夹杂着泡菜浓郁的酸味，吃着鲜香爽口，让人舍不得停箸。炸腌干鱼也很有特色，干鱼先泡后炸，外焦里嫩，微微的辣味在鱼的香味中时隐时现，特别诱人。自始至终我都没发现有牛肉上桌。同学说，这里牛肉是不上席面的，这是出于对牛的尊重，山区牛最主贵，出力最大，吃它们的肉于心不忍，我不由得对这里古朴的民风肃然起敬。这顿饭一直吃到太阳偏西，大家才陆续散去。走时还向我告别约我下次还来，我感动得不知说什么好，只是一个劲儿点头连连说，一定一定。

然而25年后才重返桐柏，那个小山村叫什么名字我都忘记了。刘主任一边吃一边说，和您那同学联系一下，咱们一起去看看吧。我想了想说，没了门板宴就没有了小山村的古朴与豪爽，还是不去吧，让门板宴永远留在我的记忆中吧。

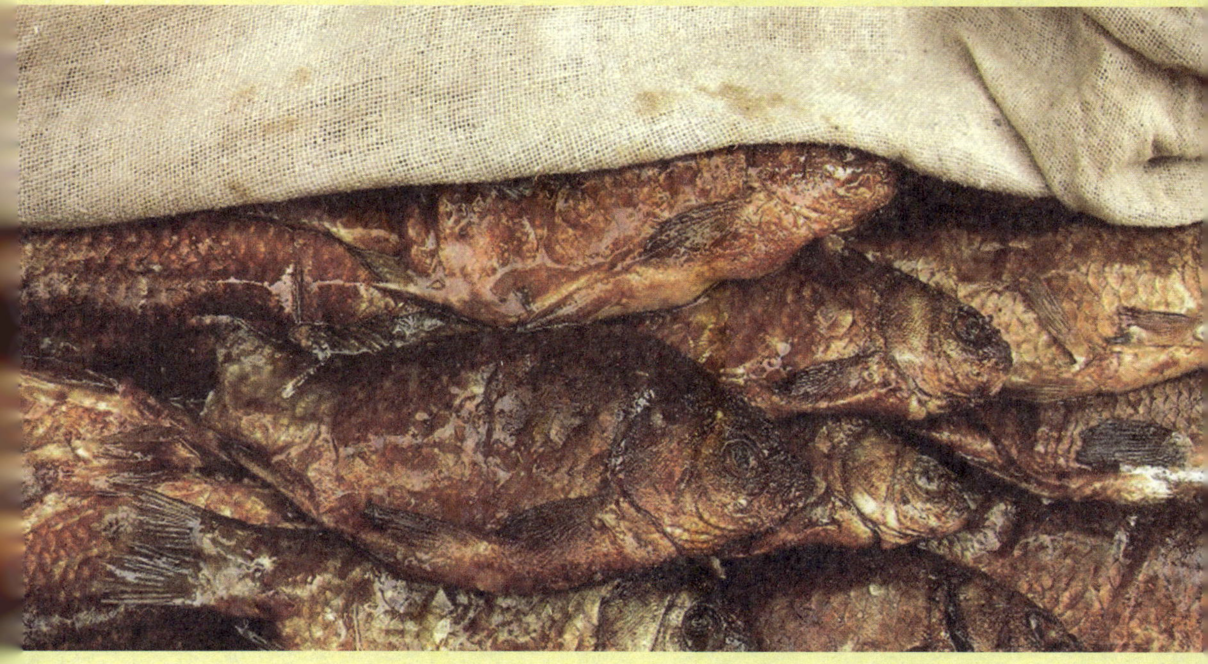

家乡的热豆腐

月　朗 | 文

在驻马店的西平、上蔡、遂平一带有一道特别出名的小吃“热豆腐”。这道小吃有很强的地域特色，出了这个地带你就再也寻找不到它的身影了，近几年在洛阳、许昌也出现了一些所谓的“热豆腐”，我也吃过几次，但实在是令我失望。

据说正宗的西平热豆腐其实只在西平县城外的一个地方有。

出西平县城向西过洪河桥，沿老107国道西行二三里路北有一村子，名曰“汤卖赵”，而说话“四”与“十”不分的西平人却把其读为“汤馍赵”。具体原因我也不清楚，但是我知道这村里的人以赵姓为最多。该村人做的热豆腐是最好吃的。

以前乡下人要想进县城里去赶集，必须得天不亮就起床赶路。走到县城西边的汤馍赵的时候，天正好似亮非亮，肚子也饿了。随便吃点东西，垫点底，于是这里就自发形成了一个专门经营早点或夜市的集市。其中的小吃以热豆腐最为出名。但是你要想品尝，必须到下午4点以后。原则上上午是不卖热豆腐的。太阳斜了，晚风起了，人有点累了，买个白面馍，调碗热豆腐，那就是一份穷人的好饭。

真正的热豆腐制作的程序和调料都是很有讲究的。黄豆必须是当年的，隔年的黄豆所磨出的豆浆是不香的，做出来的豆腐口感也不好。其中以西平老王坡所产的黄豆为最好。那里属于泄洪区，土地肥沃，所产黄豆籽粒饱满出油率高。先把黄豆里的杂物拣干净，然后把黄豆用井水泡了。这里用水是很讲究的，含碱量大的井水是不能用的，含盐量大的也不能用，只能用一种中型的甜井水，绝对不可以是自来水。只能是从合适的地理位置用水桶提上来的深井水或用自家打的压井压上来的水。

【作者简介】

月朗，河南西平人。大学毕业之后，做过服务员、仓库保管、保姆、看门人、押运员，后来去一家国营农场做会计。2002年调回郑州，2004年开始发表散文、小说。河南省作协会员，河南电视台签约编剧。

泡一天后，黄豆粒都变得溜圆饱满起来，期间还要换一次水。等黄豆泡好后，首先撇去泡豆水上面的一层白沫，然后用井水把豆子淘洗干净，再用石磨将其磨成豆浆。磨好的豆浆，要将浮在上面的虚沫撇走扔掉，留下好浆。置一大铁锅于灶上，内倒适量清水，下面用硬柴火烧。等锅内水烧开后，将豆浆缓缓倒入锅内，用一大勺不停地搅拌。等锅里的豆浆烧开，灶内的火要立即变小，只需少许玉米秸燃烧，使灶内有微火存在，使锅内的豆浆一直处于轻微滚动的保温状态。

此时，有精明的生意人开始撇豆腐筋了，也就是浮在豆浆上面的一层豆油。用扇子一扇，拿竹篾一挑，一张豆腐筋就出来了。一锅能挑好几张豆腐筋，可以另外卖高价钱。但是挑过豆腐筋的豆浆就失去了原有的风味，所制作出来的豆腐不筋道，口感很差，也没有原有的清香之气，所以制作热豆腐的豆浆是绝对不可以挑豆腐筋的。

估计三十分钟后白嫩浓郁的黄豆汁开始逐渐变清，几乎要变成一大锅微微发黄的清水，等其彻底变清后，加入适量的食用石膏，用勺子轻轻搅动，使其逐渐凝结成膏状的豆腐脑儿。

把刚刚凝结好的豆腐脑儿用大勺子迅速舀到一个已经铺好白布的扁而大的浅竹筐里，等豆腐脑儿几乎要溢出竹筐的时候，就把白布盖上去。然后把白布的四角打成一个结，再在白布上面盖上一个木制的锅盖，最后在锅盖上面压上几块石头或砖头就可以了。剩下的工作就是耐心地等了。但是这等是最要有水平的。等的时间久了，热豆腐就压过火了，变得又冷又硬，只能当冷豆腐卖了。等的时间短了，豆腐脑还没有压制成形，无法做热豆腐卖。所以这个火候要掌握得恰到好处。等那豆腐脑儿已经变成了热豆腐，并且还冒着腾腾热气，豆腐嫩嫩的，用刀轻轻一划，就切下一块，放在手掌里直晃悠悠地发颤，但并不流淌如脑，就算成了！

接下来就是调汤汁的问题了。不过在现实生活里，卖热豆腐的生意人，他们的调料汤汁是早就调好的。据说里面有干香椿叶、辣椒、八角、花椒、大茴等，在石磨上磨成细末，加点盐，用制作豆腐的原汁调制而成。调料，通常有辣的和不辣的两种。大人们喜欢吃辣的，嘴被辣得直哈气，还依旧吃得津津有味；小孩则只能吃那种不辣的了。

卖热豆腐的师傅，在听到客人的招呼声后，连头也不抬，只是随手拿过一个已经洗干净的碗放在豆腐筐里，右手执刀，在豆腐上轻轻划过。立刻就有一块豆腐被划下来，随即就晃晃悠悠躺到了师傅的左手掌上。以手掌当案板，右手所拿的小刀轻快地在豆腐上划几下，手没事儿，而豆腐却被划成几小块。这豆腐块不能太大，太大了滋味进不去；太小了，吃着又不过瘾。所以卖热豆腐的师傅们都能把握好自己的手艺，切的不大不小，绝对适合您的口味！三下两下，一碗豆腐切成，取过调料桶开始添加调料。客人一般会随口说："师傅，多放辣椒啊！"

"好嘞！"师傅答应着，手拿调料勺给客人多添些。客人接过师傅递过来的碗，或找个板凳，或干脆就蹲在路边，先咬口馍，再吃口香辣滑嫩爽口的热豆腐，实在是感觉到：做人真好！如果客人吃完了，感觉口有点渴，可以直接用碗舀一碗筐下盆内所渗的浆汁喝，浅淡微酸，清热去火，绝对爽口养胃，也正照应那句"原汤化原食"的话。

夕阳西下的黄昏时分，西平城内外随处可见卖热豆腐的小摊儿，通常是一个独轮小推车、两张小板桌、几只小凳子就可以了。一声悠长憨厚的叫卖声："热豆腐！"于是劳累了一天的人们，拿着一个热馒头，要上一块钱的热豆腐，就是一顿很不错的晚饭。

过几天我想回去再吃一碗热豆腐，有想去的没有？

很耐看。接着，父亲在火锅四周的深槽里，依次放进瘦肉块子、肥肉片子、油炸豆腐、肉丸子、海带、红薯粉条、红萝卜和白萝卜，再缓缓倒进水，尺度掌握在离口面约半寸的地方，小心翼翼盖上铜锅盖。最后在中央的空心炉筒放上木炭或苞谷芯子，从下面炉剌底点火烧起来。

起初火不旺势，父亲把火锅端到当院子那块七尺长、三尺宽、一尺厚的“东来紫气满函谷”的大石碑上，侧头鼓腮吹起来，被烟呛得满眼生泪。火苗渐渐冒上来，父亲再用扇子扇风，扇面破烂筋骨缠布的蒲扇发出“咔嚓咔嚓”的响声。不多会儿，火锅一圈槽子里“咕嘟咕嘟”热气四溢，香味扑鼻。这时，父亲小心翼翼抓起铜耳子，掂起铜盖子，只见肉菜热气腾腾冒泡泡。要是心急想快点吃上，就在中间炉筒口加一截竹筒子，加高抽风，火势更旺，咕嘟声更大，连气带水从火锅沿边溢流出来。此时我的口水差不多也流出来了，再扫一眼二弟、三弟那眼神，似乎比我更馋。

终于大功告成，父亲十分小心地抓住两边的铜环，端起火锅回窑里。奶奶早已把土炕拾掇干净，方木条盘放在炕中央，下面垫一个大瓷碟，火锅搁上面。这时，母亲从大铁锅取出热腾腾的麦面馍和油食放在条盘四周，爷爷奶奶坐在靠墙的上炕，我和弟妹分坐两边，或盘腿或跪着，拿起筷子等爷爷发话。四大、父亲、母亲坐在炕沿上，若挤不下，就搬个凳子坐在炕边，胳膊伸长一点也能够着夹菜。

爷爷一声亲切的“动筷子吧”，我一手拿馍，一手拿筷子，在热气腾腾的火锅里挑拣自己爱吃的东西。菜热烫嘴，每个人都吸溜吸溜的，三弟被热气哈得鼻涕都流出来了，用袖头一抹，不耽搁吸溜。这时候父亲拿来一只碗，盛上半碗水，堵在炉口，压住火，使木炭燃烧慢点，保持温度，以免大家吃得正足兴，加热添柴生烟怪麻烦的。

在那贫穷年代，正月初一铜火锅烧出的美味佳肴，胜过后来的任何山珍海味。

烙馍卷豆腐

孟玉璞｜文

也许是孤陋寡闻，也许是目力所限，总之在其他城市里，我没有注意到烙馍卷豆腐——这种在农村大忙季节里劳力们蹲在田间地头吃的东西，像我们鹰城这样渐成气候，成为一种风味小吃的。即便有，那阵势和队伍也绝没有我们鹰城这样的蔚为壮观，竟至于在商场、在学校、在街角，更或者在一两棵树的荫凉处，凡是人多的地方，随处可见小推车上烙馍卷豆腐的袅袅热气飘散在来往的人群中。

“烙馍卷豆腐”，多么乡土的名字，这名字理所当然地便注定了它形式的简单。老式婴儿车改装成的小推车上，只须煤火一炉、煮盆一只，豆腐、鹌鹑蛋、鸡蛋，咕咕嘟嘟煮在盆里，红辣椒黑花椒五香大料不声不响地翻滚其间，总之热热闹闹一大盆，在文火上炖着。只有走近了细看才能发现原来这盆里也是滚烫而含蓄的，豆腐是薄片的，经过千炖万炖之后，一个个都虚虚地透了气，热热的卤水便从这气孔里一股股地冒上来，颤微微地招人的眼。这豆腐便是这道小吃的主打，所以每个烙馍卷豆腐摊儿都把它当作无言的招牌，一看那豆腐的颜色便知好不好吃，鲜不鲜嫩。如若禁不住诱惑，只需一块钱，摊儿上朴实爽快的大嫂大婶便会热情地掀开半干不湿的白毛巾，拿出柔韧的两张烙馍摊开来，指着推车的另一边摆放的大大小小的瓶瓶罐罐，问你吃不吃这个，吃不吃那个，豆芽和海带是需下锅里再热一热的，也算是简易的消毒去去人心里的嫌，然后便是卷烙馍，先是两张热热的豆腐皮垫了底，然后绿豆芽、海带、葱、虾米、酱豆、辣子酱、荆介……要什么放什么，接着再瓷瓷实实一卷，用塑料袋将烙馍卷的尾部一裹，一个热乎乎的烙馍便拿在了手上，如果不觉得在街上吃东西有碍观瞻，大大咧咧地在街上吃它

【作者简介】

孟玉璞，河南鲁山人。中国散文学会会员，河南省作协会员，平顶山市妇联家庭教育讲师团讲师，平顶山市自来水公司工会副主席。在数家报纸杂志上发表散文、随笔百余篇。出版有散文集《生活的缝隙》。

一口，那吃相任谁看了都会眼馋的。

这种粗犷而原始的烙馍卷豆腐最让人省劲，吃起来随意，做起来简单，很符合中原人民风淳朴的特点，但也暴露了中原人吃的不讲究。只是讲究是五味，不讲究也是五味，应是异曲同工。曾吃过亲友从江浙带回来的风味豆，仅一个豆子就有十几种做法、十几种口味，而且每一种风味豆的制成都要经过几道程序甚至更多，所以那豆就非常经得起咀嚼。这也很符合江浙人细腻婉约的性格，把他们精明的一面发挥到了极致。当然烙馍卷豆腐也很能代表我们鹰城，单那把生生熟熟、热热冷冷、长长短短、细细碎碎的内容简单地没有加工地卷放在一起的杂，就很似我们鹰城来自五湖四海的大众，天南海北各种口音各种风味的聚集，汇在一起成就的鹰城之杂。而吃烙馍卷豆腐便有这驳杂的过程和口味，特别是烙馍卷豆腐让咀嚼即兴合成味道，既生又猛，既鲜又活，而且由于卷放的随意，吃起来更是口口不同。这一口葱味重，那一口虾米多，这一口荆介香，那一口酱味浓，口味之多变，比那江南的精心腌煮多变得多，那千万颗豆只要在一锅里煮了都是一种口味的，而仅仅一卷烙馍便吃出了若干种味来。只是江南人看了这种吃法或许要笑掉大牙的，而且还会在心里生出鄙夷：真是北方人，粗线条，懒家伙！其实这烙馍卷豆腐占的就是这个便宜，简捷易做，就是我们这些懒人爱吃的，就是我们这些懒人想出的点子，不管怎样，懒人有懒办法嘛！只要味道好营养全就成！原来，原始朴拙并不输精工细作，现在不是提倡简单吗？何必为吃把我们搞得那么累？更何况吃烙馍卷豆腐，还能吃出鲜活即兴的生活五味，又何乐而不“吃”呢？

所以，哪一天你要来，我要请你吃我们这儿的烙馍卷豆腐，只是不要嫌便宜说我招待不周呀！

谷雨香椿

潘新日｜文

【作者简介】

潘新日，河南息县人。河南省作协会员，河南省报告文学学会副秘书长，信阳市诗歌、小说学会副秘书长，散文学会理事。先后在一百多家报刊发表诗歌三百余首，中短篇四个，散文二百余篇，小小说五十余篇。出版有散文集《秋红》，诗歌集《一树槐花》，小说集《黑枪》。

香椿树是祖上留下来的，沿着院子周围一年一年地滋生繁衍，一株一株地延伸，竟和邻居家的连了起来，成了村子里的一道风景。

乡下没有城市里的灯红酒绿，有的尽是各种果树和这些香椿。春天来临的时候，自家房前屋后的香椿悄悄地把树枝探到二楼的窗户前，不用出门就可透过玻璃窗亲眼目睹香椿打苞、发芽的全过程。

村子里的人都喜欢吃香椿，一提起家家户户做的香椿炒蛋，我就忍不住流口水。那些日子，我总是喜欢站在窗口前看着这些枝丫，希望能早日发出嫩芽来。可是这些枝枝杈杈，好像故意和我过不去，整天摇动着一条条细枝，就是不肯吐芽。

走了两天亲戚，星期天回到家里，才进村口，远远地便嗅到了丝丝清香。急忙丢掉手里的书包，跑到树下，踮起脚，熟悉的点点暗红点缀在枝杈间，终于冒了出来，一簇簇胖胖的芽米，次第排在枝头，至上而下，错落有致地像是给这位老者扎上了灵动的蝴蝶结。夕阳下，那肥嘟嘟紫茎绿蕊的芽子，被余晖涂抹成了紫红，散发着诱人的清香。

不出几日，满树就会变得绿油油的，香椿芽已经长成了小丫头的冲天小辫。老人们讲，香椿树越老发芽越早。村里人采摘香椿苗多在谷雨之前，分头茬、二茬和三茬，先后采摘三次，余后就不好吃了。

听说，香椿树越掰越旺，你若是不掰它，芽子反而会长得缓慢。因此，每到谷雨时节，村里的人便找来一根根竹竿，用铁丝弯一个钩，绑好之后，便一棵树一棵树地采摘香椿。可当谷雨一过，芽子便会“生楂”，质老粗硬，已经变得不能吃了。再过一段时间，香椿开始结果，枝叶纷披，一树挺然。珠子似的小籽，累串盈枝，有风吹过，散珠满地，院子里便弥漫着馥郁的香味。

香椿的吃法很多，可以炸着吃，腌着吃，也可做汤，不过我最喜欢吃的还是香椿煎鸡蛋，那个香啊！啧啧，就是喜欢。

小时候，家家条件都不是很好，大人们就做炸“香椿鱼儿”给我们吃。祖母的手艺最好，在村子里是有名的。她先是把香椿一片叶子一片叶子地择好、洗净，放在盆里用盐腌一下；腌出水之后，在碗里打两个鸡蛋，放入适量的面粉和水，搅匀，稀稠掌握在能用筷子拉出丝为正好；然后取出腌好的香椿在面糊里裹一下，迅速放入滚烫的油锅里，只听“刺啦”一声，那个裹了面糊的香椿，顿时翻滚着膨胀起来，成了焦黄颜色，从油锅里捞出来，控控油，趁热吃，又焦又香，好吃极了。

香椿苗多的时候，也会吃不了，就拿到街上卖，一小把一小把的，都喜欢吃，也都喜欢买，毕竟，是季节性的，时令过了，就别想吃了，也只有等到来年，因此，都不愿错过机会，见到了，都会买几把尝尝鲜。

香椿不仅味道鲜美，还有清热解毒的药用功效。中医认为，香椿味苦，性寒，有清热解毒、健胃理气、杀虫固精的功效；它的味道芳香，能起到醒脾、开胃的作用。《唐本草》中有“叶煮水，可以洗疮、疥、疽”的记载。《陆川本草》称：“香椿健胃，止血，杀虫，治痢疾。”老家人身上长了疮，也不用到医院，在树上捋几把香椿芽和大蒜一起捣碎，然后敷在上面，慢慢地就会好了。

乡村里的香椿是充满诱惑的，香椿里的乡村是充满回忆的，这些，在我们的心里，需要用一生的时光，回味咀嚼其中的味道。

是的，乡村里有香椿的味道，香椿里有乡村的味道。

餐桌上的洛阳名片

李红都｜文

晚上刚一上网，QQ头像便闪了起来。原来是郑州的文友在向我求证：洛阳水席中的“燕菜”真的是萝卜做的吗？

我笑，那当然了。洛阳水席，这可是我们洛阳人都熟悉的地方特色名菜呢！我的脑海过电影般回放着曾参加亲朋好友的喜宴吃过的洛阳水席，眼前仿佛又出现了洛阳燕菜的汤汤水水中绽放的那朵“牡丹花”。

记忆中吃的洛阳水席都是汤汤水水的一盆接一盆地上菜，每一盆的分量都很大，一道菜吃完了，服务员才给上第二道菜，像流水一样不断地涌上桌面，非常讲究。动了筷子，才发现汤里的燕菜其实就是切得形如燕窝的萝卜丝。最初也感到奇怪，怎么把这由萝卜做成的菜叫“燕菜”呢？后来才知道是缘于一个传说：相传武则天执政的时候，有一年，民间挖出一个罕见的大萝卜作为贡品献给了皇上。武皇命令厨师用这个吉祥的天赐之物做一道菜。厨师别具匠心地把萝卜切丝模拟燕窝做成了一盆菜。武皇品尝后大悦，观之形如燕窝，便赐名“洛阳燕菜”。之后，这道菜便广为流传，几经历代名厨改良，成了洛阳水席的头道大菜。而洛阳水席也成了古都著名的非物质文化遗产之一。

后听人说，洛阳燕菜还有个雅称叫“牡丹燕菜”，追溯其出处又获知这么一个与燕菜有关的故事：20世纪70年代，周恩来总理陪同加拿大总理特鲁多到洛阳访问。洛阳“真不同”饭店的李师傅烹制洛阳燕菜时，在燕菜上面特意摆了一朵用鸡蛋做成的牡丹，使其显得雍容华贵、吉祥如意。周总理见后十分高兴，风趣地说：“洛阳牡丹甲天下，菜中也能生出牡丹花。”自此，“洛阳燕菜”又被人们称为“牡丹燕菜”。

几年前，好友结婚，婚宴设在“广州酒家”，那次吃的洛阳水席

【作者简介】

李红都，网名“幸福是花开的声音”“红韵”等，河南洛阳人。洛轴集团公司员工。爱好文学，酷爱业余创作，在全国报刊发表小说、散文等作品多篇，为河南省作协会员，洛阳市作协理事。

非常地道、味美。全席二十四道菜，八个冷盘，四大件、八个中件，加上四个压桌菜，冷热、荤素、酸辣搭配着一道接一道地上桌，每一道菜都鬼斧神工般透着精雅且味美。不知情者也如郑州这位文友赞叹过：如此美味的佳肴，材料也一定是非比寻常吧？知情者皆笑：这些全都是萝卜白菜等再常见不过了的大陆菜辅以最常见的调味品烹饪而出的。

前段我与秋韵老师交流牡丹燕菜的做法，秋韵老师告诉我：牡丹燕菜的主料虽然很普通，并且价格低廉，但是做工却非常复杂，要经过切丝、冷水浸泡、绿豆粉拌匀、蒸、焯、至酒中胀发、沸火煮等很多道工序，才能将这普通的大萝卜“脱胎换骨”成一道名扬天下的美食——牡丹燕菜。之后秋韵老师不无感慨地说：“想来成功者的人生也如这普通的萝卜，要经受‘千锤百炼’般地磨炼，方能渐臻于至境……”何止于人，我想，从洛阳盛衰的历史中走出来，伴随着新中国成立的号角成长起来的洛阳城不也正如牡丹燕菜，经受半个多世纪的风雨磨砺，如今已是中国知名的文明城市和旅游胜地。

我问过西安的文友，洛阳水席在西安能吃到吗？他说名菜要讲究根源，说透了，吃的就是一种地域性的文化，也只有到了洛阳，才能真正吃得上这种传统的有文化底蕴的名菜，别的地方别说难寻到，就是寻到了，也早已脱离了洛阳水席的传统特色。

这样也好！赏牡丹非洛阳莫属，观龙门需赴伊河水岸，吃水席更得到牡丹花城。无怪乎世人皆知咱洛阳有“三绝”——龙门石窟、洛阳牡丹、洛阳水席。这已成了我们洛阳声誉天下的名片，邀得四海宾朋，结下八方来客。

槲包飘香端午来

骆淑景｜文

端午节吃粽子，纪念爱国诗人屈原，这习俗全国通行。但我们伏牛山人却是吃槲包，这是许多人所不知道的。

“槲包”是用我们这山上特有的一种槲叶，包上黍米，煮出来的美味佳肴，极具地域特色。豫西一带也只有卢氏、鲁山、栾川、西峡等县的山上才长这种槲叶。槲叶在20世纪90年代曾出口日本，经脱水后作为食品包装材料，很受欢迎。三门峡六县（市、区），只有卢氏人吃槲包。

著名教育家、翻译家曹靖华先生曾写过一篇散文《粽香飘飘忆当年》。他文中的“粽”，其实就是指卢氏的槲包。曹老为何不写“槲包”而写“粽”呢？因为若写成“槲包”，没有人知道是啥玩意儿。

槲叶是豫西山上特有的一种灌木叶子，和桦栎树、青杠树的叶子有点相似。每年春天发芽，端午节前成熟，发出浓郁的香气。人们上山采来，阴干，去掉生涩气，然后包上黍米，煮熟就成了槲包。槲叶在树上时，质地稍坚硬，采下来经过一段时日的熟化，就变得柔韧了。拿它包上黍米，再放到锅里一煮，槲叶那特有的香味，和黍米的香味结合起来，愈加沁人心脾。

包槲包必须用黏小米。小米是我国最早的粮食，它分饭小米和黏小米，饭小米用来烧汤，黏小米可以用来蒸吃或包槲包用。当地还产一种黍子，颗粒比小米大，也很具黏性，用它包的槲包也很好吃。

小时候，过端午吃槲包，是我最向往的事了。但包槲包、煮槲包那漫长的准备过程和等待过程，把一个端午节弄得清香四溢、韵味悠长，也把我们小孩子的耐性拉到最长。那真是让人怀想的季节啊。

【作者简介】

骆淑景，河南卢氏人。曾用网名“黑梅”“春江花月夜”等。现居河南省三门峡市。中师毕业，当过教师、县委宣传部通讯员、副乡长之类，现在一个清水衙门当副职，可有可无。

初夏，竹园的竹子开始长笋，等笋叶开始落了，我们就进竹园拾笋叶，准备到时候捆槲包用。拾笋叶，要起早，起晚了，别人就把上好的笋叶拾走了。你只能拾那些短巴橛，粗且硬，不好使。接着是舂米。那时没有碾米机，人们就用碓臼舂。村子里有几个碓臼，一到端午节前就开始忙了。大人们白天下地，只能趁夜里舂米。把谷子倒到臼窝里，用石碓子一下一下捣，满村都能听见"咚咣咚咣"的声音。碓臼俗称"对窝"，大人干活，小孩子在一边看笑话，边跳皮筋边念顺口溜："老王婆，捣对窝，今年不胜年时过。""年时过"就是去年，就像把昨天称为"夜儿个"一样。要是这个舂米的妇女刚好姓王，她就要"服烧"了，说："你这孩子咋恁调皮呢，走，寻你家大人去！"

槲叶从山上采下来，端午节就快到了。五月初三或者初四，性急的人或许更早就开始包槲包了。包槲包不是一个人的事，要两个以上的人分工合作才成。头天晚上，把槲叶用开水烫一下，泡一夜，第二天一早拿到河畔，在清水里慢慢搓洗。两个叶子，一手一个，面对面，"滋滋"搓两下，再背对背，"滋滋"搓两下，再用水一冲，就净了。包槲包除了小米以外，还有红小豆、西豌豆。豆子也是头天晚上已经煮好了的，要煮个半生不熟。豆与米分别放置盆里，也是头一夜就泡上，现在开始包了。用两个槲叶，叶尖对叶尖，放在左手，右手从盆里分别捞些米和豆，比例要掌握好，纯米煮出来的槲包太硬，而豆放太多了，又缺少黏性。母亲总结出来的比例是十斤米掺三斤豆，一斤米包七个槲包，这样最好。米放进槲叶里了，右手就把两个叶子合起来一折，再一折，然后把两个叶柄对住，包成一扇，夹在左手食指和小拇指前，再开始包另一扇，然后两扇槲包对起来，用笋叶捆绑住，一个槲包就包成了。

包槲包要有技术，不会包的人，顾不住"十三点"，不是米弄不到叶子里，就是已包成的那扇散开了，这一扇还没有包成，手不听使唤。还有就是米放得多少要适当，卷

起来之前还往里面灌些碱水，在泡小米和豆时，水里放有碱。过去是用柴火灰淋出的灰水，这样槲包好煮且好吃。讲究的人家还要包些花生和红枣。包槲包时，我们小孩子的任务就是劈笋叶，把笋叶劈成一条一条，这是绑槲包最理想的绳子。

两个人或三个人，包啊包，包一整天，包一百多个槲包或者更多。晚上才开始煮，煮槲包要用大锅，把槲包一茬茬放在大锅里，压上草圈，盖上锅盖，再压上大石头，架起木柴绊子，"噼噼啪啪"烧啊烧，烧几个钟头，才能熟。

槲包装锅了，架起柴火，风箱一拉，呼呼的火苗飞出老高。我们就开始等。一直等两三个钟头，锅里冒出白气，槲包的香味慢慢溢出来了，我们都禁不住吸鼻子。啊，香啊，太香了！该熟了吧？但大人却说："老是没哩，还得捂一夜呢。"实在等不及了，一个劲儿问："咋还不熟呢？咋还不熟呢？"央求大人，"给我捞一个吧，都熟了嘛。"母亲总是说："没哩，没哩。槲包全凭捂哩，不捂不得熟，吃了肚子疼。"我说："我老是想吃嘛。"最后母亲禁不住央求，就揭开压锅的大石头，从雾气腾腾的锅里给我捞一个，有些生硬，但也可以吃了，只是不好吃而已。吃了一个槲包，这下安心睡觉了。第二天一醒来，就嚷着吃槲包。经过一夜的捂，槲包这时是真熟了。母亲一个个捞出来，放在箩筐里沥水，然后让我给东家送一些，给西家送一些。我心里是一百个不愿意，但母亲非得让亲邻都尝尝不可。

母亲包的槲包最好吃，软硬黏度都非常到位。村里也有人给我们送，但他们包的都没有母亲包的好吃。

包槲包麻烦，吃槲包更麻烦。急性子人就吃不成。吃槲包也要有技巧，没有技巧，你吃不到嘴里。首先要一层一层剥开槲叶，摊开了，撒上白糖，然后用筷子，一筷子挨着一筷子夹，或者拨到碗里，蘸上白糖，黏黏的米和着白糖，香甜香甜啊。你性子急或者不会剥，不会夹，叶子上就粘满了米，最后筷子还把叶子戳个窟窿，吃不成，只得扔了。小孩子不会吃，把鼻疙瘩、脸蛋上，甚至睫毛上都粘上了米粒，看起来非常好笑。

槲包煮熟后，再热的天，只要天天馏，放一个月也没事儿。越馏越软，越馏越香，越到最后槲包才越好吃。

五黄六月，人们上地割麦子，回到家里，热得乏得什么都不想吃，这时候解开一捆槲包一吃，凉爽可口，既顶饥也顶渴，那真是绝美的享受。

卢氏西南山人保存槲包的方法更妙，他们把它放在篮子里，用绳子吊到井里，能保存很长时间。有的人家五月端午包的槲包，能吃到农历六月六。

西南山人不缺槲包叶，他们自己到山上采，然后拿到集市上卖。而县城的人就得买槲叶了。五块钱一大把，一百个叶子，小把有八毛，有一块的。有时候槲叶丰收了，价钱就低一些；有的年头，天旱了，叶子没长好，槲叶就特贵。有一年甚至槲叶比米还贵，就这，人们也买，也要包。

卢氏县朱阳关漂池村产的槲叶最好，因此卖槲叶的人都说：“我这是漂池槲叶。”前些年我在朱阳关工作时，每年五月端午前，都要到漂池的山上亲自采些槲叶，拿回家包槲包。

母亲得病多年，双手萎缩，什么活都干不成，但每年我们姊妹聚到一起包槲包时，母亲都给帮忙，且从头包到尾，不累不乏，我们都说她老功夫还在。

槲包好吃但颜色不好看，一煮黑乎乎的，看起来好像不干净。老公是灵宝人，参加工作分到卢氏那年端午节，林场里的大婶给他送槲包让他吃。他望着那黑乎乎的东西直发愁：“什么呀，脏不脏，怎么吃哩？”后来问人，人家才说不脏，叶子都是经过一再洗涤的，他才吃。谁知越吃越好吃。

后来他到市区工作，端午节我用方便面箱子装了槲包捎去，让他分给同事，大家都非常稀罕。有一位同事舍不得吃，把槲包放到冰箱里，二十多天后拿出来，槲包变得梆梆硬。虽没坏，但味道全没了。

槲包生来是属于乡野的美味，一是特有的叶子，二是特有的米，三是特有的柴火。一到城市，就失却了那种色彩和味道。现在精明的小商小贩，端午节还没到就开始包槲包卖了，两块钱一个，买几个吃吃也方便。但端午节来临时，家家还是要买槲叶、买米，费尽周折自己包。为什么呢？要的就是那个气氛、那个麻烦和热闹。

辉县家常旧食单

芭蕉雨声 | 文

辉县地处太行山南麓，我老家在辉县东北，与林县、卫辉接壤，山不算高，属丘陵地带，老辈儿人常把几句顺口溜挂在嘴边："土少石头多，出门就爬坡。""十年九旱，靠天吃饭。"一个字：穷。穷人也不是天天愁眉不展，照样得过日子，没有大鱼大肉，粗茶淡饭也要吃出花样，吃出意思。我想列几样儿时的家常饭食，以备忘。

地曲连炒鸡蛋："地曲连"是我依辉县话翻译出来的，老家说，"地骨恋"。"骨恋"，祖母说我的衣角翻卷了，就是这个词。意思是卷曲、不平展。地曲连就是这样，下雨后，地皮潮湿，草根下会有成片的墨绿色木耳样的东西紧贴地面鼓起，蓬松，柔软，半透明，含草木之灵气。一片片拾起，一阵阵惊喜。雨后山坡上低头弯腰的小身影，鸟一般起落。回家择洗干净，草末碎屑很不易除去。地曲连天生得跟鸡蛋一起炒。平常很难吃到鸡蛋，有了地曲连，母亲不得不把手伸向鸡蛋罐。我们早就看破了这个秘密，不等雨停就挎着兜篮满山跑，寻得格外卖力。若跟鸡蛋液混在一起，炒出来的是雾绕青山，远岱含羞；炒了鸡蛋再放地曲连，则若金菊夜绽，气定神闲。自家鸡下的蛋，香，嫩，地曲连滑爽有筋骨。祖母惯用地曲连炒鸡蛋做馅儿包包子，还没出笼，香满庭院。这个菜不易得，天放晴，太阳一露头，地曲连倏然消隐。很多物事大都如此，因短暂而珍贵。可自我姨们把捡来晾干的地曲连论斤兜售给城里饭店那天起，稀缺之物瞬间化为寻常，地衣、地软、壁耳、地皮菜，菜单上叫法芜杂。

炒甜饭：甜饭，新乡人说"糊涂"，就是玉米面熬的粥，那个年代玉米是主食。玉米粥现做现吃，不稀奇，一旦沦为剩饭就成宝

【作者简介】

芭蕉雨声，本名郭艳先，河南辉县人。现居小城新乡。2006年发表处女作。有散文、随笔百余万字，其中二十余万字散见于国内大小纸质媒体。始终相信，一根荆条会说话，一朵小花会微笑；还相信，写作是心魂的表达，是感情的自然流露。任何物事的叙述，都对应一个最好的句子。

把握，焖好后是不稀不稠的干米饭。小米和干菜吃油，如此搭配，小米绵而不散，鸡肉酥且鲜嫩，干菜得鸡油滋养而散发着古旧的沉香气。剜一筷入口，嗯，再吃一口，小媳妇也能连干三碗。没有鸡肉的简陋的干蒸咸小米饭，母亲年轻时很爱吃，最近我也试着蒸一回尝尝，粗，涩，远没有小米粥好吃。看来，小米除了熬粥只能跟小公鸡厮混了。小公鸡主贵，不到年节不舍宰，鸡肉焖饭跟着主贵，不是生了灾病吃不到。为现代食客娇嫩的口舌着想，县城饭店用大米代替小米，大米小米，听着像老大老二一母同胞似的，焖出饭来，却天隔地，本不是一个种嘛。上次在辉县某景点吃了一碗大米焖饭，酱油色重如染，众人都吃得起劲，因了他们没吃过我祖母做的鸡肉焖饭。

了，平时不舍得用油的母亲，会烹葱花来炒甜饭。炒菜样，油热了下葱花，蒜瓣也可，倒进冷饭翻炒，炒热放盐，关火。咸香味，葱香，蒜香，玉米香。此刻母亲必说那句说了一百遍的老话："剩饭炒三遍，拿肉都不换。"烹葱花时若煎一个鸡蛋，稍放一点盐，炒饭会多一股蛋香气，蛋清的焦黄皮嚼着很有趣。有一点，甜饭要稠，禁得住咸菜那种，稀了不行。城里长大的儿子很喜欢吃我做的炒甜饭。新鲜的石磨玉米面，去皮后熬出来的最好吃，滑，润，粗粗的颗粒，碎玉般，口感有着落。热油里放冷饭的一声响——刺啦，天籁般美妙。

鸡肉焖饭：家里养的土鸡，白天上山捉虫吃草，夜晚栖宿槐树枝头，很结实的小公鸡，孩提之心未变，肉质清香。小米是辉县山上的旱地播种，石磨碾出来的。祖母把小鸡用五料煮熟，取鸡肉、鸡汤与小米一起；母亲是把炒至半熟的鸡块与小米和水混合，放入一把泡好截短的干豆角或干红薯梗，搁盐，上火焖煮。柴火、煤火都可，用电饭锅焖更省事儿，只是味道稍欠真实。稀稠自己

炒米汤：是一种面食，类似于炝锅面。先把干净的小米炒熟，文火慢炒，焦黄出香味时放进葱花再炒几下，倒水，煮。待小米熬熟，下面条。放青菜，加味精、盐，熄火。面软，汤稠，葱花香，闻着就想吃。佐以辣椒小菜几碟，干个肚圆不成问题。小米汤要稀一点，给面条留下余地。小米性温，养人，若烹姜片若干，更适合体弱的老年人吃。不同于普通的炝锅面的是多了一份小米浓郁的气质，不似面汤黏，又比清水厚，小米与面条，有点缠绵交融的意味。

烙馍卷豆角：豆角炒熟，用烙馍卷着吃。这是后来麦子产量稍高时候才有的食物。烙馍就是和面、擀皮、上火，在平底锅里炕。一般都是母亲擀面饼，我翻，她擀一张，我烙一张。两面起金黄的泡，放在锅摆上，湿笼布蒙严实，哈气不外泄，防风干，烙高高一摞薄饼待用。炒豆角很容易，葱蒜清炒。卷菜有技巧，把馍饼平放于手掌，手

不够大可以搁案板上，菜夹到饼的偏一侧，折起底边，从有菜的一边卷起。这样卷的馍，因底部的窝折而滴水不漏，中指和无名指轻轻一夹，咬一口是一口，不慌不忙。手笨拙的，弄得菜汤乱流，非哈腰撅腚不能下嘴，狼狈是一，三天没吃饭样，老下作。不管啥菜，只要被烙馍一卷，就别有新滋味，就像村姑出嫁，红袄红裤一裹，蓦然多添几分魅。吃烙馍卷菜一不小心容易撑着，面干，到肚里会胀。

芝麻叶面条：旧时新鲜菜蔬稀缺，家家都晒干菜，红豆角、芸豆角、扁豆、南瓜条、萝卜丝、洋槐花、红薯梗、芝麻叶，焯水晾干后都能当鲜菜吃。青黄不接或寒冬腊月里泡一把芝麻叶，熬一锅玉米糊，稀一点，跟芝麻叶一起煮，快熟透了，下绿豆面面条。搁点盐，用勺子在火上烹葱花。儿时母亲用大油烹，炒到葱花金黄，连勺带葱花一起摁到锅里，烧热的铁勺一下子焖到饭里，“刺啦”一声，香气腾空，听见这音儿，我就知道饭好了。芝麻叶特殊的干香味，绿豆面的淡青气，两种土物一相逢，好比落魄游子他乡遇见了故知，格外亲。慢慢吃，慢慢嚼，齿间有朴素的野香。脍不厌细的今天，饭馆里都用白面代替玉米面，口感更软和黏稠，只是食客再也吃不出旧滋味。

黄疙瘩：菜饭里放的一种硬粮，顶饥。凡是不好吃的东西，母亲都用顶饥来唬我们，说不吃不长个儿。菜饭就是菜粥，以玉米面为基础，里面有萝卜缨、干豆角之类的干菜，鲜小白菜也可，咸饭。中午吃菜饭没有馒头搭配，母亲怕我们顶不到晌儿，就用手搦黄疙瘩搁锅里煮。将玉米面用开水烫一下，用手搦成形，下锅。搦出来的疙瘩带着母亲的指头印，小

老鼠样，长条，黄白。母亲说甜丝丝的，我盛饭时总是避开丑陋的它们。前些时打电话回家，母亲说："我跟你爸吃的菜饭呀，还搁了黄疙瘩。"若不提及，我真差点儿忘了它。

炒面：特指柿子炒面。秋天柿子下来时，除了鲜吃，漤吃，母亲将硬柿子切片，晒干，操作简单易存放。秋尽冬深、天干地燥时，母亲将干柿片在大地锅里翻炒，再炒麦子和玉米，炒黄炒熟了一起焖在小缸里，捂一夜，第二天用簸箕簸干净，把炒煳了的粮食和杂质拣出来，背到石碾上碾碎，颗粒大小能下去磨眼为宜，再转移到石磨上磨成面，筛筛箩箩，细细的炒面就做好了。更早时候，父母吃的是糠炒面，红软的柿子跟麦糠、麸皮一起揉搓成团，在毒日头下晒干，跟红薯干一起炒焦磨成面。今天老家还有人做炒面，更趋于精细了，除了炒柿片、麦粒和玉米，还要炒芝麻和花生，做成的炒面更细腻香甜。吃时，将炒面与热水一起搅拌成稠糊状即可。我小时更多是用热玉米粥和炒面，盛饭前先和好炒面，逼在碗边儿，用筷子使劲摁，使之服帖牢稳，再舀玉米粥。吃一口炒面，喝一口稀饭，炒面当馍使。母亲说甜，我说涩，不是不得已我宁可光喝稀的。母亲说现在村里人吃炒面还加糖，更甜了。再甜我也不想吃。

这些都是平常人家在20世纪70年代那会儿饭桌上的小日子。罐壁缸底搜搜刮刮，添一瓢水就是饭；一日三餐，拼拼凑凑，糊弄一顿是一顿。偶尔改善一回，我的肚子提前半天敲锣打鼓来庆祝。记得有一回吃黄瓜丝蒜汁儿捞面条，姊妹几个围在锅台边眼巴巴望着、等着。我学着语文课本里刚背会的话，一字一顿地说："馋得我直流口水。"逗得严厉的母亲都笑了。那一刻，我真的等不及，大口吞咽口水。

含消梨•银条

逯玉克｜文

以中华疆域之广袤，山川气候之迥异，各地物产千差万别。偃师有两种特产：树上结的，曰“大谷梨”；土里长的，曰“银条”。

偃师南部万安山有“汉八关”之一，因其形名“大谷关”。关内有村曰“水泉”，水泉有祠曰“濯龙”，祠畔有树曰“大谷梨”。

其树也，高大笔直，冠盖如伞；其果也，脆嫩甜美，可含而化之，故名“含消梨”，冠于京师。《洛阳伽蓝记》载：个重六斤，从树投地，尽化为水；海内仅此一树，时人珍之。

是时，东吴杀关羽，将首级送魏。曹识其用心，配以楠木葬于城南（今偃师关庄）。然夜静更深，曹必梦云长，乃命大将苏越造建始殿以祭之。

苏越伐濯龙祠畔含消梨树，斧入血出，斧出则愈合，掘其根依然，甚为惊异。曹操闻报，亲执剑而刺，血溅曹身。曹恶之，归来病卧，是月崩。

一棵树萦绕着历史的风云，一棵树承载着历史的沧桑。

志在天下，连孔融、祢衡、杨修盖世才学都不顾惜的曹操更不会怜惜一棵树的，覆巢之下岂有完卵？可怜含消梨于岁月深处尽散为水，只留下“梨树沟”“含消梨”这些让人怅然的名字，子规啼血般默默印证、纪念着那段苦涩的历史。

水草丰美的伊洛平原上生长着一种奇特的植物，紫花绿叶，高不过膝，根茎条状，其色如银，相传因商汤治下宰相伊尹（曾为名厨）培植，初名“尹条”。它对生长环境极为挑剔，产量有限，仅为贡品，供应商都西亳，价格昂贵，故名“银条”。

【作者简介】

逯玉克，河南洛阳人。逯姓生僻，经常被“逮”，江湖人称“逮哥”。1999年，主编《芳草青青》散文卷；2011年，与程远河、马继远主编《河洛散文百家》；2012年，出版散文集《三川烟雨》；2014年，主编《洛风——河洛散文选》；2015年，与阮小籍、梁凌合著散文集《野生的月色》。

相传，夏桀喝酒时最爱银条，这得益于两个人——伊尹与妹喜。伊尹三次潜入夏都，拿出看家本领制作美味佳肴，赢得夏桀信任，而后，他又讨得夏桀最宠妃子妹喜的欢心。 妹喜编出“要想不死身，白酒和银吞”诱哄夏桀。夏桀举箸不忍放，愈饮愈觉酒香，自此酒量猛增，荒于国事。这年正月初五，商汤、伊尹里应外合，一举颠覆了夏朝。民间“破五”习俗即源于此。

一碟小菜，几樽美酒，竟至断送了一代王朝！银条该有着怎样的美味呢？

据说伊尹还归纳出了烹制之法：锅净水宽，忌生防烂；喜姜莫葱，躲酱增酸。通常食法为：把择过洗净的银条在开水里焯一下，捞出后拌以各色作料，视之晶莹如玉、秀色可餐，品之爽脆可口、其性甘凉，具有生津、通肠之效，风味独特，是下酒好菜。

银条种植始于夏，兴于唐。唐玄奘将其作为贡品献于天子。李世民原以为西域尤物，听说乃高僧老家特产，便笑道：“御弟与奇菜均为天下之奇，偃师真乃人杰地灵呀！”自此，银条又有“地灵”之别称。

乾隆到缑山游玩时，也对着银条吟咏了一番：“南芽荀尖美，北蔬银条鲜，南北成一统，银荀代代传。”于是，银条又有了“银荀”之名。

周恩来总理在偃师品尝银条后赞道：“银条真是好吃哟。”刘少奇主席更幽默：“世上除了金条便是银条了！”

让偃师人引以自豪、外地人遗憾无奈的是，这世间尤物乃偃师独有，且只以伊洛河交汇处，上古五帝之一、帝喾高辛氏建都之地，最佳，故洛阳、郑州、开封等地直接将这道素菜佳肴命名为“偃师一绝”。外地人想要一饱口福，若不到偃师，恐怕就只能在销往全国的银条罐头里一睹其风采了。

岁月深处一路走来的银条依旧延续着饮食文化的悠远，而含消梨的绝世美味惜乎无缘得尝，曹操砍向含消梨树的利剑让我们震颤千年！他缔造了一个短命王朝，却断绝了一道稀世美味。“斧入血出，斧出则愈合”，那是树的血？树的泪？树的坚韧不屈？爽滑甜脆的含消梨，依然让我们咀嚼出历史沧桑苦涩的滋味……

楝花开，吃捻转

李晓飞 | 文

“楝花开，吃捻转”，是豫北农村的一句时令民谚。对我来说，那是一幅定格在脑海中的记忆画：一个脏兮兮的赤膊少年，坐在门口的石头上，端着一碗捻转，在嘴嚼的当儿，他禁不住仰望旁边那棵楝树上挂满枝丫的楝花。

一簇簇绽放在绿叶枝头的白中带紫的小花，散发着芬芳幽香但尝尝却是苦的花朵。那时候，我只知道美味捻转在楝花盛开的时候才能吃到，所以早早就盼着楝花开，甚至埋怨楝树，怎么不学杏树桃树先开花后出叶？楝花蕾刚显白，我就开始欢悦了，和小伙伴们一起在树下仰脸吆喝“楝花楝花快快开”，仿佛捻转就是楝花变成的。至于这句民谚的深长意味，我是后来才体会到的。

“除四害”的时候，老师教我们，把楝叶放进茅厕，蛆虫就全给药死了。母亲教我们，在屋里放一把楝叶，苍蝇蚊子就被吓跑了；身上被蚊虫咬了，搓点楝叶汁涂上，止痒又消肿。大人说，楝木无须去皮无须等干就可以当梁檩做家具，不变形不生虫。这些都是因为

【作者简介】

李晓飞，河南焦作人。媒体记者，焦作市文史专家。

楝树含有苦楝素，它能杀死很多害虫，现成的无污染的生物杀虫剂。楝树树形优美，羽状的绿叶，紫白色的花朵，很有观赏价值。冬天的黄楝枣，一嘟噜一嘟噜地垂在干枝头上，招来大群大群的灰椋鸟，叽叽喳喳地抢食，人一挥手，"哗"一下又飞往另一棵楝树，成为冬天里的一道诗画美景。现在知道，楝树还是环保树，它能够吸收大量的二氧化硫气体，城市的道路两旁栽植楝树，会大大减少汽车尾气的污染。楝树美而不娇、珍而不贵，所以深受人们喜爱。

5月盛开的花有很多，蔷薇、丁香、月季等，过去食不果腹的农民哪有心思去养这些观赏花？所以这些花无缘和捻转牵扯。石榴花是5月的代表花，可它是甜美的花，想想那晶莹酸甜的石榴籽，就知道石榴花的意味了。5月的红樱桃，让人垂涎欲滴，可这百果之先，往往供富贵人尝鲜，况且"樱桃好吃树难栽"，从前农村很少见到，农民自然不会把它和捻转搭连在一起。5月的洋槐花一串串地绽放，洁白鲜艳，招蜂引蝶，还是农民用来做蒸菜吃的鲜花，可是农民不说"槐花开吃捻转"，因为它香，和捻转文化中的"苦"不相匹配。只有农村常见的美中有苦的楝花，才最像农民吃捻转，美食的背后是苦难文化和血泪故事。

旧社会的普通农民，到了春夏之交，日子最难熬，陈粮早已吃完，新粮尚不成熟，"青黄不接"这个词就是打这儿来的。好不容易熬到了麦梢黄，青青的麦子已经饱满，虽然未成熟，却可以吃了。实在等不得那麦粒儿再多长点儿，农民就忍痛割了它做捻转吃，只能先顾眼前。没有土地的赤贫农民，会钻到别人家的麦田里偷搓青麦子吃，若被恶主发现，不被打残也被打伤，因此送命者也有耳闻。在没有自留地的生产队年月，不允许吃捻转，"三自一包"的几年，人们有了吃捻转的条件。从自留地上割回来的麦子，分成一把一把，先用柴火烧燎，以便于脱掉麦子的外壳。麦穗搓了麦粒儿簸干净，放在大锅里炒。姐姐烧火，母亲翻炒，我们几个眼巴巴地围在锅台边，等着抢拾“蹦”到锅外掉到地上的麦粒儿。炒熟后的麦子，母亲分给我们每人一小撮，然后倒在石磨盘上，让我们推着转圈。麦子便挤挤挨挨地往磨盘的洞眼里钻，钻到固定的下边磨盘上，被上下相对的石头棱槽碾破，搓成粗毛线头似的一条一条，白中带绿，长长短短，从两扇磨盘间的缝里耷拉下来，还要跟着磨盘骨骨碌碌地转上几圈，然后才掉在磨床上，“捻转”的名字就是这么来的。我们推磨的时候，会禁不住捏上一点塞到嘴里，那滋味，与炒熟的青麦子的清香味有所不同，与小麦面粉做成的任何食品的味道都迥然相异。捻转调法很简单，撒上盐，搁上切碎的莴苣生叶，浇上蒜泥儿，拌了就成美餐。捻转，是农民在苦日子里逼出来的美味。

捻转好吃，却不能贪吃，吃到肚里它会膨胀。母亲说，饿得太久了，胃肠里没油水，就剩下一层薄皮，一下吃太多，就把它撑破了。老家错对门儿有个和我同龄的孩子叫小尚，就因为吃捻转太饱，一喝水，活活给撑死了。每当我们吃捻转的时候，母亲就用小尚的死来警告我们，还讲了很多穷人在荒年吃捻转被撑死的故事。这样撑死的，其实是饿死的“变态”。太饿了，好不容易饱餐一顿，别说小孩子把持不住，就是大人，被捻转撑死的也有不少，死者的家人在念叨“楝花开，吃捻转”的时候，一定是眼里掉泪、心底滴血的。这谚语里包含着世代农民多少的酸甜苦辣啊！

随着社会发展，捻转文化已经发生了质变，它背后的“苦”变成了“甜”。石磨大多销声匿迹，偶有人加工捻转，只是为了“卖稀罕”，打着鲜明的商品烙印，与早先的“度饥荒”风马牛不相及。生活好了，风味独特的粗加工绿色食品捻转，成为人们回归自然生活体验的一种回味。但对早先含着“楝味”的捻转文化，人们永远不该忘记。

又是槐花飘香时

王太广 | 文

今年4月，驻马店市作协组织去确山县采风。行驶途中，车内忽然飘来一缕清香，我的精神为之一振。车窗外公路两侧的山坡上，洋槐树上挂满了一串串白色的小花，芳香扑鼻、沁人心肺，令人心旷神怡、浮想联翩。

我的童年与洋槐树相伴，享受着洋槐树带来的好处与快乐。我从记事起，就知道驻马店至新蔡的公路两侧栽满了洋槐树，既像两道绿色的屏障，又像两列整整齐齐、威武雄壮的士兵，守护着公路，守护着人民，守护着未来。俺庄与驻新公路仅一沟之隔，我每天上下学都要行走在洋槐树下。夏天，路边遮天蔽日的洋槐树为我遮阳；秋天，洋槐树随叶掉下的“爪子”是很好的柴火；冬天，砍下低处的枝条当柴烧；尤其是春天，公路两侧的洋槐树上，碧绿的树叶间鼓出嫩白的花骨朵，初绽时就像一个个弯弯的豆瓣儿，绽开时又像一个个银盅儿，每一穗都是一双对生的纯洁之心。洋槐花盛开时白嫩鲜美、芳香四溢、清新浓郁、沁人心脾，如同“千树万树梨花开”，公路两侧变成了一片绿树银花的世界，成为一道亮丽的风景，引来无数蜜蜂在花丛中紧张劳作，酿造甜蜜的生活。

洋槐花不光好看，还能吃。过去，每遇青黄不接时，家里的粮食已尽，无食可吃，人们便到处挖草根、捞河里杂草、啃树皮、刨观音土吃。到了春暖花开时，人们开始吃野菜、吃榆钱儿、吃榆叶、吃洋槐花。尤其是洋槐花的花期较长，既可生吃也可熟吃，为人们果腹保命起了大作用，成了慰藉辘辘饥肠、挽救人们生命的“救命粮”。

俺庄一些胆大的社员往往利用中午或傍晚时分，扛着长竹竿到公

【作者简介】

王太广，河南汝南人。驻马店市委常务副秘书长，河南省作协会员，驻马店市作协副主席。1983年以来相继在《人民日报》《文艺报》等报刊发表新闻、理论、文艺作品千余篇。出版有《锦绣天中》《回望乡村》等著作。

路旁摘洋槐花吃。1967年春天的一个中午，我和三姐看着别人摘得成筐的洋槐花，心里痒痒的，背着父母，找来一根长竹竿，在末梢捆绑上一根小木棍，然后用细绳缠上一两圈，形成交叉状，再把最顶端缠紧，形成一个棍钩。到了公路边，三姐就像做贼一样，小心翼翼地举起竹竿，把竹竿梢放在有花的小树枝上，然后用手慢慢地转动，有的小树枝能绞断下来，有的树枝干转就是不动。我跑到几个摘洋槐花的人跟前观察，发现各自的工具不一样：韩保国家的竹竿不仅长而且粗，在竹竿头上绑了一把镰刀，削下来的枝条大而多，他的两个妹妹保兰和翠兰都拾不及；崔余粮老兄不知从哪儿弄来的挠钩，只见他从低处的枝丫开始，准确地钩住一个小枝条，手腕一拧，那挂满花串和嫩叶的树枝便应声折断，飘然落地。他们不一会儿就折了一大堆洋槐树枝，竹篮、草筐都装得满满的。而我和三姐才折了几枝，筐子里的洋槐花刚盖住底儿。

第二天下午放学后，三姐也照着别人那样，把镰刀绑在竹竿梢上，她举着竹竿钩，我就像欢快的小山羊一样跑来跑去，捡拾着掉在地上的树枝和成串的洋槐花。我把一串串洋槐花从头捋到尾，只剩下一根根嫩枝条。我捋洋槐花时，还不时往嘴里捂上一把，狼吞虎咽，用力咀嚼，一股香喷喷、甜丝丝、凉飕飕的感觉袭遍全身，惬意极了。

可是，没过两天，俺庄附近公路两旁的洋槐花已被摘得差不多了，人们便往西、往东进军。随着一枝枝、一簇簇、一串串洋槐花在“咔嚓”声中落地，一棵棵洋槐树被劈得七零八落，有的甚至连树头都被削去了。看到这惨不忍睹的景状，我也不忍心，但看到别人都在没命地摘，自己也顺溜起来。

第三天中午，终于有人来管了，只见几个壮汉从汽车上下来，边走边喊：“别摘了！再摘把你们的竹竿给收了！”“那是谁恁胆大，劈那么大的枝子？”……正在摘洋槐花的大人、小孩一听，知道是公路段的人来了，就一个比一个跑得快。有的树枝刚“咔嚓”一声还没掉下来就跑了；有的掉下来还没来得及把洋槐花捋掉就跑了；有的扛着竹竿，挎着篮子，像兔子一样飞快地逃离；有的只顾跑，把洋槐花撒了一路。俺三姐不知道慌啥呢，跑着跑着把鞋都跑掉了。只有朱石头最专心，等到公路段的人夺他手中的竹竿时，他才恍然大悟。人家不仅要没收他的竹竿、竹筐，还要带人。幸亏我大伯王本轩是王坡至水屯这段公路上的护林员，给他们说了许多好话后，才没被带走。从那以后，俺庄的群众再也不敢明目张胆地在公路上摘洋槐花了。

没过几年，公路旁的洋槐树全被伐掉，更换上了速生杨。公路旁没有洋槐树了，但俺庄家家户户把从公路沟沿上繁衍出来的小洋槐树挖走，栽到自家房前屋后，没几年就长成了一道风景。

我记得，俺家屋山东头栽的那棵洋槐树是父亲在1968年春天从水屯集上买的。父亲挖的树坑有二尺多深，让我拿着树苗，树栽进去填上土，他叫我把树苗往上提一下，说是树根能舒展开来，便于成活，然后浇水，再封土，踩实，又培土。在父亲的精心呵护下，这棵洋槐树从来不缺水、不少肥，自然长得很快。到了第三年春天，树枝上已长出好几串洋槐花，虽然清香诱人，但我也舍不得劈枝伤叶，直到洋槐树长得干粗枝繁叶茂了，才敢轻轻地折几枝。正因为如此，这棵洋槐树才长得枝繁叶茂、树冠硕大。但有一年夏天，在狂风暴雨中，洋槐树被刮歪了，父亲看看，认为树没倒下来没必要管它。就这样，洋槐树虽然向东南方向倾斜，但很得阳光。后来，到了洋槐花盛开的时候，邻居们就到我家摘洋槐花。到了20世纪90年代初，一个买树的人出大价钱要买这棵洋槐树，母亲说啥也不同意。后来，如果不是盖房子，我说啥也舍不得放倒这棵洋槐树。放树之前，我绕着这棵洋槐树转了几圈，从根到梢看了几遍，才让人开挖。

今年春天，三姐从乡下捎来几兜从家里树上新采的洋槐花。当袋子口一松开，满屋瞬间溢满了甜丝丝的芳香，不仅孩子叫好，洗后生吃，俺家还接连吃了好几顿拌了面的蒸洋槐花、菜团子、菜包子和炒鸡蛋的洋槐花。三姐看着我吃洋槐花的样子问："还是那个味儿吧？"我说："还是那个味儿。"三姐说："再也不怕跑掉鞋子了。"我说："不怕了。"说着说着，俺眼里已噙满了泪水。

人生三味

贾国勇 | 文

【作者简介】

贾国勇，河南淮阳人。中国作协会员，中国散文学会会员。著有长篇小说《测出的不仅是心跳》《致命谈判》《命案现场》《神探》《市长命案》《市长夫人》等多部，以及散文集《立地成佛》《心止即岸》等。创作、投拍了《命案现场》《完美指控》《郑板桥》等多部电视剧。

枣花子

初二回娘家，初三回姥娘家，这是豫东春节串亲戚的规矩。串亲戚要带四样礼，过去日子过得艰难，一般人家的四样礼就是大馍、小馍、糕点馃子和油条。现在，生活富裕了，这四样礼就变成了名烟名酒和进口水果的搭配，没有个千儿八百的拿不出手。但是，礼品再丰盛，四样礼中不能少了大馍和小馍。

为什么呢？在豫东的风俗中，大馍和小馍的象征意义就是粮食。在物资匮乏的年代，温饱是最大的需求，粮食是最为重要的礼物。新年伊始，闺女、女婿带着外甥要把最好的粮食送到最尊贵的亲人家中。闺女来了，外甥来了，带来了最重要的礼物，娘家人回赠的礼品中，最为重要的一样就是枣花子。

也有地方称呼不同，把大馍和枣花子统称为“枣馍”。究其原因，或许是因为这两种礼品都由小麦面做成，红枣作点缀。

做大馍的过程非常简单，在蒸好的馒头上均匀敷上一层生面，在最顶端放上一颗红枣，放入锅中再次蒸熟就行了。如此多次重复，一层层地敷上去，一层层地蒸熟，可以根据需求蒸出大小不同的“大馍”来。小的时候，曾经见过新女婿第一次到老丈人家带的大馍，用一大块红绸布包裹着，打开包裹可以看到大馍放在一个直径二尺的玉米秸做的锅盖上，给人非常震撼的感受。这种大馍另有一名——馍山，意思是把如山一样的粮食给老岳父送来了。其虔诚之情，令人唏嘘不已。

做枣花子就没有那么容易了，要先把生面揉成一个个称之为“面剂子”的长条，然后用面剂子盘成一个个的圆圈，中间放上一颗红枣，如同莲花瓣中坐着一位富态的佛爷。而后，通过揉搓、挤压等方式把众多“莲花瓣”连接起来，放入蒸锅中蒸熟，一个漂亮的枣花子就可以出锅了。枣花子多种多样，做法不一，我说的是最基本的做法。如上文说的新女婿第一次到老丈人家串亲戚带超级大馍，老丈人当然要回超级的枣花子了——也要如锅盖一样大，除了一个个的“莲花瓣”，里面还有“多子多福”“早生贵子”的花样名堂，其做工精致无与伦比。这个时候，枣花子就不叫“枣花子”了，而是叫“枣山”。因为新女婿送来的是一个馍山，老丈人回礼一个枣花子岂不显得小气了？

因为枣花子是回给晚辈专用的礼物，就有了特殊的意义。我们老家有句俗话，叫作“要饭的不要枣花子——穷别”，这个“别”字意为“执拗”。整句俗语有不吃嗟来之食的意思，穷人穷得有志气，即使讨饭也不愿做晚辈的。

豆腐渣

在我们老家，有“生成的狗肉上不了桌”和“豆腐渣上船，人货不付钱”两句含贬损之意的俗语。无论是操办红事儿或白事儿，若酒席上端上来狗肉和豆腐渣这两种东西做的菜肴，那就是做主人的对客人的大不敬。其结果轻则客人拂袖而去，重则会引起很大的麻烦和纠纷。

狗吃屎，给人以不洁的感受，所以不能上席面。豆腐渣呢，则是做豆腐的下脚料，精华部分已经做了白白嫩嫩的豆腐，剩下的还有什么好东西？老人们讲豆腐渣性凉，吃了会导致人拉肚子，身体虚弱之人更是吃不得。本来名声不好，加之又有这种“性凉致病”的说法，就没有人问津了。

在过穷日子的年代，豆腐一毛钱一斤，豆腐渣则是二分钱一斤。因为价廉，豆腐渣就成了我们家的日常主食。父亲也是个要面子的人，怕被人瞧不起，买豆腐渣的时候不敢光明正大地买，吃豆腐渣的时候也不敢大张旗鼓地吃。豆腐渣买来了，母亲已经用柴火把地锅里的水烧得开了花，父亲把豆腐渣倒进去和水搅和在一起。没有多久，水面上浮起一团团的沫子，父亲说沫子是豆腐渣中的“凉性”物质，就用勺子撇了去。就这样“半煮半蒸”过一个时辰，锅内的水熬干了，只剩下沙粒样的豆腐渣。这个时候再撒上一把盐，放进剁成一团团

的野菜，吃起来非常香。现在回味一下，那时的豆腐渣尽管不沾油腥，只有盐与野菜，味道却不亚于山珍海味。

若问有什么副作用，就是吃了豆腐渣爱放屁。有一段时间，课堂上放屁的事儿较多，大伙儿心照不宣，都知道是吃了豆腐渣的缘故。到现在没有解去的疑问是，大家都吃豆腐渣，相应地要生产出多少豆腐呀？为什么从没有见到卖豆腐的？

春节的时候，我的一个哥们儿招待从远方来的亲家翁，在市内的一家五星级酒店摆上了宴席，让我过去陪客。点菜的时候，朋友要点一道名为“阳光豆腐渣”的菜肴招待客人，被我挥手制止了。招待亲家翁这样重要的宴席，连狗肉都不能上席面的，怎么能上豆腐渣？若是引起了亲家翁的误会怎么得了？我的话让酒店服务员特别不满意，噘着嘴说：“老先生少见多怪，我们酒店备下了专为磨豆腐渣的石磨，精研细磨，那可是豆子中的精华，怎么上不得席面？”

听了服务员的话，大伙儿都笑了起来。朋友的亲家翁对我说，过去的道道现在论不上了，豆腐渣不仅可以上席面，还是营养丰富防癌健身的好东西，别说咱这穷家小户的，就是招待国家元首也要吃豆腐渣呢！听了亲家翁的话，朋友非常高兴，挥手叫道：“好，今天咱就吃这‘阳光豆腐渣’。”

野　山　药

何伟和我是多年的好朋友了，我漂在北京的时候，两个人就经常联系。听到我从北京回到郑州工作的消息，何伟就开着车来到郑州的公司看望我，非常神秘地把一只竹筐搬到我家中，更故作神秘地考究我：认不认识竹筐里的东西？

一时之间，我还真认不出来。筐内是各

种奇形怪状的块茎物，有的如手指粗细，弯弯曲曲，身上还有细若发丝的根须，可以感受出生长的环境之艰难，见洞就钻，随洞成形，才有了如此的弯曲；有的则是扁扁的样子，薄厚如手掌，身上还钻进了细小的石子儿，可以感受出这块茎出自石缝之中，在石块与石块之间的缝隙中生长；也有长得豪迈的，如婴儿的胳膊粗细，粗糙的皮质如同发皱的古树皮，携带着千年沧桑的痕迹。

我越看越是迷惑不解，连连摇头，承认不知道这是什么东西。

看我真的不知，何伟就非常得意地告诉我说，这是产自他们家乡大熊山的野山药。在大熊山的南山麓，当看到乱石旁荆棘中有一丛丛一簇簇的三角形如红薯叶状的藤萝时，那就是野山药了。由于山地的营养成分贫瘠，年龄小的野山药非常细小，不能食用，生长了五年以上才能长成个儿。就这样，前一年的野山药没有采食，到来年时山药块茎再次发芽，而后腐化成养分供应给了新的山药体，地面上的山药藤和叶更加茂盛，地面下的山药块茎会长得比前一年更大更粗。如此年复一年地长，山药的块茎一年比一年大。像竹筐中那块如婴儿胳膊般粗细的野山药，要用上三十年的时间才能长成。

何伟说老山药赛人参，保证过不了两三个月就能除去我体虚的病根儿。

我吃山药还是有一定历史年头的。年轻的时候体质虚弱，父亲就从集市上给我买来山药熬汤喝；后来到了郑州，因为工作劳累过度，体质虚弱的毛病再次复发，就让人从温县捎来铁棍山药吃。这也是何伟给我送野山药的原因。但是，看着竹筐内这奇形怪状的野山药，我心中有个担忧未解：野山药有个“野”字，非是人工培育之物，吃了会不会有副作用？

这些年来人们的健康意识回归天然，如野山药的“野”字就很吸引人的眼球，凡是带“野”字儿的东西行情都涨了起来。确实如斯，在生活中我们会发现，野生鱼比养殖的鱼好吃，放养的柴鸡比圈养的肉鸡有味。我有一亲戚在山窝窝里居住生活，无论种什么品种的小麦，亩产量总是二三百斤。但是，和亩产量过千斤的小麦比起来，品质就是高，不仅筋道，而且麦香味浓郁纯正。

野鸡可以吃，野鱼可以吃，野山药为什么不能吃？说不定，如何伟所说这野山药还真的赛人参哩！

敬启

在本书编辑过程中，我们经多方努力，未能找到一部分作者的联系方式。

我们尊重作者的权益，为此预留了稿酬。见书后请即与本丛书编委会联系。

联系方式：（QQ）2086670494（大中原文化读本）

电子信箱：dzywhdb@qq.com　dzywhdb@126.com

另：编委会正在筹备“国风读库”系列丛书，欢迎多多赐稿。约稿详情及样文，请关注“文心出版社”微信公众号（wenxinchubanshe），详细了解。

（欢迎扫码关注）

“文心出版社”微信公众号